Kabarett der Namenlosen

Susanne Schädlich

Kabarett der Namenlosen

Roman

ARCO

Für Anna

Fahnen, Trommelwirbel, Marschschritt, Gesang, Männer, Frauen, Jungen, Mädchen auf einer breiten Straße in einer Stadt, von der es heißt, sie habe ein Klima, welches der Herrgott an Gesindel vergeude.

Ein wenig abseits ein elegant, fast pedantisch, für die Jahreszeit ein wenig zu warm gekleideter, großer älterer Mann. Er betrachtet das, was er sieht, als blickte er auf eine Bühne, prüfend, distanziert. Bald zwei Jahre lebt er zwischen Bergen und Pazifik. Hakenkreuze unter Palmen sieht er nicht zum ersten Mal.

Angekommen war er am 26. Oktober 1937 in New York.

Die Überfahrt von London auf der *Île-de-France,* dem vielleicht schönsten Schiff der Reederei Compagnie Générale Transatlantique, dauerte eine Woche. Er reiste zusammen mit Bruno und Liesl Frank. Zu dritt saßen sie in Decken gehüllt auf Liegestühlen oder machten ausgiebige Spaziergänge an Deck, sahen den Aktivitäten im Sportbereich zu, Kindern auf einem Karussell, den Schießstand mieden sie, auch die Kapelle im neogotischen Stil, besuchten Gesellschaftsräume, Salons, Bars, speisten im edlen Speisesaal: California apricots, Oliven, Potato Dubarry, Fricandeau of veal, boiled potatoes, creamed turnips, roast turkey with cranberry sauce, Pomme Paille, lemon ice cream, almond rolls, fruit, coffee.

Sie redeten. Über Sanary-sur-Mer, das kleine Fischerdorf an der Côte d'Azur, über Freunde, Bekannte und Kollegen, auch gemeinsame, die nach und nach mit ihren Frauen und Kindern dort eingetroffen waren, Jahre blieben oder nur ein paar Wochen.

Über London, wo die Franks seit 1935 außer in den Sommermonaten gewohnt hatten, und wo auch er mit größeren Unterbrechungen immer wieder gewesen war. Bei Elsa, seiner Frau, Lottchen, seiner Tochter, und den Nichten Eva und Hannele.

Sie redeten über Liesls Mutter, Fritzi Massary. Die Massary! Königin der Operette, an der jedes noch so unsinnige Kostüm elegant wirkte, und die jedes noch so triviale Lied in ein Wunder aus Anmut verwandeln konnte. »Nur ihretwegen wäre ich gern Regisseur von Operetten geworden. Sie ist unvergleichlich«, sagte er.

Liesl sagte: »sie hat sich gänzlich von der Bühne zurückgezogen. Noch ist sie in der Schweiz.«

Noch. Selbst dieses Wörtchen wog schwer. Sie blickten lange aufs Meer, das Zukunft versprach. Dann sagte Bruno Frank: »Ich kann den 27. Februar 1933 nicht vergessen. Ich war früh schlafen gegangen, weil ich erschöpft war von allem, was rundherum geschah. Liesl hat mich geweckt. Sie sagte: ›Eben kam ein Anruf aus Berlin. Der Reichstag steht in Flammen‹. Am nächsten Tag haben wir Deutschland verlassen.«

Die See war unruhig. Ein leichter Wind ging. Franks Worte verloren sich in der Weite des Ozeans.

»Der Brandgeruch lag noch in der Luft, da rief mich Emmy Sonnemann an.« Das war wieder er.

»Die Sie, mein lieber Leopold Jessner«, sagte Liesl, »zu einer Schauspielerin gemacht haben, die noch immer an Ihrem Theater auf der Bühne steht und die Geliebte von Göring ist.« Ihre Stimme war lauter geworden.

Er wandte seinen Blick vom Meer ab. »Die Sonnemann sagte, die Judenfrage sei von Goebbels übernommen worden. Sie sei nicht sicher, ob Göring mich noch schützen könne«, machte eine Geste, die so viel bedeutete wie, tja, und versank in der Erinnerung. In jenem Jahr kämpfte er noch um die Erfüllung seiner Regieverträge, denn das Geld reichte nicht einmal mehr für die Miete in der Württembergallee am Fürstenplatz. Weil ihm die Wohnung, vor allem für Elsa und Lottchen, lieb und teuer war und darum nicht zu teuer, nahm er einen Kredit auf. Elsa fuhr mit Lottchen für einige

Wochen nach Königsberg zur Familie. Er musste also mit ihr über all das nicht reden. Musste sie nicht beruhigen. Das hätte er auch nicht gekonnt.

Bald darauf reiste Elsa mit Lottchen und den Nichten Eva und Hannele nach London. Nach ihrer Abreise erreichte ihn ein Brief des Vermieters. Die Miete für die Monate Februar, März und April sei nun endlich fällig, eine Zahlung von 1000 Reichsmark, und die Wohnung in der Württembergallee im schönen Westend bis zum 1. Mai zu räumen. *Die Verhältnisse sind eben stärker als das Wollen.*

Am 10. Mai brannten Bücher.

Die Wohnung in der Würtembergallee befand sich in Auflösung.

Auf einen Zettel kritzelte er mit Bleistift: *Do. 11. Mai 33 Besichtigung, Freitag, d. 12. Mai 33 Wintergarten-Versteigerung.*

Kurz darauf verließ er Berlin. Er fuhr aber nicht nach London zu Elsa, Lottchen und den Nichten Eva und Hannele, sondern nach Amsterdam. Eine holländische Zeitung meldete: *Jessner verjagt!*

In Amsterdam waren viele Kollegen. Sie alle gingen überall dahin, wo man die deutsche Sprache verstand und noch hören wollte, und sie wurden immer mehr. Die Kollegen gründeten Ensembles, spielten, tourten. Er gründete die German Players. Sie spielten in Holland und gastierten in London. Elsa hatte eine Wohnung gefunden. Lottchen und die Nichten freuten sich, ihn wiederzusehen, Elsa und er respektierten die Anwesenheit des jeweils anderen.

Nach dem Gastspiel, er betrachtete es sowohl beruflich als auch privat als solches, die Hoffnung auf Regieaufträge in England hatte sich zerschlagen, und Elsa und er hatten sich nur noch wenig zu sagen, ging er mit den German Players auf Tournee. Erfolgreich erst durch Holland, dann durch Belgien, doch die Schauspieler wollten keine Klassiker mehr spielen, sondern Unterhaltungsstücke. Er fand, es sei wahrlich keine unterhaltsame Zeit, suchte sich eine andere Truppe und inszenierte *Wilhelm Tell.*

1935 war er wieder in London. Die Witterung, ewiger Nebel, spiegelte seine Seelenlage. Mit der Sprache wollte es nichts werden. Wenn er an einem Kiosk auf Englisch eine Zeitung verlangte, gab ihm der Verkäufer eine deutsche.

Weil es mit der Sprache nichts wurde, wurde es auch nichts mit Arbeit als Regisseur. Weil er etwas tun musste, gründete er zusammen mit dem befreundeten Bankier G. E. Bacher eine Filmproduktionsfirma. Sie nannten sie Jes-Ba. Jes von Jessner, Ba von Bacher. Filme hatte er schon in Deutschland gedreht, Stummfilme. Die Zeiten waren andere jetzt. Die Filme sprachen.

Der Film, den er drehte, wurde ein Misserfolg, JesBa aufgelöst.

Elsa war erbarmungslos. Er sagte: »Es kommt nicht auf die äußere Stellung an, die man gewonnen hat. Die Stellung kann erobert und aufgegeben werden, ohne dass der innere Kern davon berührt wird. Auf das nackte, allen Winden ausgesetzte Ich kommt es an.«

Zu Geselligkeiten – die Ankömmlinge wurden auch in London zahlreicher, Fritz Kortner mit seiner Frau Johanna Hofer, auch sie hatte auf seiner Bühne gestanden, die Franks, Stefan Zweig, Elisabeth Bergner und ihr Mann Paul Czinner –, ging er mit Lottchen.

Mit Lottchen ging er auch ins Theater.

Manchmal empfingen Elsa und er Besuch. Einmal Bernhard Minetti. Der Schauspieler bewunderte Elsa, wie er sie schon in Berlin bewundert hatte. Eine Erscheinung, wie sie bei Klimt vorkomme.

Auf ihn wirkte Minetti seltsam verhalten.

Beim Essen, Elsa hatte gekocht, sie sprachen von früher, sagte er zu Minetti: »Sie haben zwei Jahre lang meine Schauspielschule besucht. Ihre Mittelprüfung haben Sie vergeigt.«

»Die Abschlussprüfung nicht«, erwiderte der Schauspieler.

»Meine letzte Amtshandlung war, Sie ans Preußische Staatstheater zu holen.«

»Ich habe Ihnen viel zu verdanken.«

»Sie sind immer noch am Staatstheater.«

»Dort werde ich bleiben.«

»Und Sie sind nicht zerrissen?«

»Man gewöhnt sich.«

Am Tag der Ankunft in New York, die *Île-de-France* lag noch in der Quarantänezone, er und die Franks warteten an Deck, das Schiff endlich verlassen zu dürfen, näherte sich ein Motorboot mit einiger Geschwindigkeit. Es brachte Klaus und Erika Mann. Mit Presseausweisen durften sie an Bord kommen, die herzensguten Freunde Liesl und Bruno begrüßen. Die vier fielen sich in die Arme, Bruno Frank hatte Tränen in den Augen.

Ihm schüttelten sie die Hand. »Professor Jessner!« Klaus und Erika Mann freuten sich außerordentlich, den modernsten und richtungsweisendsten Chef, den die Berliner Theater je gehabt hätten, wiederzusehen.

Die Franks waren im billigen Gladstone Hotel auf der 52. Straße untergebracht, er im Bedford auf der 40ten. Dort wohnten auch die Manns, wie immer, wenn sie in New York waren. Gelegentlich trafen sie sich alle in der Hotelbar, saßen in roten Ledersesseln mit Blick auf den großen Spiegel hinter der Theke.

Die Franks begeisterten sich für die Stadt, das unablässige Treiben, das Amerikanisch-Europäische und gaben sich zuversichtlich. Das konnten sie auch. Sie sprachen Englisch, Franks Romane waren in Amerika erschienen, er hatte einen Einjahresvertrag von MGM in Hollywood in der Tasche, die Eintrittskarte in die USA, und sollte Drehbücher schreiben.

Sie wussten vielleicht nicht, wie es weiterging nach einem Jahr, aber dass es weitergehen würde, davon konnten sie ausgehen.

Auch er hatte einen Einjahresvertrag von MGM, als technischer Berater, wusste jedoch nicht, wie es weitergehen würde nach einem Jahr. Er hatte keine Romane geschrieben, sprach kein Englisch, er war auch kein technischer Berater. Er war Theaterintendant und Regisseur.

Wofür sich die Franks und die Manns begeisterten, diese in den Himmel wachsende Fremde, verunsicherte ihn, wohl auch, weil er noch andere Bekannte traf. Fritz Kortner, zum Beispiel. Einen seiner Schauspieler.

1919, auf einem Bahnhof in Berlin, waren sie sich zum ersten Mal begegnet. Er stieg gerade in einen Zug ein, als er jemanden rufen hörte. »Herr Intendant!«

Im selben Tempo, in dem er zu seinem Abteil ging, lief neben dem Zug ein Mann her, der ihm unbekannt war und von dem er darum nicht wusste, dass der schon mit bedeutenden Theaterregisseuren gearbeitet hatte, fast berühmt war, jetzt am Staatlichen Schauspielhaus ganz berühmt werden wollte und darum an den Mann der Stunde, ihn, den neuen Generalintendanten, herankommen musste.

Der Mann blieb stehen, als er sein Abteil betrat. Er legte sein Gepäck ins Netz, trat ans Fenster, schob es hinunter und schaute auf den, der da stand, der sagte, wie er heiße, und »Herr Intendant, ich muss Sie sprechen«.

»Sie hätten wahrlich einen geeigneteren Moment finden können.«

»Ich möchte bei Ihnen spielen.«

»Wie Sie schon aussehen.«

Ein langgezogener Pfiff. Der Zug ruckte an.

»Wir reden, wenn ich zurück bin.«

Als er zurück war, wählte er für seine Auftaktinszenierung Schillers *Wilhelm Tell*. Auf dem Probenzettel stand neben Wilhelm Tell der Name Albert Bassermann, darunter neben Landvogt Gessler der Name von Fritz Kortner.

Freunde warnten, ob er nicht das Pfeifen im Walde höre? Das beliebte Drama in die Realität der jungen Republik zu verlegen, noch dazu am ehemals Königlichen Schauspielhaus, damit zöge er unweigerlich den ungezügelten Zorn der Konservativen und Reaktionäre auf sich. Sie brüllten doch jetzt schon, die letzte christliche Bastion sei nun auch in jüdische Hände geraten.

Er winkte ab. »Im Morgenrot von Deutschlands Verjüngung ist auch für die deutschen Bühnen eine neue Zeit, vielleicht sogar *die* Zeit, gekommen.« Was der 9. November '18 für Deutschland bedeutet habe, solle seine *Tell*-Inszenierung für das deutsche Theater bedeuten. Es sei an der Zeit, den Staub der Jahrhunderte wegzufegen.

Beim Bühnenbild fing er an. Keine romantische Landschaft, sondern die Idee einer Alpenwelt. Eine Treppenkonstruktion. Ein Kreuz für das Rütli. Eine Stange mit Hut bei Altdorf. Vorhänge für die Hohle Gasse, darauf stilisiert gemalte schneebedeckte Berge. Die Farben: Grün beim Rütli, Rot für die Freiheit und Gesslers Tod. Das Licht? Dunkel bei den Volksszenen, hell in denen mit Wilhelm Tell. Er strich den Text ein, strich auch die Zeile *Ans Vaterland, ans teure, schließ dich an.*

Premiere war am 12. Dezember, das Theater ausverkauft. Die Inszenierung geriet zum Sturm. Die Schauspieler verließen die Bühne. Der Regieassistent schickte sie zurück.

Pfiffe, Pfui-Rufe, Nieder-Rufe.

Er, Jessner, schrie: »Vorhang!«

»Lassen Sie den Kortner auf die Meute los«, brüllte der Regieassistent, Alkohol im Atem.

»Sie sind wohl betrunken«, brüllte er zurück.

»Lassen Sie mich raus.« Auch Kortner brüllte.

»Sind Sie wohl auch betrunken?«

Er zerrte die beiden zum Guckloch im Vorhang. Das Geschrei im Saal ging hin und her, rechts gegen links.

Das Ensemble versammelte sich um die Spionierenden.

Der Regieassistent schlich sich davon. Plötzlich hob sich der Vorhang, und er und die anderen standen als Publikum vor dem Publikum. Stille trat ein im Saal. Sie konnten weiterspielen.

Albert Bassermann als Tell, ganz in Weiß, betrat die Bühne.

»Durch diese hohle Gasse muss er kommen.«

Der Sturm geriet zum Orkan. »Wo ist denn diese Gasse? Jüdischer Schwindel.«

Die Reaktionäre glaubten sich überlegen, als Bassermann von der Bühne ging und der Vorhang fiel.

Bassermann setzte sich auf einen Stuhl. Sie alle standen um ihn herum, stumm, hörten das Tosen im Saal. So verging bald eine halbe Stunde. Bassermann erhob sich. »Ich werde die Bluthunde bezähmen. Wir müssen Stellung beziehen, das muss man bei Jessner, es gibt keine Deckung.«

Langsam, in seinem federnden Gang, ging er auf die Bühne, trat vor den Vorhang, blickte über die Reihen, solange, bis es totenstill war. Dann, mit seiner rauen Stimme, nicht laut, aber doch so, dass es alle hörten: »Schmeißt diese verfluchten, bezahlten Lümmel raus.«

Zwanzig Jahre war das her. Fritz Kortner war ganz berühmt geworden. Danach hatten sie oft zusammengearbeitet, so oft, dass es irgendwann hieß, niemand sei jessnerischer als Kortner, niemand kortnerischer als Jessner. Zuletzt gesehen hatten sie sich 1933 in Berlin.

In der Lounge des Hotel Ambassador trafen sie sich wieder.

Fritz Kortner fing zuerst an zu reden. Er habe, seit er in New York sei, keine Nacht ruhig geschlafen, habe grässliche Angst und eine irre Sehnsucht nach Hanna und den

Kindern. Bei der Visabeschaffung für die drei unterstütze ihn Dorothy Thompson, mit ihr schreibe er auch ein Stück über einen berühmten Schauspieler, der aus Deutschland weggehe, in der Fremde unbekannt sei, die Sprache nicht erlerne, weil er sich in der alten verwurzelt fühle, der versucht sei, gegen ein verlockendes Angebot der deutschen Behörden nach Deutschland zurückzukehren und erst, als er erfahre, dass ein sehr guter Freund im KZ ermordet wurde, beschließe, im Exil zu bleiben. Mit Frank schreibe er ein Drehbuch. Es müsse fertig werden, damit es im Februar produziert werden könne. Mit Frank habe er schon in Berlin gearbeitet. Der war es, der '33 sagte: »Wenn ich Jud' wäre, führe ich morgen weg«.

Kortner redete ohne Unterlass.

Er knüpfe an alte Kontakte an und knüpfe neue, treffe sich mit einflussreichen Leuten vom Film. Die Stadt habe er noch nicht richtig zur Kenntnis genommen. Dass diese monströse Sehenswürdigkeit auch normales Leben bedeute, sei für einen Anfänger schwer fassbar. Für ihn sei New York vor allem jüdisch. Zu viel. Der Durchschnittseindruck auf der Straße: schwarz. Vom Neger über Italiener, Rumänen sich langsam erhellend bis zum Ostjuden. Der ›Amerikaner‹ sei auf der Straße zumindest kaum zu sehen. Die Frauen hätten alle einen ganz auffallend schlechten Gang und diesen ihm so verhassten ›Mir kannste nix vormachen‹-Ausdruck.

Leopold Jessner nahm den Schauspieler merkwürdig überdreht wahr. Vielleicht lag es am Kaffee, der immer wieder nachgeschenkt wurde.

Er sei mit Fritz Lang zusammen gewesen, redete Kortner weiter. Der habe ihm unter Alkohol von Gerüchten erzählt, die in Hollywood über ihn, Kortner, im Umlauf seien. Er das Sexualschwein und seine Frau das Opfer – sie bleibe nur aus Angst bei ihm und wegen der Kinder. Kortner sagte auch, dass Verzögerungen hier nicht durch Langsamkeit, sondern durch Rapidität geschähen. Man spreche mit jemandem, verabrede sich für den nächsten oder übernächsten Tag und erfahre dann, dass derjenige nach Hollywood gegangen sei, aber bald zurückkomme. Bald, das seien hier drei Wochen. Der oder jener Kollege habe kein Geld und liege ihm auf der Tasche. Er müsse mit den Menschen lunchen, gut wohnen. Dafür friere er, denn er wage es nicht, sich einen Mantel zu kaufen.

Leopold Jessner wusste auf all das nicht viel zu entgegnen, außer, dass die Stadt ihm die Sprache verschlüge, die deutsche Sprache seine Heimat sei, seine Sprache ihre Heimat verloren habe, er daher lieber nur zuhöre, dem Jiddischen lieber noch als dem Englischen.

Nach zwei Monaten reiste er von der Ostküste an die Westküste, vom Winter in den Frühling, seine Stelle bei MGM anzutreten.

Es gab einen feierlichen Empfang, genug Menschen kannten ihn aus Berlin, er wurde in einem Apartment Hotel mit dem wohlklingenden Namen Chateau Hollywood untergebracht, einem ansehnlichen weißen Haus mit vier Etagen, einer Feuertreppe an der Außenfassade, langen Fluren mit vielen Türen, dahinter die Wohnungen, ein Zimmer mit einem ausklappbaren Bett, ein kleines Badezimmer, gegenüber ein kleiner Raum für Garderobe, auf der anderen Seite eine winzige Küche mit Tisch und zwei Stühlen, auf einer kleinen Straße namens Cherokee.

Von einem Fahrer wurde er täglich ins Studio gefahren, bekam 100 Dollar in der Woche. Zu tun bekam er nichts. Ein Jahr verstrich. Er musste sein Büro räumen. Nach einigen Wochen fuhr er noch einmal hin, restliche Post abzuholen, und fand Schecks vor. MGM hatte ihn weiterbezahlt. Er nahm die Post mit, die Schecks nahm er nicht. Geld erhält er seither vom European Film Fund. Die Organisation, geleitet wird sie von Liesl Frank und Charlotte Dieterle, die beiden geben ihre ganze Kraft, unterstützt Künstler, die es hergeschafft haben. Ein Gesuch muss eingereicht werden. Einmal im Monat werden die Gesuche besprochen, und es wird beschlossen, wer wieviel Geld bekommt. Das Geld sind Spenden von Leuten aus der Filmbranche. Wer gibt, gibt ein Prozent seiner Gage ab. Benefizveranstaltungen sorgen für Extraeinnahmen. Ein Konzert von Bruno Walter bringt 1100 Dollar.

Es werden Gin Rommé-Abende organisiert. Leidenschaftliche Spieler spenden ihre Gewinne. Carl Laemmle ist ein leidenschaftlicher Spieler.

Besserverdienende geben monatlich einen festen Betrag. Billy Wilder, Peter Lorre, Marlene Dietrich, Ernst Lubitsch und so weiter. Auch Amerikaner geben. Bruno Frank hat einen zu einer Dauerspende für ihn überredet. Fünfzig Dollar im Monat. Ein Almosen.

Leopold Jessner hat genug von Fahnen, Trommelwirbel, Marschschritt, Gesang. Er geht die breite Straße hinunter, diesen Boulevard der Berühmtheiten, derjenigen, die welche waren, welche sind oder werden wollen, jener, die für ihren Traum vom Ruhm sich selbst verloren haben. Er zählt dreißig Drogerien, sechzehn Bäckereien, einunddreißig Autohändler, zwölf Autovermietungen, zwölf Autowerkstätten, zweiunddreißig Märkte.

Die Märkte für Obst, Gemüse und andere Lebensmittel sind so groß wie ein ganzer Häuserblock. Ein Bund Möhren kostet 5 Cent, nicht weit ist der Friseur der Garbo. Nachts leuchtet der Boulevard wie ein Jahrmarkt.

An einer Kreuzung schneit es Blätter. Er fängt ein Blatt auf, sieht einen Davidstern, darunter das Gesicht eines Mannes im Profil, wulstige Lippen, krumme Nase, neben dem Gesicht des Mannes das einer Frau, Schwanenhals, hochgestecktes Haar, edel im Profil. Am unteren Rand ein offener Sarg, um den sich eine Schlange hoch zum Davidstern windet und von dort hinab zum Hals der Frau.

Out with the Jew
Let white people run this country
as they did before the Jewish invasion.
Hollywood is the Sodom and Gomorrha,

liest er, lässt das Blatt los, sieht noch zu, wie es auf den von Blättern übersäten Boden schwebt, und geht weiter.

Vielleicht sollte er mit der Straßenbahn nach Downtown fahren. Zum German Jewish Club of 1933. Dort ist er in letzter Zeit häufig. Der Verein hilft bei der Suche nach Arbeit, die er gebrauchen könnte, bietet Englischunterricht an, dem er nicht folgen kann, Vorträge über den American way of life, die er sich anhört, Tanzabende. Er tanzt nicht.

Er nimmt nicht die Straßenbahn nach Downtown, sondern den Bus in Richtung West Hollywood, steigt an der Fairfax Avenue aus. Er liebt diese Gegend mit ihren Geschäften mit hebräischen Aufschriften, den orthodox gekleideten Männern und Frauen. Er hört Englisch, Deutsch, Jiddisch, Hebräisch.

Auf der Fairfax Avenue ist auch Canter's Deli. Zum Restaurant gehört eine Bäckerei. Babka, apple strudle, Rugelach, Mandelbrot. Sophie, seiner Schwester, die er zwar selten gesehen, aber nie aus den Augen verloren hatte, gefiele das sehr. Sie ist noch in Berlin, wohnt seit dem Tod ihres Mannes alleine in der schönen Wohnung in der Sybelstraße. Er muss sie herholen, auch wenn sie sagt, sie sei zu alt.

Leopold Jessner geht nicht ins Restaurant und auch nicht in die Bäckerei. Er geht zum Fairfax Temple zu Rabbi Sonderling. Sie kennen sich aus ihren Hamburger Tagen, als er das Thalia Theater leitete und der Rabbi den Israelitischen Tempel. Schnell wurden sie Freunde.

Leopold Jessner erzählt von einem Besuch in einem Restaurant. Karierte Tischdecken, an den Wänden Landschaftsbilder, die Kellnerinnen in deutscher Tracht.

Der Rabbi kennt das Lokal. »Das Essen dort bekommt mir nicht. Sie waren in der Buchhandlung nebenan?«

»Wenn ich gewusst hätte, was mich dort erwartet ...«

»Das Lokal und die Buchhandlung sind Zentrale des German American Bund, die Freunde des Führers. Ihr Führer ist ein kleiner Bankbeamter, der von sich behauptet, er liebe die Kunst, weil er selbst ein Künstler sei. Sagte das nicht jüngst Goebbels von Hitler?«

Leopold Jessner erzählt vom Blätterschnee. Der Rabbi streicht sich mit der Hand über den Bart. »Blackshirts, Silver Shirts, White Shirts, die Brownshirts von Father Coughlin. Allesamt bezeichnen sich als hundertprozentige Amerikaner. Alle beschwören sie America First.«

Leopold Jessner und der Rabbi sehen sich an, als wüssten sie, was der jeweils andere in diesem Moment denkt.

Leopold Jessner spricht es aus. »Gerettet sind wir, aber mit der Katastrophe für immer untrennbar verbunden.«

Auf der Straße, eben noch voller Trommelwirbel, Marschschritt, Gesang, hört ein nicht allzu großer, sommerlich gekleideter jüngerer Mann, der, seit er hier ist, nicht mehr Walter Weinlaub, sondern Walter Wicclair heißt, eine Rede.

Er versteht nicht alles, aber manches, und betrachtet das, was er sieht – Männer in braunen Hemden, braunen Hosen und schwarzen Stiefeln, Jungen in kurzen schwarzen Hosen, um den Hals schwarze Halstücher, Frauen und Mädchen in dunkelblauen Röcken und weißen Blusen, an Häusern Hakenkreuzfahnen und den Redner – wie eine Szene für einen Film.

Zu dem Freund, mit dem er hergekommen ist, der neben ihm steht, sagt er: »Wüsste ich nicht, dass gedreht wird, ich bekäme es mit der Angst zu tun.«

»Siehst du irgendwo eine Kamera?«

Walter Wicclair, an den neuen Namen muss er sich erst gewöhnen, bekommt es mit der Angst zu tun, wie vor sechs Jahren bei dem Überfall auf sein Theater in seiner Heimatstadt Kreuzburg in Schlesien.

Drei Männer in Uniform traten in sein Büro. »Weinlaub, wenn du die Premiere nicht absetzt, ist *Bobbys letzte Nacht* deine letzte Nacht.«

Wenn er abends nach den Proben nach Hause lief, zum Hotel seiner Eltern, dem Weinlaub Hotel, wo er mit seiner Frau Käthe und dem kleinen Ralph wohnte, wurde er verfolgt.

Er ließ sich nicht einschüchtern, ging zum Bürgermeister. Der beschwichtigte. »Wir werden nach dem Rechten sehen.« Walter fasste die Antwort doppeldeutig auf.

Die Premiere begann pünktlich. Im dritten Akt erlosch plötzlich das Bühnenlicht. Männer in Uniform stürmten durch die Sitzreihen, die Taschenlampen Suchscheinwerfer.

Die Zuschauer flohen. Die Männer rannten auf die Bühne zu. Walter lief zu seinen Schauspielern. Ein Pistolengriff traf die linke Schläfe, Stiefel trafen Rücken und Kopf. Er rettete sich ins Theaterrestaurant. Der Wirt versteckte ihn in der Speisekammer. Auf einer Trage wurde er zum elterlichen Hotel gebracht. Tagelang fieberte er. In einer Zeitung las er: *Welches waren die Ursachen für den Angriff. Aus den Zurufen, die erfolgten, muss man ohne weiteres konfessionelle Gründe annehmen. Der Theaterleiter ist jüdisch.*

Sein Vater sagte: »Du kannst in Kreuzburg nicht bleiben.« Seine Mutter bangte.

Käthe hielt den kleinen Ralph im Arm. Der Junge schlief. Tränen fielen auf sein Gesicht.

Walter musste sich verabschieden.

Ein Freund brachte ihn nach Breslau. Obwohl die Stadt voll war von Männern in Uniform, fühlte er sich im Hotel Vier Jahreszeiten sicher. Begreifen fiel ihm schwer.

Er war Theaterschauspieler und Regisseur.

Er war Ehemann und Vater.

Er hatte unter den Stiefeln der SA gelegen.

Er war nicht mehr unversehrt, aber noch immer derselbe.

Er glaubte an die Verfassung, nahm sich einen Anwalt und verklagte die Stadt Kreuzburg, den Regierungsbezirk Oppeln und das Land Preußen. Ihm wurden 48.000 Reichsmark zugesprochen. Das Geld bekam er nicht.

Sein Anwalt riet ihm, aus Breslau zu verschwinden, denn Goebbels habe den Fall an sich gezogen, er werde gesucht. Walter fuhr nach Berlin, zu seinem Schwiegervater, dem Theaterleiter, Theaterregisseur und Schauspieler Emil Nothmann, und war sich sicher: »Die Stadt ist groß. Sie wird sich wehren.«

Die Stadt wehrte sich nicht.

Emil sagte: »Du musst hier raus!«

»Und du?«

»Ich bin zum Christentum konvertiert.«

Aus Holland hörte Walter Gutes und fuhr nach Amsterdam. Dort kannte er niemanden, und niemand kannte ihn. Ein Komitee für Geflüchtete wies ihm ein möbliertes Zimmer im Arbeiterviertel Jordaan zu. Er bekam zwei Mahlzeiten am Tag und ein wenig Geld. Arbeiten durfte er nicht.

Er schrieb seinen Eltern und Käthe, die Straßen im Jordaan trügen die Namen von Blumen, es gebe drei Kinos, als Vorprogramm immer eine kurze Operette, während der Filmvorführungen pellten die Arbeiterfrauen Kartoffeln für das Abendessen für die Familie. Er vermisse seine. Sie sollten so schnell wie möglich nachkommen.

Sie schrieben, »Jungerle, sei unbesorgt, uns geht es gut.«

Der Spuk werde bald ein Ende haben.

Walter lernte Agathe Reiff kennen. Sie war Sängerin, im Jordaan ein Star, und er war Schauspieler und Regisseur. Sie mochten sich sehr. Zusammen brachten sie kurze Operetten als Vorprogramm in die Kinos. So verging das Jahr.

Er erzählte viel. Von Käthe und Ralph, von seinem Vater Robert und seiner Mutter Selma, vom Hotel Weinlaub in Kreuzburg in einer Straße mit dem schönen Namen Milchstraße. Sein Blick ging in jene Ferne, die Unantastbarkeit verspricht.

Walter schrieb nach Hause, der Spuk nähme kein Ende.

Käthe, Ralph und seine Eltern sollten endlich nachkommen.

Aber Käthe kam nicht mit Ralph, und auch seine Eltern kamen nicht. Sie schrieben. Käthe sei mit Ralph nicht mehr bei ihnen, sondern bei Emil in Berlin. Sie habe die Scheidung eingereicht.

Walter fühlte sich getrieben.

Er wollte nach Kreuzburg zu Vater und Mutter.

Er wollte nach Berlin zu Käthe und Ralph und Emil.

Er wollte in Amsterdam bleiben bei Agathe.

Er bekam es mit den holländischen Behörden zu tun. Ihn erreichte ein Brief von seinem Freund Julius Dewald. Der hatte Walter einst versprochen, er werde ihn engagieren, sobald er selber ein Theater leite. Seit 1933 leite er eins, in Saaz in Böhmen, mit einem ausgezeichneten Ensemble von guten deutschen Bühnen, Walter verstehe schon, was er meine, und riet, nähme Walter das Engagement an, solle er seinen Namen in Wielau ändern. Weinlaub sei zu jüdisch.

Agathe sagte, er dürfe das Angebot nicht ablehnen.

Als Walter Wielau ging er 1935 in die Tschechoslowakei. Er war kaum in Saaz angekommen, da sah er, was los war: Frauen in Trachtenkleidern, Männer in Lederhosen und weißen Kniestrümpfen gaben sich so herausfordernd deutsch, dass er meinte, er wäre wieder zurück im Reich.

Hier sollte er spielen?

Er spielte, den Mephisto, den Sergeanten Flack in *Rivalen*, den Kapitän in *Totentanz* und so weiter. Er führte zugleich Regie. Zwei Jahre lang. Dann waren auch hier Juden nicht mehr gern gesehen, Zeit für ihn zu gehen.

Anfang Oktober 1937 verabschiedete er sich mit *Und Pippa tanzt*, dem Stück, mit dem er sein kleines Theater in Kreuzburg eröffnet hatte, von seinem Freund Julius und zog weiter nach Leitmeritz, wo ihn ein anderer Theaterdirektor brauchte.

Dort war es so lange erträglich, bis ein paar Mitglieder des Ensembles mit Hakenkreuz am Revers zur Probe erschienen. Walter beschwerte sich bei der Theaterdirektion. Die Mitglieder aus dem Ensemble trugen die Hakenkreuze danach unter dem Revers, aber nur solange, bis ihre Stunde kam. Die kam im März 1938. Österreich wurde »angeschlossen«. Danach witterten sie Morgenluft und holten die Hakenkreuze wieder heraus.

Walter machte trotzdem weiter, mit Hängen und Würgen, inszenierte und spielte. Plötzlich wurde von ihm verlangt, die Rolle des Soldatenkönigs Friedrich Wilhelm I. in Burtes *Katte* zu übernehmen. Das »nationale« Stück des »nationalen« Dichters sollte als großdeutscher Gesinnungsbeweis gegeben werden. Er weigerte sich. Niemals würde er in einem solchen Stück auf der Bühne stehen und wollte seinen Vertrag lösen. Er wurde ins Büro des Theaterdirektors bestellt.

Im Büro standen drei Herren, der Direktor saß. Er erklärte Walter, er sei der Einzige, der den Soldatenkönig spielen könne. Es gebe keine bessere Besetzung.

Walter schüttelte den Kopf.

Da trat einer der drei Herren, gutaussehend, elegant, jung noch, mit schon leicht ergrauten Schläfen, an Walter heran, ganz nah. »Tun Sie *mir* den Gefallen.«

»Wer sind Sie?«

»Sie fragen zu viel, Weinlaub.«

Walter, weil er doch Wielau hieß, zu Tode erschrocken, blieb dabei: »Ich werde niemals in diesem Stück auf einer Bühne stehen.«

Der Mann machte eine Geste mit der Hand in Richtung der beiden anderen Männer, die nahmen Walter sanft und unaufdringlich in ihre Mitte. Einer sagte: »Wenn Sie bitte mitkommen würden. Ihnen wird schon nichts geschehen.«

Sie führten ihn zur Tür, öffneten sie, der andere kam hinterher.

Walter blickte sich zum Direktor um. Der blieb sitzen.

Walter wurde in eine Kanzlei gebracht. Dort hockten lauter Männer in Uniform. Henlein-Leute, dachte Walter. Diese Kerle von der Sudetendeutschen Partei, die angeblichen Opfer der Unterdrückung durch die Tschechen, höhlten schon lange das Fundament der Republik aus. Als der gutaussehende Mann eintrat, sprangen sie auf und salutierten.

Walter wurden die Knie weich.

An einer Tür las er auf einem Schild: *Eintritt verboten.*

Das galt nicht für die zwei, die ihn in ihrer Mitte hatten, und nicht für den eleganten Mann.

Sie standen in einem komfortablen Büro. Die Tür schloss sich. Walter war jetzt allein mit diesen Männern. Er schnappte das Wort »Sturmbannführer« auf, und ihm wurde schlagartig klar, wer damit gemeint war. Der noch junge Mann, der jetzt wieder ganz nah an ihn herankam: »Weinlaub, ich kann Sie heute abschieben, ja, ich müsste Sie sogar abschieben. Ich kann Ihre Eltern heute hochgehen lassen, wenn ich will. Ich will aber nicht, wenn Sie den König in *Katte* spielen.«

Walter erstarrte. Brachte kein Wort heraus.

»Also? Spielen oder hopsgehen? Spielen oder Ihre Eltern verschwinden sehen?«

Walter werde den König spielen, um seiner Eltern willen, aber er müsse die Rolle erst lernen. Das sagte er. Der Mann nickte. »Dafür verspreche ich, Ihnen zu helfen, wenn Sie einmal in Not sind.«

Walter lernte die Rolle, spielte den König und feierte einen sensationellen Erfolg. Nach der dritten Vorstellung machte er sich aus dem Staub, bei Nacht und Nebel. Die tschechoslowakischen Truppen wurden aus der Stadt abgezogen. Zwei Tage später war das Sudetengebiet von Deutschen besetzt.

Walter war in Prag. Dort wohnte er im Hotel Graf. Er lief durch die Straßen, trank am Wenzelsplatz Mokka, traf Freunde, die rieten: »England oder Amerika.«
Er telefonierte nach Kreuzburg. Sein Vater und seine Mutter sagten: »England oder Amerika. Bring dich in Sicherheit.«

Er fragte nicht, was aus ihnen werden würde. Was konnte er tun, wenn er doch nichts tun konnte. Er weinte.

Sein Vater und seine Mutter sagten: »Jungerle, sei unbesorgt, es geht uns gut.«

Walter ging zum amerikanischen Konsulat.

Er wartete.

Es wurde März 1939. Es war winterlich kalt.

Am 15. März schlief er länger als sonst. Erst gegen 10 Uhr ging er in die Hotelhalle, nach seiner Post zu fragen und zu frühstücken. Die Halle war voller Männer in Uniform. Walter fragte nicht nach seiner Post, nahm kein Frühstück, er verließ das Hotel, drehte sich zum Eingang um. Über der Tür wehte eine Hakenkreuzfahne.

Vielleicht bekam er beim amerikanischen Konsulat noch seinen Pass mit dem englischen Durchreisevisum.

Vor dem Gebäude zog ihn ein Mann zur Seite. »Schalom. Gehen Sie nicht rein, da kommen Sie nicht wieder raus. Es ist besser, anzurufen. Unser Telefon funktioniert noch.«

Walter ging mit dem Mann mit, rief im Konsulat an, eine Auskunft erhielt er nicht.

Walter Weinlaub, alias Wielau, hatte keine Papiere. Sein Pass mit dem englischen Durchreisevisum lag auf dem Konsulat.

Wo sollte er hin? Zurück im Hotel zerrte der Portier ihn zu sich heran, flüsterte: »Ich habe Ihre Sachen in die Dachkammer gebracht. Sie wären sonst registriert worden.«

Nachts konnte Walter nicht schlafen. Tags irrte er durch die Straßen. Er sah Verhaftungen und Abtransporte.

An einem Tag sah er den Mann mit den grauen Schläfen.

Ohne nachzudenken, trat er auf ihn zu und ganz nah an ihn heran. »Sie haben versprochen, mir zu helfen, wenn ich einmal in Not bin.«

Der Mann erkannte Walter, blickte sich um, zog ihn in einen Hauseingang. »Haben Sie den Verstand verloren?«

»Ich brauche einen Sichtvermerk, sonst kann ich die Stadt nicht verlassen.«

»Haben Sie keine Papiere?«

Walter schüttelte den Kopf. Er wusste, dass ein Sichtvermerk auf jedes von einer deutschen Behörde ausgestellte Dokument gestempelt werden konnte. »Sie haben es versprochen.«

»Na schön. Ich besorge eine Sondererlaubnis auf den Namen Wielau. Um sieben Uhr treffen wir uns. Um sieben Uhr fünfundvierzig geht ein Zug nach München. Um sieben Uhr fünfzig melde ich einen Walter Weinlaub.«

Die Stunden verbrachte Walter wie ein Gejagter. Um sieben Uhr hielt er die Sondererlaubnis in den Händen. Er eilte zum Bahnhof, nur mit einem Handkoffer. Der Bahnsteig war voller Menschen, der Zug hoffnungslos überfüllt. Er erkämpfte sich einen Platz im Gang, zählte die Stunden, konnte sich kaum auf den Beinen halten, umfallen konnte er auch nicht. Dichtgedrängt standen die Menschen.

Um drei Uhr morgens setzte sich der Zug in Bewegung.

Nach zwei Stunden Zugkontrolle. Der Kontrolleur verglich Gesichter auf Bildern in den Reisedokumenten mit den Gesichtern der Fahrgäste.

Walter zeigte die Sondererlaubnis vor.

»Name?«

»Wielau.«

Der Kontrolleur gab das Papier zurück, ging weiter, kam mit zwei Männern in Uniform zurück. »Woher haben Sie das?«

»Prag.«

»Das werde ich klären.«

Walter durfte weiterfahren, quer durch Deutschland, in der Höhle des Löwen. In München musste er in den Zug nach Holland umsteigen. Kurz vor der Grenze Passkontrolle.

Walter murmelte: »Sondererlaubnis.«

Ihm wurde das Dokument abgenommen, denn für den Grenzübertritt brauchte er einen Pass.

»Mitkommen.«

In der Bahnhofshalle wurde sein Handkoffer durchsucht.

»Gehen Sie in die kleine Halle da, dort bekommen Sie Ihre Papiere zurück.«

Er ging in die kleine Halle, sah Gestapo, sah eine Tür, die auf den Bahnsteig führte, sah den Zug, aus dem er gestiegen war. Hinter dem Zug waren die Niederlande.

Er hörte die Durchsage: »Bitte einsteigen!«

Er dachte nicht länger nach, rannte los, durch die Tür auf den Bahnsteig, sprang auf der einen Seite in den Zug, auf der anderen Seite wieder hinaus und lief zweihundert Meter weit um sein Leben.

Nach Papieren wurde er erst wieder auf der Fähre nach England gefragt. In London wurde er unter Arrest gestellt. Formalitäten mussten geklärt, sein Visum für die Vereinigten Staaten bestätigt werden.

Danach zog er in ein Hotel. Leicht ums Herz war ihm nicht.

Ein paar Tage vor seiner Abreise wurde er ins Büro der Schiffahrtsgesellschaft bestellt. Er sollte sich setzen. Jemand stellte ihm ein Glas Whiskey hin. »Trinken Sie.«

Walter nahm einen Schluck.

»Sie müssen Ihre Passage jemand überlassen, der sie dringlicher benötigt.«

Walter nahm noch einen Schluck. Als er erfuhr, dass er seine Passage dem Dichter, Schriftsteller, Regisseur und Dramaturg Berthold Viertel überlassen sollte, trank er das Glas leer.

Walter nahm das nächste Schiff.

Das nächste Schiff war die *Manhattan*.

Als er an der Freiheitstatue vorbeiglitt, zog er seinen Hut.

Als die Beamten der Einwanderungsbehörde an Bord kamen und die Papiere kontrollierten, wurde er noch einmal unruhig.

Als ihm gesagt wurde, »Sie können jetzt gehen«, fragte er: »Ja, aber wohin denn?«

»Wohin Sie wollen. Ganz Amerika steht Ihnen offen.«

Im Apartment Hotel Chateau Hollywood auf der Cherokee Avenue, in dem er seit zwei Jahren wohnt, wohnt nun auch einer seiner Schauspieler. Seit sie sich kennen, sind sie so etwas wie Freunde. Der eine, er, verschlossen, lebensernst, gläubig, der manchmal Wodka trinkt, den die Frauen nicht so lieben oder anders, aus Königsberg in Ostpreußen, von dem es drei Erzählungen gibt, über die er sich ausschweigt, Schmiere, so meint er, jede Anekdote aus diesem Reich, wie wahrheitsgetreu sie auch berichtet werde, ein Märchen.

Der andere, Alexander Granach, ausgelassen, lebensfroh, gläubig, der niemals Wodka trinkt, den die Frauen lieben und der die Frauen liebt, aus Werbowitz in Ostgalizien, einem echten Schtetl, wo er das Bäckerhandwerk erlernte, weil der Vater es so wollte, oft Tag und Nacht buk, in freien Stunden über der Gemara saß, mit sechzehn nach Berlin durchbrannte, mit siebzehn zum ersten Mal auf einer Bühne stand und mit zweiundzwanzig Max Reinhardt vorsprach. »Du willst schauspielern, du hast doch krumme Füße.«

Also ließ er sich die Beine brechen, damit sie gerade wuchsen, paukte Hochdeutsch, damit das Jiddische nicht mehr durchklang, sprach Reinhardt noch einmal vor und wurde an seiner Schauspielschule angenommen.

Dann kamen der Krieg und die Einberufung. Er wurde Zugführer an der Südfront, kam in italienische Gefangenschaft, floh über die Berge zurück zu seinem Regiment, war am Ende des Krieges in Wien, sprach am Theater vor und bekam eine kleine Rolle neben dem großen Moissi. Von ihm lernte er.

1919 war er wieder in Berlin. Am Anhalter Bahnhof umarmte er vor Glück eine Säule. Ein Bierkutscher rief: »Mensch, Mädchen musste küssen und nicht Säulen!«

Er nahm Schauspielunterricht. Um ihn bezahlen zu können, buk er Brot bei einem Bäcker, zimmerte Särge bei einem Sargtischler.

Er sprach verschiedenen Regisseuren vor und wurde nach München engagiert. 1921 war er wieder in Berlin. Am Lessingtheater stand er mit Elisabeth Bergner, die er in Wien als Ophelia gesehen, sie anzusprechen sich aber nicht getraut hatte, auf der Bühne und triumphierte. Nur der Sargtischler, der nach der Aufführung zu ihm in die Garderobe kam, meinte: »Ja, du spielst ganz gut, aber es ist doch schade um dich – bei den Särgen hättest du eine große Karriere machen können.«

Leopold Jessner sah ihn zum ersten Mal 1922 als Fessel in *Vatermord* von Arnolt Bronnen, Agnes Straub als die Mutter, Elisabeth Bergner als jüngeren Bruder. Berthold Viertel führte Regie. In einer Aufführung der ›Jungen Bühne‹ in einem Stück von Carl Zuckmayer sah er ihn wieder. Die Proben hatten nachts stattgefunden, da die Schauspieler am Tage dort probten, wo sie bezahlt wurden.

Die Premiere war an einem Sonntag. Der Autor war anwesend.

Im Zuschauersaal tobte ein Sturm. Alexander Granach, obwohl er schrie, hörte man nicht. Zuckmayer glaubte, abbrechen zu müssen. Das Licht ging an.

Da hielt es ihn, den Intendanten, nicht auf seinem Platz. Er drehte sich zum Publikum, breitete die Arme aus wie ein Priester und rief: »Respekt vor der Arbeit!«

Alexander Granach musste nicht mehr schreien.

1924 holte er ihn an sein Staatstheater und hatte einen neuen Starschauspieler.

Zuletzt gesehen hatten sie sich 1933 in Berlin.

»Direkt nach der Vorstellung fuhr ich zum Anhalter Bahnhof, sah noch einmal meinen Sohn und nahm den nächsten Zug nach Wien«, sagt Granach, und Jessner: »Mit einem Blut-und-Boden-Stück eines Österreichers haben wir unser Schaffen in Deutschland beendet.«

»Vor meiner Flucht traf ich noch einmal den Nazidramaturgen Johst.«

Jessner zieht die Augenbrauen hoch.

»Der sagte, ›Wissen Sie, Granach, wenn Sie ein Deutscher wären, ständen Sie bestimmt in unserer Reihe. Unsere Sache ist eine Bewegung von Männern, und Sie sind ein Mann!‹ Ich erwiderte: ›Dann werden Sie gewiss meine Empfindung verstehen, dass Sie Haarmann für vertretbarer halten als mich.‹ Johst fragte: ›Wieso das?‹ Ich schlug ein Bein über das andere, lächelte, blickte mein Gegenüber an. ›Haarmann war Massenmörder, aber ich bin ein Ostjude.‹«

»Was sagte Johst?«

»›Da haben wir's wieder. So sind Sie und Ihresgleichen. Ich spreche mit Ihnen menschlich, und Sie kommen mir politisch.‹« Alexander Granach steht auf, räumt die Teller ab, stellt sie in die Spüle in der Kitchenette, kocht Kaffee in einem Perculator, bringt Tassen und Untertassen, Löffel, Zucker und Milch zum Tisch, schenkt Kaffee ein, Duft durchzieht das Zimmer, und erzählt weiter von Wien, wo er die Massary, Ernst Deutsch, so viele Bekannte traf. In Wien sei die Luft aber auch nicht bekömmlich gewesen, so sei er nach Polen gefahren, die Aufführungsrechte von *Professor Mamlock* im Gepäck.

Er hatte Friedrich Wolf um die Aufführungsreche fürs Jiddische gebeten, der habe sie ihm gegeben, dreihundert Vorstellungen seien es geworden, mit dem Titel ›Der gelbe Flek.‹

Danach endlich wieder der Shylock.

»Wenn ihr uns stechet, bluten wir nicht? Wenn ihr uns kitzelt, lachen wir nicht? Wenn ihr uns vergiftet, sterben wir nicht? Und wenn ihr uns beleidigt, sollen wir uns nicht rächen?« Das sagt Jessner.

Granach nimmt einen Schluck Kaffee. »Jetzt kenn ich ihn wie mich selber. Bin durch Erfahrung in ihn hineinwachsen, das wollte ich. Ich habe mir andere Erfahrungen vorgestellt.«

In Łódź übernahm er auch die Regie. Dort kamen Geschonneck und seine Frau ihn besuchen.

»Erwin«, unterbricht Jessner.

»Ich sagte: ›Erzählt mir ein paar Geschichten, die mich zum Lachen bringen.‹ Uns war nicht zum Lachen zumute. Ich konnte nicht mehr atmen in Polen. Ich fuhr nach Moskau. Ich war begeistert. Große Arbeitsmöglichkeiten. Alles herrlich. Grand Hotel.«

»Sie waren geblendet.«

»Ich gab mich der Illusion hin, dass die verschiedenen Nationalitäten, besonders die Juden, ihre Sprachen und Kulturen frei entfalten könnten.«

Er spielte in Filmen. Im Januar 1936 war er in Kiew, als Regisseur und Schauspieler jüdisches Theater zu machen.

Im Sommer besuchte ihn seine Lotte. Dann ging der Terror los, Repressionen, Denunziationen, Verhaftungen. Carola Neher ...

»Die Polly aus der *Dreigroschenoper*«, unterbricht Jessner.

»Deportiert. Maria Leiko und so viele andere ...«

»Wir reden über Menschen, die es vielleicht gar nicht mehr gibt.« Jessners Stimme ist noch leiser als gewöhnlich.

Alexander Granach traf es am 11. November 1937. Er sei mit »speziellen Aufgaben der Aufklärung« in die Sowjetunion gekommen und unterstütze »Verbindungen zu trotzkistischen Elementen« finanziell, so der Vorwurf. Wangenheim, der Regisseur, der ihn nach Russland gelockt, in dessen Film er gespielt hatte, fand die Leute, mit denen er verkehrte, verdächtig, darum auch ihn, und hatte ihn denunziert.

Achtzehn Tage saß er in einer Sammelzelle. Lotte setzte Himmel und Hölle in Bewegung. Lion Feuchtwanger schrieb einen schönen Brief.

»Er hat sich gern daran erinnert, wie herzlich Stalin ihn in Moskau empfangen hat, und wie herzlich er sich hat empfangen lassen. Der Diktator und sein Autor.« Das sagt Jessner.

Alexander Granach kam frei, verließ das Land über Rumänien nach Prag. Dort holte ihn seine Lotte ab. Als sie endlich in Zürich waren, »habe ich mich zum ersten Mal in meinem Leben erholen müssen«.

Nachdem er sich erholt hatte, bekam er ein Engagement am Stadttheater. Als sein Visum für die Schweiz ablief, wollten es die Schweizer nicht verlängern. Er bekam ein Visum für Amerika und buchte auf der *Manhattan*. Am 26. Mai 1938 kam er in New York an.

»Amerika ist für mich eine Lebensnotwendigkeit, der einzige Ausweg. Gegen Gas, Ekrasit und ›geniale Führer‹ kann man nicht kämpfen, da muss man Mut zur Feigheit haben und einfach abhauen.«

So kennt ihn Leopold Jessner. Alexander Granach weint Verlorenem nicht nach, setzt Mutlosigkeit einen unverbrüchlichen Optimismus entgegen. »Mein Körper, mein Verstand, meine Stimme sind mein Kapital, mein Reichtum, den ich immer bei mir habe, den mir niemand stehlen kann, solange ich lebe.« Danach erzählt er von seinen Brüdern und Schwestern, dem Teil der Familie, der schon in den zwanziger Jahren nach Amerika kam und ihn am Hafen abholte, vom Besuch bei seiner Mutter, die in einem Altersheim wohnt, »so ein kleines altes, armes, hilfloses Geschöpf mit lustigen Augen«, von den billigen New Yorker Hotels, in denen er wohnte, von Kortner, Ernst Deutsch und vielen anderen, die er traf oder wiedertraf, von Auftritten zugunsten deutsch-österreichischer Flüchtlinge, vom täglichen

Englischunterricht, morgens mit Linguaphone, dreimal die Woche mit einem Lehrer, »Dienstag, Mittwoch Abendschule. Man sagt mir I have a very good prononsiaschion.«

Leopold Jessner hört gerne zu. Er hört nicht gerne von Fahnen, Trommelwirbel, Marschschritt, Hakenkreuzfahnen, von Männern, Frauen, Mädchen und Jungen in Uniform, von zwanzigtausend ausgestreckten Armen im Madison Square Garden.

Er erzählt von Bruno Franks Rede im Shrine Auditorium, wo er die Demokratie beschwor, die Verteidigung der Menschenrechte und an die vielen Zuhörer appellierte: »Don't disarm morally. Don't listen to preposperous slogans.«

Der deutsche Botschafter war unter den Zuhörern und kabelte nach Berlin: »Gestern Abend hat im hiesigen Shrine Auditorium eine Hetzveranstaltung größten Stils stattgefunden. Der Hauptredner des Abends war der frühere deutsche Schriftsteller Thomas Mann. Außer ihm sprechen seine Tochter Erika und der wohl jüdische Schriftsteller Bruno Frank. Der frühere deutsche Filmregisseur Wilhelm Dieterle wirkte als Versammlungsleiter. Die Kundgebung, an der etwa 5000 Zuhörer teilnahmen, war wohl die größte, welche hier bisher im Rahmen der gegen uns gerichteten Hetzpropaganda stattgefunden hat. Die Film-Welt war wie üblich stark vertreten und zwar durch die sich in hohen Stellungen befindenden Juden, welche sich im Hintergrund zu halten pflegen. Besonders die aus Deutschland und Österreich stammenden Film- und Theater-Juden waren ziemlich vollzählig angetreten.«

Granach fällt eine Begebenheit ein. Kortner, den er vor seiner Abreise aus New York noch einmal traf, hatte gesagt, er habe in seiner Jugend geglaubt, es seien die polnischen Juden in Kaftan und Pejes, die den Antisemitismus erregen. Es habe einen kurzen Schlagabtausch gegeben, denn er, Granach, hatte entgegnet, manch einer zeige eine beklagenswerte Blödigkeit, und Kortner: »Sie sind unbezahlbar«, und Granach: »Und Sie Österreicher.«

Kortner verstummte für einen Moment. »Meine Stimmung gleicht einem Barometer.«

»Mein Barometer zeigt sonnig an«, hatte er, Granach, erwidert.

»Sie fahren also nach Hollywood?«

»Ein Schriftsteller kann allein schreiben, ein Musiker musizieren, der Maler malen. Ein Schauspieler kann nicht allein Theater spielen; er kann eventuell am *Lear*, am *Macbeth* arbeiten, aber um sich künstlerisch mitzuteilen, muss er eine ganze Truppe, eine Gemeinschaft, kurz, einen Betrieb haben.« Er werde fahren, es werde schon was geschehen. Und dann hatte er sich mit den Worten verabschiedet: »Ich werde mir jetzt Nadel, Zwirn und Knöpfe kaufen und mir Haltung beweisen.«

Eines Tages tauchte Wilhelm Dieterle, »trotz seiner Erfolge, immer noch derselbe nette Kerl«, so Granach, in New York auf, um Schauspieler, Jessner-Schauspieler, für eine neue Theatertruppe in LA zusammenzutrommeln. The Continental Players.

»Die Gründung dieser Organisation gibt prominenten Schauspielern eine Chance, sich vor dem amerikanischen Publikum zu bestätigen«, begeisterte sich Dieterle. »Unter den Sponsoren The American Guild of Cultural Freedom und als deren Präsident Thomas Mann. Das Stück: *William Tell.* Der Regisseur niemand geringerer als Leopold Jessner.«

Granach findet, Hollywood sei die größte Stadt der Welt, das herrlichste Stückchen Erde. Er ist froh, hier zu sein. Endlich arbeite er wieder mit Menschen zusammen, denen er nicht erst ein Foto zeigen und erklären müsse, dass er einmal wer gewesen sei. Das wirke wie ein erfrischendes Bad. Jessner wisse doch, alle hier setzten große

Hoffnungen in ihn, der in seinem Leben schon einiges Unmögliche möglich gemacht habe. Vielleicht gelänge es ihm auch hier. *Tell* könnte das Sprungbrett zum Film sein.

Jessner ist zögerlich. »*Tell.* Kühn. Wahrlich. Wer kennt hier schon die Kantone der Schweiz. Aber Dieterle beharrte, ich müsse hier so anfangen, wie ich 1919 in Berlin angefangen habe. Es müsse der *Tell* sein. Und nun rufen wir, eine Truppe von Gejagten, denen die Flucht noch in den Knochen steckt, einmal mehr den Freiheitsgedanken in die Welt hinaus.«

Er behält für sich, was er geträumt hat. Er war in Berlin. Nach einem langen Abend am Staatstheater wollte er nur nach Hause zu Elsa und Lottchen in die Würtembergallee. Sein Fahrer fuhr ihn aber nicht nach Hause zu Elsa und Lottchen, sondern kreuz und quer durch die Stadt, reagierte auf keinerlei Protest, schien ihn nicht zu hören, nicht zu sehen, fuhr einfach, hielt plötzlich am Prager Platz, stieg aus, zog den hinteren Wagenschlag auf, zerrte ihn hinaus, hinter sich her in ein Lokal, in dem es heiß war wie in einer Sauna, die Gäste saßen dichtgedrängt, die Gesichter lösten sich im Zigarettenqualm auf, eine Kapelle spielte, drückte ihn in einen Stuhl, hielt ihn an den Schultern, so dass er nicht aufstehen konnte, drehte seinen Kopf in Richtung Bühne und brüllte: »Schauen Sie! Sie werden glauben, es treten Talente auf, die entdeckt werden wollen. Ich sage Ihnen, lieber Professor, nie haben Sie sich in einem größeren Irrtum befunden.«

In Berlin steht am Fenster einer Wohnung ein kleiner Mann mit Glatze. Viel wurde über ihn geschrieben, sogar in einem Buch von seinem Freund Kästner kommt er vor.

Ein findiger Kerl hat Halbverrückte aufgelesen und läßt sie singen und tanzen. Er zahlt ihnen ein paar Mark, und sie lassen sich dafür vom Publikum beschimpfen. Wahrscheinlich merken sie es gar nicht. Das Lokal soll sehr besucht sein. Das ist ja auch verständlich. Es gehen sicher Leute hin, die sich darüber freuen, dass es Menschen gibt, die noch verrückter sind als sie selber. Der findige Kerl war er, Erich Lowinski. Als Elow ist er berühmt geworden.

Das Fenster, vor dem er steht, ist eine Glaskugel.

Elow sieht die Vergangenheit. Hamburg, Düsseldorf, Dresden, Köln. Wien. Am längsten Berlin. Jägerstraße, Künstlerspiele Uhlandeck, Prager Platz. Jeden Montagabend begrüßte er und ließ Tänzer und Tänzerinnen, die nicht tanzen konnten, tanzen, Sänger und Sängerinnen, die nicht singen konnten, singen, Schauspieler und Schauspielerinnen, die nicht schauspielern konnten, schauspielern. Sein ›Kabarett der Namenlosen‹. Das Publikum rannte ihm die Türen ein.

1935 musste er schließen, erhielt Schreibverbot mit Sperrung seiner Tantiemen, wurde vorgeladen, vernommen, erhielt Drohungen und einen Brief.

Nur wer sich aus der rassischen Gemeinschaft heraus seinem Volke verbunden und verpflichtet fühlt, darf es unternehmen, mit einer so tiefgreifenden und folgenschweren Arbeit, wie sie das geistige und kulturelle Schaffen darstellt, einen Einfluss auf das innere Leben der Nation auszuüben. Durch Ihre Eigenschaft als Nichtarier sind Sie ausserstande, eine solche Verpflichtung zu empfinden und anzuerkennen.

Nachdem er das gelesen hatte, nahm er ein Buch aus dem Regal, seine Gedichte, schlug es auf, las die Widmung

›Meinen Contrahenten‹ und was er vor Jahren mit Bleistift darunter gekritzelt hatte: *Wie du mir, so du mich.* Das war 1937.

Danach fing er an, auf Bögen mit dem Logo der ehemaligen Firma *B. Lowinsky – Fabrikation modischer Damengürtel,* B für Berta und Lowinsky mit y, für einen Hauch von Internationalität – Briefe an einen Onkel in Amerika zu schreiben. Onkel Adolf schrieb zurück. Mit Onkel Adolfs Briefen ging er zum Amerikanischen Konsulat.

Berta, Tochter Josi und er bekamen eine Wartelistennummer. 39406.

Er schrieb weiter Briefe.

20. Juli 1938
Lieber Onkel Adolf,

Heute hat mir nun der Konsul mitgeteilt, dass ich bis zum 19. Januar 39 warten müsste, um dann das affidavit nochmals vorzulegen, da am Berliner amerikanischen Konsulat die Quote erschöpft sei. Ich konnte auch keine Auskunft vom Konsul erhalten, ob dann das affidavit ausreichen würde. Denn es werden hier sehr große Ansprüche gestellt.

10. August
Lieber Onkel Adolf,

Ich habe mit großer Freude für uns erfahren, dass wir noch unter die alte Quote fallen und dass nur die Unterlagen fehlen, um die ich in meinem letzten Brief gebeten hatte, also die Bescheinigungen über die Einkünfte … wir können immer wieder nur als Entschuldigung für die Arbeit, die wir Dir machen, auf die Situation hinweisen, in der wir uns hier ohne unsere Schuld befinden und die es für uns notwendig macht, to leave this country.

14. September

Lieber Onkel Adolf, nun ist also Dein so lieber langer Brief vom 29. 8. mit all den vielen Unterlagen eingetroffen. Du kannst

Dir ja denken, dass ich gar keine Zeit verloren habe, sondern sofort mit all Deinen Papieren zum Konsulat gegangen bin. Ich bin auch trotz des riesigen Andrangs bis zum Konsul vorgekommen. Und nun sind wir alle drei zum 5. Oktober zur Rücksprache bestellt.

5. Oktober
Lieber Onkel Adolf,
Heute waren wir nun auf dem Konsulat alle drei. Aber leider ist noch immer nicht alles in Ordnung. Das affidavit ist zu klein. Der Sachbearbeiter gab mir den Rat, irgendwie von Freunden oder Bekannten noch einen Zusatzaffidavit zu besorgen. Aber wo soll ich die hernehmen.

4. November
Lieber Onkel Adolf,
Die Frauenorganisation in Kansas City, Missouri, soll sehr gute Verbindungen haben. Ich habe erfahren, dass sie Leuten, die überhaupt keine Angehörigen und Freunde in USA haben, affidavits besorgt haben und zwar gleich mehrere. Besonders der Juwelier Samuel Oppenstein in Cansas City soll sehr hilfsbereit sein. Seine Adresse soll im »who is who« vermerkt sein. Würdest Du vielleicht auch da nochmals versuchen, einen Zusatz zu erreichen?

29. November
Lieber Onkel Adolf,
Bis zum 1. Januar können wir erstmal in unserer Wohnung bleiben, na und dann müssen wir weitersehen. Mein Schwager in Holland versucht zu erreichen, dass wir vielleicht auch nach Holland gehen können, um von dort dann weiter zu gehen, aber das wird auch noch einige Zeit dauern.

Und wenn die Situation vor Monaten für uns dringend war, dann ist sie jetzt in den letzten Tagen natürlich noch viel dringender geworden.

15. Dezember
Lieber Onkel Adolf,
Ich habe nochmals einen Antrag auf Bewilligung und auf nochmalige Prüfung gestellt in Anbetracht der veränderten Verhältnisse hier. Darauf erhalte ich heute folgende Antwort: Auf Ihr Schreiben vom 19. vor. Mts. wird Ihnen geraten, sich ein beglaubigtes Beweismittel von Herrn Adolf Lowinsky bezüglich seines Einkommens von $ 7100.– aus Grundbesitz zu beschaffen.
Dies kann durch Vorlage von Steuerquittungen bestehen.
Nach Eingang noch fehlender Dokumente kann eine weitere Prüfung Ihrer Angelegenheit erfolgen.

Am 2. Februar 1939 schrieb er:
Lieber Onkel Adolf,
nun war ich aber gestern wieder beim Konsul. Es hatten sich Deine letzten beiden Papiere und das affidavit von Dr. Leonard Grünthal angefunden. Das affidavit von Dr. Lewison ist noch immer irgendwo auf dem Konsulat im Geschäftsgang und nicht aufzufinden. Der Konsul Norden prüfte das affidavit von Dr. Blumenthal und fand nichts auszusetzen. Plötzlich, nachdem er es schon für gut befunden hatte, sagte er: Wissen Sie, es ist doch noch gar nicht so eilig. Ihr Vetter soll doch nochmal erklären, was er für Sie tun will, denn das Einkommen Ihres Onkels reicht nicht für 4 Personen und außerdem ist Ihr Onkel schon alt.

Elow steht noch immer vor dem Fenster und sieht die Gegenwart. Berta und Josi am Tisch, der früher im Wohnzimmer stand. In ihrer eigenen Wohnung dürfen sie nur noch die beiden hinteren Zimmern bewohnen. Der Vermieter ist so gnädig. Er hätte sie auch anderswo unterbringen können. Wie lange der Vermieter noch gnädig ist, wer weiß das schon.

Juden werden massenhaft anderswo untergebracht.

Berta und Josi warten. Er spürt ihre Blicke, dreht sich endlich um, sieht sich, wie sie ihn sehen, sich mit der Hand über den kahlen Kopf streichend, erst Berta ansehend, dann Josi, dann den ungeöffneten Brief in der Mitte des Tisches.

Er geht langsam, zieht den Stuhl zurück, setzt sich, zieht den Stuhl heran, legt die Hände auf den Tisch.

Jetzt starren sie alle drei auf den Brief.

Josi versteht in diesem Moment den Ausspruch: wie das Kaninchen vor der Schlange.

Drei Leben in einem Umschlag.

Elow nimmt den Umschlag.

Josi kommt die Bewegung unbeschreiblich langsam vor.

Elow öffnet den Umschlag.

Josi kommt das Geräusch unbeschreiblich laut vor.

Elow zieht ein Blatt aus dem Kuvert.

Berta faltet die Hände.

Elow liest. Leise für sich.

Berta und Josi befürchten das Schlimmste, hoffen das Beste.

Das Beste wäre dennoch das Schlimmste, nämlich wegzugehen ohne Richard, Elows Bruder, ohne Edith, seine Frau, und ihre Tochter Ruth. Die Brüder verstehen sich wie Zwillinge, Josi und Ruth wie Schwestern, Berta und Edith sind beste Freundinnen.

Richard, Edith und Ruth haben noch keinen amerikanischen Brief bekommen, obwohl auch sie eine Kontingentsnummer haben. 42300. Sie warten. Mehr können sie kaum tun, seit Richards Firma auf der Kronenstraße, in der er über zwölf Jahre lang elegante Damenmäntel hergestellt hat, auf Anordnung des Amtsgerichts vor zwei Monaten gelöscht wurde. Grund: Die Firma ist jüdisch.

Elow sieht Buchstaben verschwimmen.

Er wischt sich mit der Hand über die Augen, liest vor, was er eben leise gelesen hat: *Unter Bezugnahme auf Ihren Wunsch, nach den Vereinigten Staaten auszuwandern, wird Ihnen mitgeteilt, daß das Generalkonsulat bereit ist, Ihren formellen Visumsantrag entgegenzunehmen, jedoch muß Ihnen diesbezüglich Folgendes zur Kenntnis gebracht werden: Seit längerer Zeit besteht in den Vereinigten Staaten eine weit verbreitete Arbeitslosigkeit und eine sich daraus ergebende Schwierigkeit, eine Anstellung zu bekommen und zu behalten. Nach den bestehenden Einwanderungsgesetzen muß ein Einwanderungsvisum verweigert werden, wenn der Unterhalt der antragstellenden Person nach Ankunft in den Vereinigten Staaten nicht genügend gesichert ist, da angesichts der herrschenden Arbeitslosigkeit nicht angenommen werden kann, daß der Einwanderer in der Lage sein wird, seinen Unterhalt durch eigene Arbeit zu sichern. Sollten Sie ungeachtet der eben erwähnten Umstände einen Antrag stellen wollen, so können Sie am May 24, 1939 von 9 bis 11 Uhr unter Vorlage der erforderlichen Dokumente zur Visumserstellung hier vorsprechen.*

In einer Stadt, die das Theater noch lernen muss, sitzen unter Bäumen, deren Blätter spielende Schatten werfen, an einem Tisch in einem Gartenrestaurant – auf dem Tisch eine Karaffe mit Wasser, eine Flasche Whiskey, drei Wassergläser und drei Tumbler, ein Cooler mit Eiswürfeln –, zwei Männer und eine Frau. Der eine Mann nonchalant, in heller Leinenhose, Poloshirt, ein sommerlicher Pullover leichthin über die Schultern geworfen, Tennisschuhe, die Frau in einem sommerlichen Kleid, der andere Mann ein wenig zu warm gekleidet.

Die drei sind Ernst und Anuschka Deutsch und Leopold Jessner. Zwischen den Proben haben sie Zeit gefunden und reden, als hätten sie sich nicht sechs Jahre nicht gesehen, als wären sie nicht ein Teil dessen, was verlorengegangen ist. Gerade sagt Ernst Deutsch, »als wir den Wagen in New York ausgesucht hatten, fragte der Verkäufer, wie wir bezahlen wollen. ›In bar‹, sagte ich. Der Verkäufer sah mich verblüfft an, verschwand und kam mit seinem Vorgesetzten zurück. ›Es gibt Unstimmigkeiten wegen der Ratenzahlung?‹ ›Aber nein‹, erwiderte ich. ›Ich wollte doch bar bezahlen!‹ Er belehrte mich. Die Ratenzahlung mache das Geschäft für sie erst rentabel. So wurden wir zum ersten Mal auf einen der feinen Unterschiede zwischen hier und dort hingewiesen.«

Anuschka fischt mit einer Zange Eiswürfel aus dem Cooler und gibt sie in jeden der drei Tumbler, gießt einen Fingerbreit Whiskey darauf. Aus der Karaffe schenkt sie Wasser in die anderen Gläser. Jede Bewegung von ausgenommener Grazie.

Ernst Deutsch zündet sich eine Zigarre an, nimmt zwei Züge.

Als Gymnasiast war er ein starker Zigarettenraucher gewesen. Rauchte eine an der anderen. Sein Vater, »ein sehr gescheiter Mann«, der nicht wollte, dass er so viele Zigaretten rauchte, es ihm aber auch nicht verbieten mochte, denn was nützten Verbote, sagte, wenn er sich die Zigaretten abgewöhne, dürfte er abends mit ihm eine Havanna rauchen. So sei es gekommen, dass er mit siebzehn Jahren abends im Tabakkollegium des Herrn Vaters gesessen und sich außerordentlich pompös vorgekommen sei.

»Trotz der Raucherei wärst du um ein Haar Tennisprofi geworden.« Das sagt Anuschka.

So war es. Er nahm an Tournieren teil, gewann Meisterschaften, stand auf Rang sieben der österreichisch-ungarischen Tennisrangliste, war viel früher als Tennisspieler berühmt denn als Schauspieler. Auf einem Tennisplatz in Prag lernte Anuschka, das Mädchen aus großbürgerlichem Haus, »mit Hausgesellschaften in der immer gleichen Sphäre« ihn auch kennen. »Ich flog sofort auf ihn.« Sie spielten eine Partie. Das nächste Mal sah sie ihn im Theater in *Krieg und Frieden*.

»Und?« Leopold Jessner ist überrascht von dem plauderhaften Ton in diesem einen Wort.

»Unmöglich war er. Wild als preußischer Husarenoffizier.«

Deutsch lächelt versonnen und reminisziert weiter. Im Café Arco habe er sich mit Freunden getroffen. Franz Kafka, Max Brod und so weiter. Auch Franz Werfel sei dabei gewesen. Sie kannten sich seit den Kindertanzstunden. Es wurde über Literatur und Theater gesprochen. So kam es, dass er Schauspieler habe werden wollen.

Seine erste Rolle habe er in einer Szenerie und Beleuchtung gespielt, die Max Reinhardt nicht hätte besser hervorzaubern können. Auf dem Hradschin in Prag um ein Uhr nachts bei Vollmond habe er Berthold Viertel den Romeo vorgespielt. Einige Fremde hätten um sie herumgestanden und seien das Publikum gewesen. Franz Werfel sei unter ihnen der Begeistertste gewesen und habe von Zeit zu Zeit geschaut, ob nicht ein Polizeimann dieser Szene ein frühes

Ende setzen würde. Das Publikum sei immer zahlreicher geworden. »Auch ein tschechischer Droschkenkutscher hielt eine Weile, rollte bald wieder und murmelte das geheimnisvolle Wort ›pytomec‹. Gegen Ende meiner Balkonszene gingen zwei ältere Prager Kaffeehausherren vorüber, und der eine übersetzte den Ausdruck des tschechischen Kutschers von vorhin zu klarer Verständigung sämtlicher Beteiligten mit dem guten deutschen Wort: meschugge.«

Anuschka sagt: »Viertel nahm dich sofort mit nach Wien.«

Wien ist das Stichwort für Leopold Jessner.

1937 kam er aus Palästina zurück, wollte nach London zu Elsa und Lottchen, blieb dann aber doch in der Stadt mit den Kaffeehäusern und Bühnen, weil die deutsche Sprache dort noch eine Heimat hatte und er arbeiten konnte.

Deutsch nippt an seinem Whiskey, als übte er sich in Askese. Anuschka schenkt sich nach. Sie wollen eigentlich mehr über Palästina erfahren, doch er sagt nur, langsam, betont, sachlich, trotz der Ruhe innerlich erregt, gejagt beinahe, als stünde ihm eine Katastrophe bevor: »In Wien bin ich bis zum Anschluss geblieben.«

Die drei schweigen.

Leopold Jessner ist es, der schließlich fragt: »Wie ging es damals mit Viertel und Ihnen in Wien weiter?«

»Ich spielte. Nichts von Belang. *Alles um Geld* mit Kortner. *Androklus und der Löwe* am Volkstheater, *Krieg und Frieden*.« So oft er konnte, sei er ins Café Imperial gegangen. Am Tisch habe Karl Kraus den Ton angegeben, Alfred Polgar liebevoll sarkastisch reagiert. Peter Altenberg, der letzte Bohemien, der die Arbeit hasste, sei mit von der Partie gewesen. Und Walter Hasenclever. »Wir waren gleich jung, gleich schlank, gleich dunkeläugig, gleich schwarzhaarig und gleich lebenshungrig.«

Als der Krieg ausbrach, musste der Dichter ins Feld, der Schauspieler wurde nach Dresden engagiert.

Auf einem Fronturlaub kam der Freund ihn in Dresden besuchen, gab ihm ein Stück, das er geschrieben hatte. »Das musst du spielen«, sagte er.

Der Schauspieler gab es seinem Intendanten. »Das ist das Närrischste, was ich je gelesen habe. Aber ich mache es«, sagte der. Das Stück musste durch die Zensur und wurde verboten. Der Intendant führte es trotzdem auf, vor einer geschlossenen Gesellschaft. An einem Sonntag mitten im Krieg war Premiere. Die Presse, nicht nur Dresdens, auch Berlins, war da. Die beiden Freunde wurden über Nacht berühmt.

Ernst Deutschs Blick geht in die Ferne, dahin, wo der Freund jetzt ist. In Frankreich. Wenigstens ist er dort in guter Gesellschaft.

»Befremdlich, dass wir uns von uns erst in der Fremde erzählen«, sagt Leopold Jessner.

»Aus Dresden verabschiedet«, das ist Anuschka, »hat er sich mit Ibsens *Gespenstern*.«

Leopold Jessner steckt sich eine Zigarre an. »Sie waren vor mir in Berlin. Bei Reinhardt.«

»In der Spielzeit zwanzig, einundzwanzig dann bei Ihnen.«

»*Fiesco*.« Das ist wieder Jessner. »Mit Kortner als Verrina.«

»Schon bei der ersten Bühnenprobe hatten Sie ein glänzend bearbeitetes Buch in der Hand, mit grausamen, aber wirksamen Strichen. An Kulissenzauber und trügerische Intermezzi war bei Ihnen nicht zu denken.«

»Hier macht Kortner nicht mit.« Jessner verbirgt seine Enttäuschung nicht, und Anuschka gibt dem Gespräch eine andere Wendung. »Unser privates Glück begann in Berlin, als mein Vater uns ein Gartenhaus in der Bendlerstraße baute.«

»Lukullische Gesellschaften, Soupers. *Herr und Frau Deutsch* stand auf Ihrer Visitenkarte. Ihr Haus stand immer offen. Telefonische Voranmeldung hielten Sie für verdammten Unsinn.« Jessner muss lachen.

»Ihr Schwager Fritz«, das sagt Deutsch, »machte den Majordomus. Er prüfte jeden, der kam, kümmerte sich um die engeren Bekannten, während ich mich vielleicht noch abschminkte.«

Anuschka sieht zu ihrem Mann. »Manchmal riefst du mich nach der Vorstellung an, fragtest, wer alles da sei. Wenn dir das nicht gefiel, bist du lieber in eine Kneipe gegangen. Schwarzes Ferkel, das Kellerlokal von Pressel, Bergmanns Tiefkeller. Zum Tennis kam das Boxen.«

Deutsch lächelt. »Einmal war Max Schmeling bei uns. Eine in weißes Leder gebundene Dostojewskiausgabe tat es ihm an. Er sagte: ›Solche weißen Bücher kauf ich mir auch‹.«

Ein Hilfskellner tritt an den Tisch, bringt Besteck und Brot. Ein Kellner steht hinter ihm mit Vorspeisen. Sie rükken die Gläser auseinander, damit die Teller Platz finden. Der Kellner serviert jedem eine Kleinigkeit. Mehr wünschen sie nicht.

Leopold Jessner genießt diesen Nachmittag wie schon lange keinen mehr, das Reden über Prag, das flirrende Berlin der Nachkriegszeit, das Experiment Theater, in dem sie sich abwandten von den Kulissen und Requisiten einer vergangenen Zeit. »Doch dann wurde der Individualismus durch den Kollektivismus bekämpft, und wir wurden bald missverstanden«, sagt er.

Ernst Deutsch hebt leicht die Schultern. »Die Wellen gingen hoch, und nur die Wenigsten aus dem Bereich der Kunst haben ahnen können, dass diese Wogen sich einmal überschlagen würden.«

Leopold Jessner wiegt den Kopf hin und her. »Wir konzentrierten uns auf unsere Arbeit. *Jud Süß* mit Ihnen und

Lotte Lenya. Die Uraufführung war am 7. Oktober 1930 im Theater am Schiffbauerdamm.«

»Nach Ihrer Demission als Intendant.«

»Das Geld war knapp und Elsa zänkisch.«

Ernst und Anuschka Deutsch sind verwundert. Leopold Jessner redet sonst nie über Privates. Vielleicht liegt es am Whisky, vielleicht daran, dass es sich in unvertrauter Umgebung leichter spricht. »Damals«, spricht er weiter, »war Alexander Granach gerade in Warschau auf Gastspielreise und wurde gefragt, wie man sich als Künstler, als Jude in Deutschland fühle. »Wissen Sie, was er erwiderte? ›Ach, Gott sei Dank, ich kann mich nicht beklagen. Ich bin ja noch nicht ganz einsam und allein dort. Fritz Kortner, einer von den ganz großen Schauspielern, ist auch kein Arier. (Ganz unter uns: Er heißt Kohn und lebt noch ziemlich religiös ...) Die größte deutsche Schauspielerin Elisabeth Bergner ist ein jüdisches Kind, das sich um die Habima bemüht; der ehemalige Regisseur und Generalintendant Leopold Jessner ist ein Kownoer Jude und Max Pallenberg, na also ... Wenn ich Max Pallenberg treffe und sage ihm: ›Gutn A-abend‹, wird er ganz böse und antwortet: ›Was plapperst du da von einem gute A-abend. Guten Owent sagt man, und wos hert man?‹«

Anuschka legt die Gabel beiseite, zündet sich eine Zigarette an. »Es wurde ungemütlicher bei uns in der Bendlerstraße. Telefonanrufe: Herr Deutsch, Sie werden in Prag erwartet. Herr Deutsch, Sie werden dringend in Prag erwartet. Herr Deutsch, Prag, sehr dringend.« Anuschka raucht nervös. Mit ihnen im Zug nach Prag, das war 1933, reisten Alfred Polgar mit seiner Frau, Alexander Moissi, die Bassermanns, erinnert sie.

»Der Fluchtexpress«, sagt Deutsch traurig. »Der Mensch muss ein paarmal im Jahr richtig durcheinander gerüttelt werden. Wo soll das besser geschehen als im ratternden Schlafwagen.«

»Wir zogen herum wie Nomaden.« Leopold Jessner nimmt die Whiskeyflasche, hebt sie ein wenig, wie zur Frage, ob er nachschenken soll. Deutsch macht eine bejahende Handbewegung zum Satz von Jessner und zum Whiskey. »Keiner konnte ahnen, dass wir noch Weltreisen machen würden.«

Anuschka drückt die Zigarette aus. »Eines Tages saßen wir in einem Restaurant mit exquisiter Küche. Ein Herr vom Nebentisch kam zu uns herüber. ›You are Ernst Deutsch? Ich hätte einen Part für Sie in dem Stück *I was here before.*‹ Ernst machten seine Englischkenntnisse Bedenken. In der Rolle eines radebrechenden Emigrantenprofessors müsse er keine haben, meinte der Mann. Er war ein Manager aus London. Ernst informierte sich bei einem Freund über die Höhe der Gage. Der Freund meinte, er solle 750 fordern, dann bekäme er 350. So fuhren wir nach England.«

Deutsch, das Whiskeyglas in der einen Hand, eine neue Zigarre in der anderen: »Mit mir ging es erfolgreich in die englische Provinz. Am Broadway in New York war es ein sensationelles Desaster.«

»Sie sind und bleiben der, an dessen Wiege die Grazien das hohe C gesungen haben.« Das sagt Jessner.

Ernst Deutsch lehnt sich zurück, die Karaffe mit Wasser ist leer, die Flasche mit Whiskey noch nicht, die Teller sind abgeräumt, im Aschenbecher liegen Stummel, die Blätter der Bäume werfen keine spielenden Schatten mehr. Der Abend wiegt schwerer als der Tag.

Leopold Jessner blickt auf seine Uhr.

Ernst Deutsch stellt das Glas auf den Tisch. Ihm fällt ein Satz von Napoleon ein. *In der Emigration bleiben die Uhren stehen*, und sagt: »Ich werde über die Jahre der Emigration niemals sprechen, nur eines will ich sagen: außer einer unheilbaren Krankheit kann einen nichts Schlimmeres treffen als die unfreiwillige Emigration.«

Walter Wicclair gehen die Berge nicht aus dem Kopf, die Wälder, die Sonnenuntergänge, die Weite, die er sah, als er mit dem Greyhoundbus von New York herfuhr. Nie zuvor hatte er solche Berge, solche Wälder, solche Sonnenuntergänge gesehen, nie solche Weite. Eng ist die Weite geworden seit den Trommeln, dem Marschschritt, dem Gesang auf einer breiten Straße.

Walter gehen seine Eltern Robert und Selma nicht aus dem Kopf, nicht Käthe, nicht Ralph und nicht Emil. Ihr Leben dort, sein Leben hier. Er wünschte, er könnte ihrer aller Leben wieder zusammenbringen. Aber Käthe wollte schon in Amsterdam nicht mehr mit ihm zusammen sein. Hierherkommen wollen mit Ralph wird sie erst recht nicht, obwohl sie weiß, der Spuk nimmt kein Ende. Außerdem kann sie Emil nicht allein lassen.

Vater und Mutter werden sich vom Hotel in der Milchstraße nicht trennen, weil die Leute weiter gutes koscheres Essen bekommen sollen, das gepflegte Hasse Bier und sonntags musikalische Unterhaltung. Sie schreiben: *Jungerle, sei unbesorgt, uns geht es gut.*

Walter, der lieber wieder Weinlaub hieße, wäre gerne in seinem alten Leben, aber er muss ein neues finden. Von einem, der wie er in der Pension wohnt, in der es laut zugeht, aber freundlich, und mit dem er sich angefreundet hat, hört er vom German Jewish Club of 1933. »Jeder, der hier ankommt, hört von diesem Club. Es ist ein loser Verein. Zwei Geschäftsmänner und ein Zahnarzt haben ihn 1933 gegründet. Der Club ist auf der Union Street in Downtown. Dort wird einem geholfen, mit Kursen über die Geschichte Amerikas, mit Sprachunterricht, bei der Suche nach einer Wohnung oder nach Arbeit.«

Walter weiß nicht, wo die Union Street ist. Der, mit dem er sich angefreundet hat, will es ihm zeigen. Zusammen fahren sie mit der roten Straßenbahn. Die Fahrt dauert eine Stunde.

Weil Walter noch nicht in Downtown war, laufen sie herum.

Walter will sehen, der Angefreundete erklären.

Walter sieht den Grand Central Market.

»Die Reichen, die in ihren Villen auf dem Bunker Hill wohnen, fahren mit der Drahtseilbahn den Hügel hinunter und kaufen hier ein.«

Walter und der Angefreundete kaufen nichts.

Walter sieht Chinatown. Kaufleute, Arbeiter, Bauern, Kräuterkundige, Geschäfte aller möglichen Art, Wäschereien, kleine Straßenrestaurants.

»Old Chinatown wurde dem Erdboden gleichgemacht für die Union Station, und 145 Fuß unter den Bahngleisen versiegelt.«

Walter sieht die Union Station, den Boden aus Terrakottafliesen und Marmor, die hohe Decke aus Holz, riesige Leuchter, die Fenster wie in einer Kirche. Er sieht Sessel und Sofas für Reisende, den Garten, durch den die gehen, die aus Zügen steigen. Der Angefreundete muss nichts erklären. Walter sagt: »Ein schöneres Ankommen kann ich mir gar nicht vorstellen.«

Er sieht den Blumenmarkt, der ist japanisch, und läuft wie von einem Land in ein anderes. Nachdem sie durch genug Länder gelaufen sind, stehen sie auf der Union Street vor einem dreistöckigen sandsteinfarbenen Haus.

An der Fassade sieht Walter die Spuren des letzten Hochwassers.

»Es hatte angefangen zu regnen. Plötzlich hörte der Regen auf. Die Ruhe vor einem Sturm. Wind kam auf. Der Wind brachte neuen Regen. Der LA River trat über sein Ufer, Straßen wurden überspült, unterspült, weggespült, Brücken, Telefon- und Strommasten fortgerissen, auch Menschen. Autos schwammen an Häusern vorbei. When it rains in California, it pours.«

Sie steigen die fünf Stufen hinauf, öffnen die Glastür, treten in eine geflieste Halle, gehen in einen Raum, in dem sie Leute sehen, die Zeitung lesen, Karten spielen, etwas essen oder auch nur trinken und sich unterhalten. Walter und der Angefreundete suchen sich einen Platz, trinken, essen, lesen Zeitung.

Das nächste Mal fährt Walter allein, isst und trinkt etwas, kommt ins Gespräch mit einem Kaufmann, und erfährt: Der Kaufmann ist der Sohn einer Opernsängerin und eines Komponisten. Elf Jahre lang war der Vater auch Dirigent an der Berliner Staatsoper. Bis 1937. Der Kaufmann hatte eine eigene Firma. Hier arbeitet er als Portier, Straßenfeger oder reinigt Toiletten. Vater und Mutter sind in Schweden.

Walter kommt ins Gespräch mit einer Physiotherapeutin und erfährt: Ihr Vater war von 1918 bis 1920 Ministerpräsident des Freistaates Preußen, von 1921 bis 1925 Stadtrat von Berlin Charlottenburg, dann Bürgermeister von Dortmund. Bis 1933. Die Eltern zogen nach Berlin, sie ging nach Südafrika, von dort hierher. Sie arbeitet als Kindermädchen und ist Schatzmeisterin des Clubs.

Walter kommt ins Gespräch mit einem Schauspieler und erfährt: Er war Schüler an der Schauspielschule, die in Berlin jeder als Jessner-Schule kannte. Bis 1933. In London machte er seinen Abschluss an der Royal Acadamy of Dramatic Arts und arbeitete als Sekretär für Berthold Viertel. In der Wohnung darüber wohnte Fritz Kortner. Aus purer Gemeinheit, ereiferte sich Viertel nicht nur einmal. Warum? Sollte die Erde beben, fiele Kortner auf ihn, nicht er auf Kortner.

Im selben Haus wohnten auch die Jessners. Der Intendant, obwohl er selten da war, seine Frau Elsa, die schöne Tochter Lottchen, die Nichten Eva und Hannele. Hannele war wie er an der Royal Academy. Eva Jessner ist hier.

Er hat seine Arbeit als Schauspieler aufgegeben, denn er probt mit deutschen Schauspielern den *Tell*. Den Text lernen sie in phonetischer Transkription. Regie führt Leopold Jessner. Der Intendant ist auch oft im Club. Wenn er im Club ist, liest er Zeitung, spielt Karten, isst etwas oder trinkt nur.

Walter kommt ins Gespräch mit Eva Jessner und erfährt:

In Berlin und London wollte sie Schauspielerin werden, in London machte sie eine Ausbildung zur Sekretärin. Als kein Geld mehr für Ausbildung, Kost und Logis da war, ging sie mit ihrer Schwester Hannele zurück nach Berlin. Unter der Regie ihres Vaters spielten sie beim Jüdischen Kulturbund, der einzigen Organisation, in der jüdische Künstler noch arbeiten durften, in Zweigs *Jeremias* oder den revueartigen Theaterspektakeln ›Berliner Bilderbogen – Östlicher Bilderbogen‹: Jazz, Cancan, chassidische Lieder, der lachende Rabbi, der Jude mit der Fidel, als gäbe es keine anderen Sorgen.

1937 ging Eva nach Rom, wollte Gesang studieren. Als ein J in ihren Pass gestempelt wurde, kam sie hierher. Ihr Vater ist noch in Berlin, Hannele ist jetzt in Amsterdam. Dass ihr Onkel Leopold hier ist, ist ihr Glück.

Walter, der auch ein wenig Glück gebrauchen könnte, weil er will, dass man von ihm hört, weil er wieder als Schauspieler arbeiten möchte, noch lieber als Regisseur, muss mit Leopold Jessner ins Gespräch kommen, egal, ob der gerade Zeitung liest, Karten spielt, etwas isst oder auch nur trinkt. Wenn er mit dem Intendanten ins Gespräch kommt, springt vielleicht eine Rolle für ihn heraus oder nur ein Röllchen.

Walter kommt mit Leopold Jessner ins Gespräch. »Herr Intendant, ich muss Sie sprechen.«

»Sie hätten wahrlich einen geeigneteren Moment finden können.«

»Ich möchte bei Ihnen spielen.«

Leopold Jessner erfährt von Schneidemühl, wo Walter seine ersten Gehversuche machte, fünf Mark im Monat verdiente und eine Bleibe auf einem Dachboden hatte. Weil das

Fenster kaputt war, lag manchmal Schnee auf dem Bett. Das Wasser in der Waschschüssel gefror. Den ersten Festvertrag hatte er in Frankfurt. Von dort empfahl ihn sein Agent nach Münster. Nach der ersten Spielzeit bestellte ihn der neue Direktor in sein Büro. »Nur so, wie ist Ihre Religion?«

Walters Vertrag wurde nicht verlängert.

Er fand ein anderes Engagement und Käthe, die Tochter von Emil Nothmann. Mit dessen Gastspieltheater gingen sie auf Tournee, nur kurz, die Zeiten waren schlecht.

Emil zog nach Berlin, auf bessere Zeiten zu warten, Walter und Käthe zogen nach Kreuzburg zu Walters Eltern. 1931 kam Ralph auf die Welt. Walters Eltern zuliebe wurde Käthe wieder jüdisch und der kleine Ralph beschnitten.

Ein Jahr später eröffnete Walters Theater. Mit Erlaubnis des Dramatikers nannte er es Gerhart-Hauptmann-Bühne.

In einer Zeitung las er: »... *ob nun ›die Sympathien aus allen Volkskreisen‹ für den Juden Walter Weinlaub und seiner verzapften Kultur so groß sind, möchten wir stark bezweifeln anhand der Tatsache, daß ca. 2500 Kreuzburger Nationalsozialisten ihn schärfstens ablehnen.*

Aus Augen klug und scheu, nicht unstet und doch so, als ruhte selten jemand in diesem Blick, betrachtet Leopold Jessner den jungen Mann. Ihm gefällt, was er sieht: Dunkle, zornige Augen, ausgeprägte Wangenkochen, auffällige Nase. Er kann sich ihn in vielen Rollen vorstellen. Er könnte sagen: »wie Sie schon aussehen!« Er sagt: »Lassen Sie uns Karten spielen.«

Der dritte Mann ist Eva. Sie spielen Skat. Der Intendant ist ein hervorragender Spieler. Zu Walter sagt er: »Wenn Sie so schauspielern, wie Sie spielen ...« und lacht. »Kommen Sie zum Vorsprechen ins El Capitan.«

Walter könnte glücklicher nicht sein. Schon am nächsten Tag geht er hin. Von da, wo er wohnt, in der Pension, in der es immer weniger laut zugeht, weil Bewohner eigene

Wohnungen finden und keine neuen Bewohner nachkommen, ist es weit, aber weit sind die Wege hier überall. Auch daran muss er sich gewöhnen.

Walter betritt das pseudobarocke Foyer, bewundert die zehn Meter hohe goldene Decke, die Wände in juwelenartigem Blau, die Fenster, Türen und Plakate in goldenen Rahmen, und geht in den Saal. Auch da ist die Decke vergoldet, sind die Wände juwelenartig blau, grün und rot, rot sind die plüschigen Sitzreihen. Er zählt. Über tausend Zuschauer könnten Platz finden. Er setzt sich in eine der Reihen ganz hinten, sieht auf der Bühne eine Treppenkonstruktion, ein Kreuz, eine Stange mit Hut, Vorhänge, darauf stilisiert gemalte schneebedeckte Berge.

Er sieht Alexander Granach als Stauffacher, Ernst Deutsch als Gessler, Christiane Grautoff als Hedwig, als Tell einen Schauspieler, den er nicht kennt, als Melchtal den Schauspieler, der in London mit den Jessners in einem Haus gewohnt hat, Berthold Viertels Sekretär gewesen war und gesagt hatte, er habe seine Arbeit aufgegeben, weil er davon überzeugt sei, *Tell* sei erst der Anfang.

Er sieht Leopold Jessner mit einem Dirigentenstab in der Hand an einem Pult, darauf ein Manuskript. Es ist die Strichfassung, die, wie bei jedem Stück, das Leopold Jessner inszeniert, aussieht wie die Partitur eines Dirigenten.

Das sieht Walter nicht. Er hört Musik.

Er hört den Text auf Englisch und eine Sprechlehrerin, die ständig korrigiert, jetzt gerade Granach: »It's very hard to understand you. You better polish up your English.«

Der erwidert: »I thought my English is Polish enough.«

Während er hört und sieht, ist Walter nicht mehr so glücklich wie am Tag zuvor, als der Intendant ihn bat herzukommen, um vorzusprechen, ist sich nicht mehr sicher, ob er sich überhaupt bemerkbar machen soll. Sein Englisch reicht gerade aus, um im Bus einen Umsteiger zu verlangen.

Er fragt sich, ob wirklich tausend Zuschauer in einem Theater, in dem sonst Revuen gezeigt werden, Platz finden wollen, um ein Stück zu sehen von einem Dichter, der hier Skiller ausgesprochen wird.

Er sieht noch eine Weile zu, verlässt dann den Saal so unbemerkt, wie er gekommen ist.

Im goldenen Foyer des El Capitan fragt er sich, wie es weitergehen soll?

Auf dem Weg zurück zur Pension gibt er sich die Antwort: Es wird schon weitergehen. Es geht immer weiter.

Elow tritt aus dem amerikanischen Konsulat in Berlin Mitte, blickt kurz in den Himmel, Regen fällt auf sein Gesicht, setzt den Hut auf, den er in der linken Hand hält, klopft mit der rechten auf die linke Brusttasche, aus Angst, das, was er bei sich trägt, könnte ihm jeden Moment wieder genommen werden, und setzt sich in Bewegung.

Aufreibende Wochen liegen hinter ihm. Papiere mussten herbeigeschafft werden:

Eine Bescheinigung der Jüdischen Gemeinde.

Die Familie Lowinski ist mit Beiträgen nicht im Rückstand, eine Auswanderungsabgabe muss nicht entrichtet werden.

Eine Bescheinigung vom Bezirksbürgermeister.

Gegen die Auswanderung des Erich Israel Lowinski, seiner Ehefrau Berta Sara und seiner Tochter Josefa Irena Sara bestehen vom gemeindesteuerlichen Standpunkt aus keine Bedenken.

Eine Bescheinigung vom Finanzamt.

Der Kabarettist Erich Israel Lowinski, seine Frau Berta Sara sowie seine Tochter Josefa Irena Sara haben keine Reste an Reichssteuern, Zuschlägen, Strafen und Kosten. Eine Judenabgabe ist nicht zu entrichten.

Judenabgabe!

Ein polizeiliches Führungszeugnis für Berta. *Sie ist vom 8. April 1920 bis jetzt hier polizeilich gemeldet. Über sie ist in den polizeilichen Listen keine Strafe verzeichnet.*

Eine Genehmigung des Oberfinanzpräsidenten (Devisenstelle) zur Verbringung des Umzugsgutes.

Umzugsgut! Ein paar Koffer mit Habseligkeiten.

All diese Unterlagen waren notwendig, damit er auf dem amerikanischen Konsulat abholen konnte, was jetzt in seiner linken Brusttasche steckt. Drei Visa für sich, Berta und Josi.

Er atmet tief durch, zieht den Kragen der Jacke hoch, als schützte ihn das vor jeglicher Gefahr, kommt gerade am Brandenburger Tor vorbei und muss denken, nichts ist mehr schön, was schön einmal war. Zwischen den Säulen des Tores hängen Hakenkreuzfahnen.

Er läuft weiter Unter den Linden. Statt Linden säumen eckige Säulen die Straße. Auf den Säulen hocken gusseiserne Reichsadler, als wollten sie jeden Moment hinabstoßen.

Er biegt nach links in die Friedrichstraße ein. Seine Beine tragen ihn wie von allein und fühlen sich an wie Blei.

Er erreicht den S-Bahnhof. Kurz überlegt er, bis nach Hause zu laufen. Mit der Bahn geht es schneller. Er löst einen Fahrschein, läuft zur U-Bahn, fährt bis Kochstraße, steigt aus, eilt zum Ausgang, nimmt zwei Stufen auf einmal, rennt den Rest des Wegs zur Markgrafenstraße 12 zurück zu Berta und Josi.

Er weiß, dass sie sich Sorgen machen, wenn er unterwegs ist. Er betritt die Wohnung, hastet durch den Flur, am Wohnzimmer vorbei, in dem ihre Möbel andere benutzen, an Josis Zimmer vorbei, das Josis Zimmer nicht mehr ist, vorbei an Küche und Bad, aus denen Geräusche dringen, die Alltäglichkeit vortäuschen.

Er öffnet die Tür zu einem der hinteren Zimmer, tritt ein.

Berta und Josi stehen da, als wären sie aufgesprungen, als sie seine Schritte hörten. Er schließt die Tür hinter sich, lehnt sich dagegen, schließt kurz die Augen, zieht dann aus der Brusttasche das, worauf sie seit drei Jahren warten. Josi und Berta stürzen in seine Arme. So stehen sie und weinen.

Am Nachmittag machen sie sich auf den Weg zu Richard, Edith und Ruth. Sie laufen bis U-Bahnhof Kochstraße, fahren bis Friedrichstraße, steigen dort in die S-Bahn, am Alex in die Straßenbahn, fahren auf der Neuen Königstraße, die zur Greifswalder Straße wird, bis Danziger Straße, Ecke Eibinger Straße, steigen aus, laufen bis zur Goldaper Straße 2. An einem anderen Tag wäre der Weg ein Vergnügen. An diesem Tag ist er Glück und Unglück zugleich.

Edith hat wie immer den Tisch gedeckt.

Sie sitzen vor Kaffee, Kuchen, Likör und Limonade.

Richard rührt und rührt mit dem Löffel in der Kaffeetasse. Es ist lange das einzige Geräusch.

Schließlich tippt er mit dem Löffel an die Tasse, legt ihn auf die Untertasse. »Wir müssen Kennkarten bei uns tragen, auf denen ein J gestempelt ist, wir müssen mit zweitem Namen Israel oder Sara heißen, wir dürfen nicht mehr in Schlaf- und Speisewagen reisen, Autos dürfen wir auch nicht mehr besitzen, wir dürfen keine Bücher mehr verlegen, keine Bücher mehr verkaufen, wir dürfen keinen Schmuck mehr tragen, und weil wir arbeitslos sind, weil sie uns unsere Berufe genommen haben, werden wir zu Zwangsarbeit verpflichtet. Nach der Volkszählung wissen sie genau, wie viele Juden sie noch haben, und wo sie wohnen.«

Edith ist nach Schreien zumute. Seit neuestem ist sie eine ›Person deutschen oder artverwandten Blutes‹, ihre Ehe eine ›Mischehe‹, ihre Tochter ein ›Mischling‹. Sie hat Angst. Nicht um sich, sondern um Richard und Ruth. Unberechenbar ist die Zeit.

Die Erwachsenen trinken mehr Likör als Kaffee. Die Mädchen nippen an ihrer Limonade. Josi sieht Ruth an und Ruth Josi. Die Welt der Erwachsenen ist beängstigend, das ganze Leben, das ihnen Stück für Stück genommen wird, bis nichts mehr übrig ist, und sie können sich nicht wehren, wie auch, wenn nicht einmal die Erwachsenen sich wehren können. Vielleicht erzählen sie sich darum immer wieder, dass die Familie seit 1787 deutsch und in allen Generationen vaterländisch gesinnt gewesen ist. Dass ein Vorfahr als freiwilliger Jäger im Befreiungskrieg 1813/14 gekämpft hat. Dass ihre eigenen Väter im letzten Krieg Tapferkeitsorden bekommen haben.

Ruth und Josi stehen auf, ohne zu fragen, ob es ihnen erlaubt sei, wie sie es sonst tun, nehmen ihre fast vollen Gläser und verschwinden in Ruths Zimmer. Die Erwachsenen blikken ihnen nach.

»Erinnert ihr euch an Adolf Stein?« Das sagt Elow.

Richard nickt. »Der Antisemit, der über das Berliner Kulturleben und dein Kabarett geschrieben hat.«

»Seine Plaudereien wurden im ganzen Reich nachgedruckt.« Edith schenkt Likör nach. »Dein Freund Kästner hat gewarnt, so einer sei gefährlicher als eine Kompagnie von Feld-, Wald- und Wiesendemagogen. Das Gift hat gewirkt.«

Nur das Ticken der Wanduhr ist zu hören. Berta trinkt das Likörglas aus. »Ihr kommt auch bald raus. In San Pedro sehen wir uns wieder.«

San Pedro. Der Ort könnte auf dem Mond sein.

Edith steht auf, als hätte Berta nichts Unpassenderes sagen können, räumt den Kuchen ab, den keiner isst, die Teller, die Tassen, der Kaffee ist kalt geworden. Likör und Likörgläser bleiben stehen.

Berta geht ihr zur Hand. In der Küche nehmen sich Berta und Edith in den Arm.

Im Wohnzimmer schweigen Richard und Elow.

Im Mädchenzimmer beugen sich Ruth und Josi über eine Weltkarte.

Die Frauen kommen aus der Küche, die Mädchen aus Ruths Zimmer zurück an den Tisch, an dem die Männer schweigen.

Ruth stellt die Likörgläser und den Likör zur Seite, Josi breitet die Karte aus, tippt mit dem Zeigefinger darauf. »Dort werden wir sein.«

Ruth legt den Zeigefinger auf Deutschland. »Und wir hier.«

»Dazwischen liegen über 9300 Kilometer«. Das sagt Josi.

»Und neun Zeitzonen«, ergänzt Ruth. »Mehr gibt es dazu nicht zu sagen.«

In der Nacht schreibt Elow an Onkel Adolf:

Wir fahren, wie Du es geraten hattest via London, Bermuda, Kingston, Puerto Columbia, Cristobal, also durch den Panama-Kanal, und sollten am 29. 7. in Los Angeles Harbour eintreffen.

Er schreibt nicht, er glaube es erst, wenn sie auf dem Schiff seien.

Bevor Leopold Jessner seine Wohnung auf der Cherokee Avenue betritt, berührt er die Mesusa am rechten Türpfosten. Er berührt die Mesusa auch, wenn er die Wohnung verlässt.

So nimmt er Gott mit hinaus und hinein.

Als er und seine Schwester Sophie noch so klein waren, dass sie nicht an die Mesusa heranreichten, hob ihre Mutter oder ein anderer Erwachsener sie hoch. Erst Sophie, dann ihn. Sie mussten die Mesusa küssen. Es sollte sie lehren, sich einem Ideal zu nähern, statt es zu sich herunterzuholen.

Es gibt andere Rituale. Wenn er zuhause ist, lässt er die Schuhe an. Als er und Sophie noch klein waren, hatte die Mutter gesagt, sie müssten fortlaufen können. Jederzeit.

Wenn er niest, zieht er an seinem linken Ohrläppchen, die Seele zurück in den Körper zu holen.

Wenn jemand stirbt, reißt er seine Kleidung ein.

Bevor er irgendwohin geht, setzt er sich für einen Moment auf einen Stuhl, sicherzugehen, dass er wiederkommt. So hält er es schon lange, egal, an welchem Ort.

Leopold Jessner erhebt sich, er wird Fritz Kortner treffen. Der ist in der Stadt, nicht um den Gessler zu spielen, sondern um über Filmrollen zu verhandeln. Sie haben sich trotzdem verabredet, zu einem Spaziergang über den Farmers Market, the biggest food market in the world, Fairfax, Ecke 3rd Street, vorbei an Verkaufsständen und kleinen Hütten. Fleisch, Backwaren, Gemüse, Obst, Fisch, Blumen, Souvenirs.

Ab und zu bleiben sie vor einem Stand stehen. Kortner sieht sich die Ware an, Jessner Kortner. Richard III., Hamlet, Macbeth, Marquis von Keith, Othello. Kaufmann von Venedig.

Immer wieder hatten sie Kämpfe gefochten. Auch 1923, als er den *Tell* zum zweiten Mal am Staatstheater inszenierte, wieder mit Kortner als Gessler und wieder mit Bassermann als Tell. Die Armgard spielte eine zweiundzwanzigjährige Helene Weigel, die ein halbes Jahr zuvor als zweite Hexe in *Macbeth* bei ihm ihr Debüt gegeben hatte.

1923 gab es allerdings statt der Stufenbühne einen grünen Teppich, der Text war weniger zusammengestrichen, die Zeile *Ans Vaterland, ans teure, schließ dich an* wieder aufgenommen.

Kortner frotzelte, ob über die revolutionäre Treppe Gras gewachsen sei.

»Sie meinen, ich schwanke?«, hatte er gefragt.

»Wenn Sie mich so fragen? Sie stolpern in die andere Richtung.«

Französische und belgische Truppen hatten das Ruhrgebiet besetzt. Was Kortner als Rückfall sah, sah er als Reaktion auf politische Ereignisse. Kein Kotau, sondern das Aufbegehren der Menschen gegen eine Macht. Er sagte, »Mein *Tell* ist nie zufällig.«

Es war eine fruchtlose Diskussion. Was hatte Max Reinhardt einmal gesagt: »Ach Kortner – der hat immer recht.«

Wie aus heiterem Himmel sagt Leopold Jessner jetzt:

»Ich habe Sie zu einem politischen Schauspieler gemacht. In Bronnens *Ostpolzug* standen Sie allein auf meiner Bühne.«

Fritz Kortner gedenkt nicht, darauf einzugehen, sondern erwidert: »Bald darauf erklärte der, er sei Faschist und freundete sich mit Goebbels an. Der jüdische Dramatiker und sein Minister. Ein Theaterstück, das es sich noch zu schreiben lohnte.«

Leopold Jessner empfindet Müdigkeit von der Welt, wie er sie in Berlin oft empfunden hatte. Als Intendant war er auch Politiker gewesen, setzte sich für die Gewerkschaften ein, unterstützte die Volksbühnenbewegung, war Vorsitzender des Verbandes Berliner Bühnenleiter, erster Vorsitzender der Vereinigung künstlerischer Bühnenvorstände, focht die Neuordnung des Deutschen Bühnenvereins durch, die

Überführung aller Hof- und Stadttheater in staatliche beziehungsweise städtische Verwaltung, die Gründung eines Reichstheaterrates. Kam er zu Sitzungen zu spät, sagte er: »Ich musste noch in die Synagoge.«

Im Reichstag sprach er für die SPD.

Immer wieder musste er sich für seine Arbeit rechtfertigen. Auch, als er Piscator engagierte. Die Fraktion der Deutschnationalen stellte im Parlament die Anfrage, ob das Staatsministerium nun die Übertragung der staatsfeindlichen Bestrebungen des kommunistischen Agitators Piscator auf die Inszenierung des Staatstheaters billige. Plötzlich gab es die ›Jessner-Krise‹, den ›Fall Jessner‹. Seine Partei, die SPD, wollte es allen recht machen und machte es keinem recht, versagte ihm die Unterstützung. Das traf ihn sehr.

1929 bliesen die Reaktionäre zum Sturm: »Herr Jessner erlaubt sich alles. Es steht in seiner Macht – und wir brechen nicht diese Macht, halten sie schon acht Jahre aus! Aber wir werden sie stürzen. Die Mobilmachung unserer Kreise hat begonnen.«

Fritz Kortner lernte Boxen, wollte sich zur Wehr setzen können.

Mit Brecht und Ernst Deutsch verbrachte er Abende im Sportpalast.

Leopold Jessner hatte für Boxkämpfe nichts übrig. In sein Testament ließ er eine Verfügung setzen. Er wünsche, auf orthodoxe Weise auf dem Jüdischen Friedhof begraben zu werden. Die Herren antisemitischen Beamten des Staates sollten öffentlich im Leichenzug vom Regierungszentrum durch das jüdische Viertel gehen und ihre Ehrerbietung nach jüdischem Ritus erweisen müssen.

Jetzt fragt er Kortner: »Denken Sie manchmal noch an die Sache mit Harlan?«

»Veit! Aufsteigender Stern an Ihrem Theater. In Konkurrenz mit mir, dem älteren Vorbild, befreundet auch. Ich war Trauzeuge bei seiner Hochzeit.«

»Als seine Frau sich von ihm scheiden ließ, bezichtigte er Sie, sie belästigt zu haben, und ist mit einer Reitgerte auf Sie losgegangen, öffentlich, vor Kollegen.«

Kortner macht eine abwertende Handbewegung. »Ein gefundenes Fressen für die rechte Presse. *Kortner, der Lude. Jessner, der Jude.* Dann sollte ich noch eine Affäre mit Ihrer Tochter haben. Eine üble Kampagne.«

»Die Fraktion der Deutschnationalen stellte eine neue Anfrage zur ›Ausschaltung der Juden aus dem deutschen Kulturbereich‹. Man warf mir Unwirtschaftlichkeit vor.« Darum setzte er ein Boxerstück auf den Spielplan. Er konnte auch Boulevard. Brecht hatte das Stück vermittelt. Kortner sollte die Hauptrolle spielen, aber der weigerte sich. Gegen Hans Albers wehrten sich die Hausmitglieder. Kein Gaststar unter Hausstaren. Er besetzte einen Unbekannten und machte ihn bekannt.

Auf die Bühne stellte er einen Boxring.

Premiere war am letzten Tag des Jahres 1929. Er stand Runde um Runde durch. Eine Chance hatte er nicht. Sie zielten auf ihn.

Von rechts und von links. Den einen war er zu jüdisch, den anderen zu sozialdemokratisch. In einer Zeitung las er: *Nach Neujahr dreht sich der Wind um. Man läßt den Star Star sein. … Und sieht gelassen zu, daß in einer anderen Ecke des ewigen Kampffeldes einer der sichtbarsten und begabtesten Bühnenleiter der deutschen Theatergeschichte zu Fall gebracht wurde.*

Der Farmers Market liegt jetzt hinter ihnen. Sie kommen vorbei an Bäckereien, Fischläden, Fleischläden mit hebräischen Aufschriften auf den Schaufenstern.

Kortner seufzt. »Die Welt hat ihren Norden verloren.«

Weil Jessner schweigt, sagt Kortner: »Was haben wir uns nur dabei gedacht zu denken, dass der Jude, wenn er aufhörte, er zu sein und voll und ganz deutscher werden würde, er dann voll und ganz sein könnte.«

Leopold Jessner schlägt einen Imbiss im Canter's Deli vor.

Das Angebot auf der Speisekarte sei reichlich. Matzo balls, chicken coup, Reuben sandwich, Eier jeder Art, als Omelette, scrambled, boiled, poached, sunny side up, overeasy, French Toast mit Ahornsirup, turkey mit mashed potatoes, sweet and sour stuffed beef cabbage, Steak, chicken, Hamburger, alles, nur keine Meeresfrüchte.

Die beiden Männer werden platziert. Um sie herum lebhafte Gespräche. Es geht zu wie in einem großen Speisesaal. Die Kellnerin stellt Gläser auf den Tisch und eine Karaffe mit Wasser.

Kortner beugt sich vor, fast verschwörerisch. »Im Sommer 1933, nach der Tournee, waren wir in Marienbad. Zwei Tage, nachdem Hanna mit den Kindern zu mir nachgereist war, stand die Gestapo vor der Tür. Unsere Sachen wurden beschlagnahmt. Ich hatte nur noch die letzten Einnahmen von der Tournee. London erschien als Möglichkeit. Also über Wien und Paris dorthin. Jeden Vormittag besuchte ich eine Sprechlehrerin. Eines Morgens las ich auf dem Weg die Schlagzeile *6000 Jews massacred*. Der Lehrerin erzählte ich, was ich gelesen hatte, sagte die sixthousand mit deutschem T. Sie: ›say it again‹. Ich wiederholte. Das T wollte nicht weichen, missbilligend ihre Aufforderung zur Wiederholung der Zungenübung. Am Ende gab ich dem ›th‹ den sechstausend Juden den Vortritt und floh vor der Gleichgültigkeit in die Sprache, las jedes Buch, das mir zwischen die Finger kam, hörte in Kirchen geistliche Reden, übte von früh bis abends. Ich bekam Rollen beim Film, aber der deutsche Akzent machte es schwierig, im Theater Fuß zu fassen.«

Die Kellnerin tritt mit zwei Tellern an den Tisch. Kortner hat Steak mit French Fries bestellt, Jessner Kohlroulade. Ketchup, Mayonnaise, Salz, Pfeffer, Servietten stehen auf dem Tisch. Eine Weile essen sie schweigend. Dann redet schon wieder Kortner: »In London Park Lane, Hendon, Protherie Gardens, Highgate. In New York Hotel Ambassador, Mayflower, Twin Farms in Vermont, und wieder New York. An der Zahl der Behausungen dürfte sich ein dürftiges Exildasein ablesen lassen. Wo kein Geld, dort kein Bleiben.«

»Der European Film Fund hilft.«

»Ich will keine Almosen.«

»Wir spielen Theater. Gutes Theater!«

»Wie soll man ans Theaterspielen denken, wenn man nicht weiß, wovon man am nächsten Tag leben wird?« Kortner legt das Besteck auf den Teller, wischt sich den Mund mit der Serviette, legt sie mit bedeutungsvoller Geste zurück auf den Tisch. »*Tell.* Warum?«

»Es war Dieterles Idee.«

Kortner nickt. »Man ist eben auch das, was man schafft.«

Zur Premiere am 25. Mai 1939 kommt er nicht.

An diesem Abend sitzt Leopold Jessner länger als sonst auf einem Stuhl in seiner Wohnung. Zehrende Wochen liegen hinter ihm. Er fragt sich einmal mehr, ob es richtig war, auf Dieterle zu hören, steht auf, geht zur Garderobe, nimmt das Jackett, zieht es über, nimmt den Hut, lässt ihn dreimal fallen, wie aus Versehen, das bedeutet Glück, zieht die Tür hinter sich zu, berührt die Mesusa, führt die Finger zum Mund als angedeuteten Kuss, steigt die Treppen hinunter und tritt auf die Straße.

Hitze schlägt ihm entgegen.

Er setzt den Hut auf, läuft zum Hollywood Boulevard, Straße der Stars und Sternchen, der Schmuggler und Diebe, der Astrologen und Heiler, die jene trösten, die für ihren Traum vom Geld ihr Geld und ihren Traum verloren haben.

Bis zum El Capitan ist es nicht weit.

Vor dem Theater hält er noch einmal inne. Es hatte Streit gegeben. Über die Musik und das Bühnenbild. Streit auch wegen der Sprache. Kortner hatte gesagt: »In einer fremden Sprache zu spielen, das streift oft beängstigend die dunklen Bezirke des Wahnsinns.«

Jessner konnte ihm nicht nicht recht geben, auf der anderen Seite konnte er auch nicht nicht weitermachen. Dieterle hat 30.000 Dollar investiert, im Radio gesprochen, nicht nur einmal seinen Astrologen besucht und war dabeigeblieben: »Die Sterne stehen günstig.«

Leopold Jessner nimmt den Hut ab, streicht sich über den kahlen Kopf. Das Leben kann von unwägbaren Kleinigkeiten beeinflusst werden, das Theater ist nur eine verkleinerte oder vergrößerte Wiedergabe und Spiegelung des Lebens.

Er betritt das Theater, geht von hinten auf die Bühne und späht durch das Guckloch im Vorhang. Der Saal ist bis auf den letzten Platz besetzt.

Amerikaner und Deutsche. Reporter, Studiobosse, Agenten. Ärzte, Anwälte, Handwerker, Geschäftsleute. Musiker, Literaten, Schauspieler, Kabarettisten.

Männer und Frauen.

Im Parterre sieht er Fritzi Massary, die Diva, derentwegen er gern Regisseur von Operetten geworden wäre. Sie ist seit kurzem hier und sitzt neben Joan Crawford.

Er sieht Ernst Lubitsch, Bruno und Liesl Frank, die Dietrich, Max Reinhardt mit seiner Frau Helene Thimig und all die anderen.

Fräcke, Abendkleider, Blumenfülle. Das ruft Erinnerung an beste Zeiten wach. Er geht zu seinen Schauspielern.

Granach sagt: »Was aus der ganzen Sache wird, kann niemand wissen. Es kann durchfallen, aber es kann auch ein Erfolg werden.«

»Mazzeltoff!«

Leopold Jessner sucht sich seinen Platz in der ersten Reihe.

Das Licht geht aus, und sie spielen das deutsche Stück in der Fremde, als gäbe es kein Morgen, vor *ihrem* Publikum und vor ein paar Amerikanern, die nicht genau erfassen können, in welcher Sprache was da oben auf der Bühne verhandelt wird.

Am Ende hebt sich der Vorhang neunmal. Der Beifall ist freundlich. Es sind die deutschen Zuschauer, die lange applaudieren.

Am nächsten Tag studiert Leopold Jessner die Zeitungen:

Schillers Verse am Hollywood Boulevard. Es war ein aufregender Abend im El Capitan Theater.

Eine titelt *Wilhelm Tell triumphes at El Capitan Theater.*

Eine berichtet *von der mutigen Unternehmung seitens der Schauspieler, allesamt Geflüchtete aus Zentraleuropa, die vor einem großen Publikum im El Capitan Theater in einzelnen Szenen des ›Wilhelm Tell‹ eine glänzende Ausführung fand. Die Besetzung hätte den ersten deutschen Bühnen zur Ehre gereicht.*

Hätte!

Die zweite Vorstellung ist schon weniger besucht.

Die dritte, die vierte. Die fünfte. Nicht seine Regie, nicht die Musik von Ernst Toch, nicht das Bühnenbild von Rudi Feld finden bei den Amerikanern Gefallen. Sie verstehen auch den Freiheitsgedanken nicht. Der Tyrann, vor dem die Amerikaner nicht fliehen müssen, geht sie nichts an.

Nach der zwölften Vorstellung ist Schluss. Es ist das Aus für deutsches Theater in englischer Sprache, das Aus für die Continental Player, das Aus für ihn als Regisseur.

Er müsste darüber nachdenken, wie es weitergehen soll. Doch was soll durch Nachdenken gelöst werden. Er ist jetzt einundsechzig Jahre alt.

Er denkt an Ernst Toller, der sich drei Tage vor der Theaterpremiere hier im Bad seines Hotels in New York erhängt hat.

Er denkt an Christiane Grautoff, Tollers Frau, die überlegte, ob sie nicht lieber zur Beerdigung ihres Mannes zurückfliegen sollte. Sie flog nicht. Sie spielte die Hedwig und sagte: »Se show mast go on.«

Ein Mann – er ist mit seiner Frau mit dem Auto von der Ost- an die Westküste gefahren, durch atemberaubende Natur, karg und trocken, üppig und saftig, durch Gebilde, von denen er sagen würde, sie seien eine Kleinstadt, in Amerika aber seien sie ein Dorf, die Städte ein Sammelsurium von Vorstädten, die weder Sascha noch er in der Erinnerung beschreiben könnten, weil sie einander so elendiglich glichen, auf Straßen, auf denen man niemals abzubiegen brauche, weil es keine Straßen zum Abbiegen gebe, immer unter dem Eindruck, durch ein Nichts zu fahren – läuft den Hollywood Boulevard entlang.

Wie er sich schon in London, dann in New York fragte, fragt er sich in diesem Moment, wen von den alten Bekannten er treffen wird, als ihm auf der anderen Straßenseite ein Mann auffällt, groß, vielleicht ein wenig zu warm gekleidet, der sich dem Anschein nach Auslagen im Schaufenster eines Schuhgeschäfts ansieht.

Er rennt los, über die Straße, schaut nur flüchtig nach links und rechts, Autos hupen, und ruft: »Herr Intendant!«

Leopold Jessner dreht sich um, blickt suchend und erkennt: »Marcuse!«

In Königsberg, vor über zwanzig Jahren, waren sie sich zum ersten Mal begegnet. Er hatte Marcuse, der im letzten Kriegsjahr 1917 in der Verwaltung der Armee seinen Dienst tat und fast jeden Abend im Neuen Schauspielhaus saß, zu sich bestellt, weil der ihn nach einer seiner Inszenierungen vehement verteidigt hatte. So hatten sie sich kennengelernt. In Berlin waren sie Freunde geworden. Wie oft saßen sie, wenn er, Jessner, müde aus dem Büro in der Dorotheenstraße oder aus dem Staatstheater am Gendarmenmarkt kam, zusammen in der Bristol Bar oder im Bühnenclub. Jahrelang vermaßen sie die Republik. Er stöhnte über die Bierabende mit den Ministern, beklagte – und er klagte selten – den immer stärker werdenden Gegenwind.

Zuletzt gesprochen hatten sie am Tag des Reichstagsbrandes.

»Marcuse«, sagt Jessner noch einmal, als der vor ihm steht, als wollte er sich vergewissern, dass er seinen Augen trauen kann, und Marcuse sagt noch einmal »Herr Intendant!«

Leopold Jessner macht eine wegwerfende Handbewegung.

Marcuse zieht die Augenbrauen hoch, und dann fängt er an zu erzählen. Von Sanary-sur-Mer, wo er mit Sascha, seiner Frau, die letzten sechs Jahre verbracht hat, von wo sie weg seien, solange es noch ein Wegkommen gegeben habe und nicht den Abtransport in das Internierungslager Camps de Milles.

Man hätte sich in Deutschland wähnen können mit so vielen Kollegen, Bekannten, Freunden, hätte nicht das Meer türkisblau vor und sanfte Berge hinter einem gelegen, wäre im Januar nicht der Frühling schon gekommen mit Rosen, weißem Thymian, Mimosen und Nelken, wären nicht die Fischer gewesen, die am Hafen unter Palmen ihre Netze knüpften, wäre nicht das Bistro am Kai, in dem sie alle zusammengekommen seien nach einer Wanderung ins Land hinein, wo die Narzissenfelder sie derart betäubt hätten, dass noch die trübsten Stunden sie zum Leben verführten.

Schließlich hätten sie eingesehen, dass Frankreich sie nicht mehr verteidigen konnte, seien weiter nach England gezogen und von dort hierher. Seine Schwester Edith sei noch in Berlin. Der alten Mutter und der Arbeit wegen. Sie arbeite weiter für den Bondi Verlag, der jetzt Helmut Küpper Verlag heiße. Wäre es nach Küpper gegangen, er hätte es beim alten Namen belassen.

Langsam gehen sie vorbei an einem Juweliergeschäft.

»Der Besitzer ist Russe«, erklärt Jessner wie ein Stadtführer. »Das Geschäft ist profitabel. Ein Filmstudio ist am

Umsatz beteiligt, dafür muss der Inhaber keine Miete zahlen. Cagney, Bogart, Bette Davis kaufen hier ein.«

Sie wollen sich in einem Lokal weiter unterhalten, im Windmill Café, im Brown Derby oder im Ontra. Im Ontra lungern abgehalfterte Vaudevilleartisten herum, Essen gibt es zu vernünftigen Preisen. Im Tick Tock, wo an den Wänden Kuckucksuhren hängen, kostet ein Dinner 65 Cents, dazu oder danach werden helle Brötchen mit Zimtsauce gereicht.

Im Snow White Café sind die Fresken Disneyfiguren.

Sie gehen zum Musso & Franks.

»Als schlenderten wir den Kudamm entlang zum Romanischen Café«, sagt Jessner.

»Dem Wartesaal der Talente«, bemerkt Marcuse.

Im Musso & Franks sitzen sie komfortabel in einer Nische auf rotgepolsterten Ledersesseln. Das Restaurant ist holzgetäfelt, dunkles Mahagoni-Holz, die Küche deftig.

Jessner nimmt die Serviette. Marcuse lauert, wie seinerzeit in Berlin, ob er sie dreimal fallen lassen wird. Das bedeutete Glück.

Jessner lässt die Serviette nicht fallen. »Fritz Lang speist jeden Mittag hier. Charlie Chaplin hat seine eigene Sitzecke. Hier gibt es die besten Martinis.«

Ludwig Marcuse will keinen Martini und bestellt ein Club Soda. Er hasse Alkohol als den großen Feind, der ihm seinen Freund abspenstig gemacht habe. Der Freund war Joseph Roth.

»Roth ist tot«, sagt Jessner.

»Am Tag des Reichstagsbrands …«, sagt Marcuse.

»Telefonierten wir«, unterbricht Jessner.

»… ging ich in die Momperstube. Ich traf Joseph Roth. Wir tranken. Am nächsten Tag fuhr ich zum Anhalter Bahnhof. Ich benahm mich, als reiste ich nur ein paar Stationen weiter und nahm keinen Abschied von der Familie, die auf dem Plafond stand. Sascha blieb, sie musste noch das Haus vermieten, die Koffer packen, Visa für Frankreich besorgen.«

In Paris sah er Joseph Roth das letzte Mal. »Er saß in meinem Zimmer: den Hut auf dem Kopf, ein dünnes Stöckchen glitt zwischen den schlanken Fingern hin und her, der Mantel hing, wie ein Cape, leicht an den Schultern – er wollte gar nicht erst den Gedanken aufkommen lassen, als beabsichtige er, sich häuslich niederzulassen.«

»Das sollte man sich ohnehin abgewöhnen«, unterbricht Jessner.

Der Kellner in roter Bolerojacke bringt den Martini und den Club Soda. Nach Essen ist den beiden Männern nicht zumute.

Marcuse nimmt den Faden wieder auf.

»Und so kam denn auch nach zwei Minuten das Sätzchen, das unabwendbar war, wenn er, selten einmal, sich gezwungen sah, in eine Privatwohnung einzutreten: ›Gehen wir hinunter ins Bistro!‹«

Im Bistro habe Roth einer roten Flüssigkeit tief auf den Grund geschaut, dieses Farbige, das Marcuse seit fünfzehn Jahren hasste, als den großen Feind, der ihm den Freund schließlich abspenstig machen würde.

Sie hätten über die Vergangenheit gesprochen, redet Marcuse weiter. Die schönsten Gespräche mit alten Freunden fingen doch immer an mit: »Weißt du noch vor zwanzig Jahren?«

Roth habe mit zynischer Wärme zugegeben, er habe ihn, als sie sich kennenlernten, gründlich beschwindelt, indem er behauptete, er wolle ihn sprechen, weil er sein letztes Buch gelesen und es ihm gefallen habe. Er hatte es gar nicht gelesen. Später, als er es dann las, habe es ihm nicht gefallen, weil er es nicht verstanden hatte.

Roth habe den Blick aus dem Glas langsam zurückgeholt, das farbige Nass in seinen Augen, die ihn, Marcuse, absuchten, wie die Augen eines Lehrers, der ganz zufrieden mit seinem Schüler war – aber noch einmal das Einzelne überprüfte. Es schien, als dächte Roth etwas schärfer zurück. Dann sagte er: ›Du warst doch aber damals noch ein Pathetiker, mit einem Wahrheits-Fimmel. Du bildetest dir ein, ein ganz großer Graphologe zu sein, und batest mich, viele Schriftproben mitzubringen. Jede einzelne deiner Deutungen war grundfalsch – aber so phantastisch, so geistreich, so witzig und so graciös; du warst dabei so sicher und deine liebe, reizende Frau so glücklich über ihren zarten Zauberer, dass ich euch beiden schwor: Du müsstest die Handschriften und ihre Schreiber bereits gekannt haben, es wäre gar nicht anders möglich.‹

Roth sei dann wieder in einem neuen kleinen Ozean, dessen Farbe noch giftiger war, untergegangen. Von dem blonden spärlichen Schnauzbart tropfte es grünlich herab, als wäre der Mann bereits ertrunken.

»Das alles ist unsagbar traurig«, sagt Jessner.

Roth, das sagt Marcuse, habe es mit der Wirklichkeit nie sehr genau genommen, nicht nur an jenem ersten Tag ihrer Freundschaft: nicht als Journalist, nicht als Romancier, nicht als Kulturphilosoph und nicht als Mitmensch. »Er musizierte uns etwas vor, dass uns das Herz aufging. Er war weder am Tisch noch in seinen winzigen zierlichen, eng aneinandergedrängten Buchstaben ›positiv‹, ›aufbauend‹, ›optimistisch‹, ›kämpferisch‹. Wenn auch ein glänzender Hasser. Er war traurig, hatte die Liebe ohne den Glauben und für die Mitmenschen keine Schlacht-Parole und viel Mitleid. Kurz, wir dürfen es nicht verheimlichen, er war ein ...«

»Pessimist«, beendet Jessner den Satz.

Marcuse nickt. »Aber ich gestehe, dass ich mich sehr oft von den Forschen, Unentwegten, Unbesiegbaren zu diesem

Melancholiker rettete, wenn mein Lebensmut zu Ende war. Er hatte keine stahlharte, dogmatische Soziologie – nur eine unverfälschte Liebe.«

»Vom ersteren gibt es zu viel, vom letzteren zu wenig.« Das sagt Jessner.

Sie schweigen so lange, bis Marcuse sagt: »Ihren *Tell* hätte ich gern gesehen.«

Leopold Jessner dreht das Martiniglas, das vor ihm steht. »*Tell* ist zu einer Posse geraten. Die Schuld gibt man mir, dem Generalintendanten, der auf keinen Ratschlag hören, der seine Treppe wollte. Jetzt sind wir alle um eine Hoffnung ärmer, und keiner will es sich mit Dieterle verscherzen, der einen Film nach dem anderen dreht.«

Marcuse winkt den Kellner heran, ganz so, wie er es in Berlin gemacht hat, und bestellt. Einen zweiten Martini für Jessner und einen Mokka für sich.

Jessner redet weiter. »Jeder ist mit jedem verkracht. Kortner, der hier war, weil er eine Filmrolle verhandelte, schimpfte auf Dieterle, Granach verteidigte ihn, Kortner wurde auf Granach wütend. Granach hat gesagt, der jüdische Größenwahnsinnige könne ihn am Arsch lecken.«

»Zwei Caesaren. Na, wenigstens ist man hier nicht so sehr Fremdling unter Befreundeten rundum, und selbst, wenn man nicht befreundet ist, so ist man wenigstens verfeindet«, bemerkt Marcuse.

Jessner sagt: »Lubitsch bot Granach gleich nach der Premiere eine Rolle in seinem nächsten Film an. ›Ninotchka‹, mit der Garbo. Einige Freunde Russlands hier nehmen es ihm übel, dass er die Rolle in der Satire angenommen hat. Mir gab einer den Rat, die Werke von Alexandre Dumas zu lesen und darüber zu referieren.«

Ludwig Marcuse rührt Zucker in den Mokka und sieht in diesem Moment den Intendanten, als einen von Gessler besiegten Mann. Das sagt er nicht.

Er fragt: »Und?«

»Ich lese Voltaire.«

»Der Herr hat uns Nasen gegeben, damit wir imstande sind, Brillen daraufzusetzen«, zitiert Marcuse.

»Sie sind ein Kenner.«

»Ich bin im Grunde Humorist.«

Jessner nippt am Martini. »Kennen Sie den Witz von dem Filmregisseur, der ins Theater geht, sich ein wunderbares Stück anzusehen?«

Marcuse schüttelt den Kopf.

»Der Filmregisseur ist sehr angetan, von dem, was er sieht, verlässt das Theater dann aber schon nach dem 2. Akt. Warum? Weil er die einzige Totale nicht länger erträgt.«

Marcuse schmunzelt.

Jessner sagt, »Los Angeles ist keine Stadt des Theaters. Man erwartet den Erneuerer von mir. Aber ich bin alt. Kortner hat recht, wenn er sagt, ein Name verbrauche sich erschreckend schnell.«

»Ach, lieber Professor, wer fragt heute nach denen, die den Puls Berlins schlagen ließen.«

Das einzige Schiff, auf dem Elow, Berta und Josi in der Sommersaison noch günstige Plätze bekommen haben, ist ein Frachtdampfer der Holland America Line. Auf der *Dinteldijk* geht es von Rotterdam nach London. Die ganze Fahrt über bleiben sie in ihrer Kabine. Nummer 7. Wie es in ihrem Innern aussieht, wissen nur sie selbst.

In London haben sie temporary shore leave. Drei Tage wohnen sie im Cumberland Hotel, erkunden die royale Stadt, sehen, was sie noch nie gesehen, essen und trinken, was sie noch nie gegessen und getrunken haben, hören Englisch und denken ab und zu nicht an die letzten sechs Jahre.

Am 27. Juni 1939 gehen sie wieder an Bord.

Am 28. Juni fahren sie an Frankreich vorbei, am 29. an Scilly und in den Atlantik. Ins Blaue hinein. Josi wünscht nichts sehnlicher, als dass die Deutschen ihnen nachjagten, wie die Reiterei des ägyptischen Pharaos Moses und den Israeliten nachgejagt war, und von den Fluten verschlungen werden würden, wie die Ägypter verschlungen wurden, mit Mann und Pferd. Dann könnten sie wieder zurück nach Hause und zu Onkel Richard, Tante Edith und Ruth.

Ihre Mutter sieht ihrem Mann dabei zu, wie er mit einem Bleistift auf einer Karte Punkte setzt, die er nach und nach zu einer Linie verbindet. 2. Juli Bermuda, 12. Juli Bahamas, 13. Juli Kuba und Haiti, 15. Juli Kingston, Jamaica.

In Kingston legt die *Dinteldijk* an. Landgang. Weiße Häuser vor kargen Bergen, weißer Sand unter dunkelblauem Himmel und Palmen, das Wasser hellblautürkis und glasklar, ein leichter Wind, die Temperatur sommerlich. An einem Badestrand sehr helle Sonnenhungrige unter blauweißgestreiften Sonnenschirmen, auf dem Wasser in Fischerbooten sehr dunkle Angler, auf einem Markt sehr helle Käufer und dunkle Verkäufer, in einem Restaurant sehr helle Gäste und dunkle Kellner.

Elow, Berta und Josi legen sich nicht an den Strand unter blauweißgestreifte Sonnenschirme, kaufen nichts auf dem Markt und essen in keinem Restaurant. Sie schicken einen langen Brief an Richard, Edith und Ruth.

Am 17. Juli stoppen sie in Puerto Cartagena.

Am 18. Juli fahren sie vorbei an Cristobál, am 19. Juli durch den Panamakanal. Sie haben ein Weltmeer durchquert und gleiten ins nächste. Panama, Costa Rica, Chile. Am 26. Juli gleiten sie entlang der Küste von Baja California.

Am 28. Juli fährt die *Dinteldijk* in den Hafen von San Pedro ein.

Elow, Berta und Josi stehen an Deck.

Josi fällt ein: *Mache dir einen Kasten von Tannenholz und mache Kammern darin und verpiche ihn mit Pech inwendig und auswendig. Geh aus der Arche, du und deine Frau, deine Söhne und die Frauen deiner Söhne mit dir.*

Beamte der Einwanderungsbehörde kommen an Bord, setzen sich an Tische im Dining Room. Die Tische sind nummeriert. Elow, Berta und Josi und die anderen Passagiere müssen mit ihren Identification cards zu dem Tisch mit der Nummer gehen, der mit den Nummern auf den Ausweiskarten übereinstimmt. Am Tisch, zu dem Elow, Berta und Josi gehen, sitzt Officer Dixon.

Officer Dixon ist ein mächtiger Mann. Was aus ihnen wird, liegt in seiner Hand. Er schaut sich die Pässe an, ausgestellt am 23. Mai 1939 auf Erich Israel, Berta Sara und Josefa Sara Lowinski, gültig für ein Jahr, hineingestempelt ein großes rotes J. Plötzlich ist die Angst wieder da.

Sie müssen keine Angst haben. Officer Dixon ist Amerikaner. In jeden der drei Pässe schreibt er *admitted for permanent residence.*

Am Pier wartet Onkel Adolf. Elow, Berta und Josi und Onkel Adolf kennen sich nur von Fotos. Als sie sich gegenüberstehen, nehmen sie sich in die Arme, so, als hätten sie sich zu lange nicht gesehen.

Danach fahren sie durch unendliche Weite, am Horizont aus nebligem Dunst ragt eine Hügelkette wie eine Insel. Sie fahren in ein Tal. Im Tal liegt Glendale. Glendale ist ein Vorort. Der Vorort hat einen Flughafen, die Straßen sind breit wie Landebahnen, zwischen einem Haus und einem nächsten ist der Abstand mitunter so groß wie ein Fußballfeld.

Sanft rollende Wiesen mit Skulpturen, drei Kirchen, einem Mausoleum und einem See mit einem Springbrunnen in der Mitte sind ein Friedhof. Der Tod ist in Glendale so unsichtbar, dass auf dem Friedhof geheiratet wird.

Alles ist freundlich, fast friedsam, bis auf Schilder: *Colored people* ist es nach Sonnenuntergang nicht erlaubt, in der Stadt zu sein.

»So lernt ihr gleich die Schattenseiten kennen. Glendale ist sundown town im Sunshine State«, sagt Onkel Adolf, nimmt seine Violine zur Hand und spielt Bach. Onkel Adolf ist Violinist.

Er lässt ihnen Zeit, sich zu gewöhnen.

Keine Zeit lassen sie sich für Richard, Edith und Ruth. Onkel Adolf bürgt für sie. Weil eine Bürgschaft nicht ausreicht, schreiben sie Briefe an Bekannte und Freunde von Onkel Adolf, an entfernte Verwandte.

Onkel Adolf erzählt vom German Jewish Club of 1933. »Möglich, dass da jemand in Richards Sache behilflich sein kann.«

Elow, Berta und Josi fahren ohne Onkel Adolf, es geht ihm nicht gut, mit Onkel Adolfs Auto dorthin, wo der Club jetzt ist. Nicht mehr auf der Union Street, sondern auf der South Grandview Avenue.

Josi liest die Straßenkarte und sagt die Wege an.

Sie ist eine gute Kartenleserin.

Berta staunt aus dem Fenster.

Sie parken vor einem Haus, das von außen nicht erahnen lässt, wie geräumig und schön es drinnen ist. Es gibt eine Lobby, eine geräumige Küche, das Club Office und einen Dining Room im Erdgeschoss. Im Stockwerk darüber eine Bibliothek, ein Lese- und ein Schreibzimmer, mehrere Zimmer als Notquartiere für Ankömmlinge, die nicht wissen, wohin, und ein Raum für das Hauswirtschaftspaar, Frau und Herrn Krieger aus Wien.

Hinter dem Haus befindet sich ein großer Garten.

Elow, Berta und Josi hören deutsch, sehen Menschen, die ihnen zwar fremd sind, aber nicht fremd vorkommen, die essen, Skat, Bridge oder Schach spielen, trinken, im Haus und im Garten. Im Garten wird auch Badminton gespielt.

Berta und Josi wollen in den Garten gehen, Elow will sich noch umschauen. Ein Mann tritt an ihn heran. Groß, elegant gekleidet.

»Entschuldigen Sie, Sie sind das erste Mal hier?«

Elow erkennt den Mann nicht.

»Kommen Sie.«

Er geht mit zu einem Tisch, an dem zwei Männer sitzen. Der eine muss sich nicht vorstellen. Alexander Granach stellt sich trotzdem vor. Elow setzt sich neben ihn. »Erich Lowinski.« Der Mann, der ihn zum Tisch geführt hat, reicht ihm jetzt seine Hand. »Leopold Jessner.«

Der andere Mann am Tisch heißt Reinhard A. Braun.

»Das Montag-Abend-Kabarett in Berlin, das waren Sie!«, sagt Elow.

»Uns gab es zwei Jahre. Wir waren anti-Nazi, antikommunistisch, einfach anti. Jedoch nichts im Vergleich zu Ihren Namenlosen.«

»Haben Sie nicht auch einen Roman geschrieben?«, fragt Elow.

»Den habe ich lieber nicht noch einmal gelesen.«

»Machen Sie sich nicht so klein, so groß sind Sie nicht.«

Reinhard A. Braun macht eine gleichgültige Geste. Hier betreibt er eine Bücherstube. Bruno Frank hat die Eröffnungsrede gehalten, Thomas Mann ihm hundert signierte Bücher überlassen. Von Emigranten, die ihre mitgebrachten Bestände zu Geld machen müssen, bekommt er ganze Bibliotheken, aus New York Neuerscheinungen der Exilliteratur.

Er nimmt sich ein Sandwich vom Teller in der Mitte des Tisches. Leopold Jessner schenkt sich Tee nach, Alexander Granach und Elow trinken Limonade.

»Erzählen Sie mir mehr vom Leben hier«, bittet Elow.

Alexander Granach fängt an. »Ich stehe jeden Morgen gegen fünf Uhr auf, aufgeweckt von einem großen Vogelkonzert. Ich rasiere mich und bade, drücke mir zwei Grapefrüchtchen aus, die kalt von dem Frigidaire kommen. Ich mache mir Kaffee, koche mir ein Ei und toaste mir ein paar Schnitten, packe alles in ein Körbchen, Kaffee in die Thermosflasche. Gegen sieben gehe ich aus dem Haus und fahre ins Studio. Vierzig Minuten im offenen Wagen – frische Luft und gute Laune. Vor allem kein Alkohol. Ich trinke nicht. Fast alle trinken, aus Übermut, aus Langeweile und aus Leere.«

Reinhard A. Braun zählt allerlei Namen auf von Komponisten, Schauspielern, Schauspielerinnen und Schriftstellern. »Viertel ist eine tragische Figur. Er wohnt mit seiner Frau Salka in einem Anwesen in Santa Monica und wartet in einem kleinen Zimmer über der Garage darauf, im Theater oder Film gebraucht zu werden.«

Alexander Granach ist auf Salka Viertel nicht gut zu sprechen. »Ich fand keine Gnade in ihren verschmockten, verliterarisierten Augen. Sie schreibt ein Drehbuch nach dem anderen für die Garbo, ist ekelhaft und treibt es offiziell mit einem sechsundzwanzigjährigen Reinhardt-Sohn. Sie meint, sie lebe ihr Leben und der Dichter seins.«

»Was meint der Dichter?«, will Elow wissen.

Leopold Jessner zieht ein Zigarettenetui aus der Tasche seines Sakkos, öffnet es, hält es offen den anderen hin, die ablehnen, zieht selber eine Zigarette heraus, legt das Etui auf den Tisch, zündet sie sich an und weiß zu erzählen. »Da er den österreichischen Boden in diesem Leben nicht mehr berühren werde, finde nur noch die Phantasie den Weg zurück zu den Stellen, von denen das Leben ausging. Wien sei ein Phantasiegebilde außerhalb der geographischen Realität. Auch die Menschen, welche in dieser Stadt gelebt haben und in seinem Buche leben werden, seien Phantasiegestalten, sagt Viertel.«

Elows Blick wandert in den Garten zu Josi, die jetzt mit gleichaltrigen Kindern spielt, zu Berta, die in einem Gartenstuhl liest, und wieder zurück. »Man macht sich vor dem Weggehen über die sonderlichsten Dinge Gedanken. So fragten wir uns, was wir mit unseren Möbeln machen sollen, mit den Gardinen, Lampen. Teppichen, Betten. Sollten wir alles mitnehmen, wenn das Geld für den Transport ausreichte, oder alles hinterlassen. Wir fragten uns, tragen die Frauen hier Kleider aus Wolle oder Baumwolle, Seide oder Kunstseide, Leinen oder Kattun? Und die Männer, tragen sie Flanell oder Leinen oder die gleichen Stoffe wie daheim.

Am Tag unserer Abreise stand auf dem Bahnsteig einsam eine tief verschleierte Dame und wartete. Sie gab meiner Tochter eine Tafel Schokolade und drückte mir ein kleines Zettelchen in die Hand, auf dem mit grüner Tinte geschrieben war: *getreu, getreu, stets unser Wahlspruch sei*. Es war Claire Waldoff. Das war mein Abschied von Berlin.«

Elow trinkt einen Schluck Limonade, als wäre ihm die Kehle trocken. »Wir fuhren ins Ungewisse, wie die meisten, mittellos, mit zehn Mark in der Tasche. Mehr durften wir nicht mitnehmen. Von Rotterdam ging es auf einem holländischen Frachtdampfer in einundvierzig Tagen direkt nach San Pedro. Wir übergaben einem Officer die Pässe. Sein Name war Dixon. In jeden Pass schrieb er admitted for permanent residence. Wir waren im Glück.«

Josi tritt an den Tisch, blickt in die Gesichter der Männer, die zuhören, als hörten sie ein Märchen. Sie hört gerne Märchen.

Am Ende eines Märchens steht eine Zukunft.

»Plötzlich rief Officer Dixon, ›you, come back‹«, fährt Elow unvermittelt laut fort. »Zitternd ging ich zurück, ich wusste ja aus Deutschland, was Zurückkommen bedeutet. ›Sit down.‹ Ich setzte mich. ›Ich habe mir Ihre Papiere noch einmal angesehen. Sie sind ein interessanter Mann.‹ Ich wusste nicht, wie ich das interpretieren sollte. Doch er lächelte. ›Ich werde Ihnen ein Empfehlungsschreiben mitgeben. Ich habe einen einflussreichen Bekannten in der Filmindustrie.‹ Er riss eine Ecke von einem Aktenbogen und schrieb darauf *Dear Dave, never see you anymore. Suppose you are working. Mr. Lowinsky has an interesting background* und so weiter.

Warum ich Amerika liebe? Das ist eine Antwort.«

Wo der Hochnebel morgens blauen Himmel verheißt, Eukalyptus das Aroma der Luft ist, es nachts flimmert, als wäre die Milchstraße auf die Erde gefallen, sind die Tage im September warm und die Nächte schlaflos.

The German army was ordered to ›meet force with force‹, and Poland was declared dangerous territory for foreigners by Adolf Hitler at 5:30 a.m. today (8:30 p.m. Thursday Pacific Standard Time). Germans bombed Warsaw at 9 a.m. today (11 p.m. Thursday Pacific Standard Time).

Die Nachrichten kriechen über den Ozean. Wer Nachricht bekommt, teilt sie mit anderen.

Der 3. September sei ein sonniger, warmer Tag gewesen. Aus Lautsprechern in Berlin hallte, dass Großbritannien Deutschland den Krieg erklärt habe. Die Menschen seien ruhig geblieben. Als sei nichts geschehen, seien sie ihrem Tagwerk nachgegangen, als gehe sie all das nichts an, weil alles weit weg sei.

Nun sei Verdunkelung angeordnet. Verdunkelung herrsche in jeder Hinsicht. Kulturelle Veranstaltungen am Abend seien verboten, ausländische Rundfunksender zu hören, werde mit Zuchthaus bestraft, wer gegen den Krieg sei, werde erschossen.

Die Nachricht von seiner Schwester teilt Leopold Jessner mit Alexander Granach. In einer der nächsten schlaflosen Nächte sitzt er bei ihm. Der sagt nach einer Weile: »Ich denke darüber nach, über mein Leben und Erleben in Werbowitz zu schreiben.«

Jessner sagt: »Ich schreibe Briefe an meine Schwester. Nicht mehr in die Sybelstraße 46, sondern in die Mommenstraße 53/54, zweite Etage Gartenhaus. Dort wohnt sie jetzt bei einem Ehepaar Bokofzer. Selmar Jahrgang 1860, Dorothea Jahrgang 1862. Er aus Bartenstein Ostpreußen, sie aus Berlin. Er ein Studierter, Universität Jena, sie Hausfrau.

Zum Ehepaar ist sie ›umgesetzt‹ worden. ›Umgesetzt.‹ Als handelte es sich um einen Platzwechsel in einer Schulklasse.«

In anderen schlaflosen Nächten, wenn die Luft etwas kühler geworden ist, geht er durch die Straßen. Vorbei am Brown Derby, wo die Schönen und weniger Schönen aus Tischnischen mit anderen Schönen und weniger Schönen in einer anderen Tischnische telefonieren.

Vorbei am Jade Café, wo zu einem Hawaiianischem Orchester polynesische Schönheiten tanzen.

Vorbei am Don the Beachcomber, wo zwischen Südseedekor, exotischen Pflanzen und hawaiianischer Musik Rumcocktails und Pu-Pu-Platten serviert werden, die Crawford, die Dietrich, Humphrey Bogart und Bing Crosby Stammgäste sind und deren Eßstäbchen aus Elfenbein, in die ihre Namen eingraviert sind, in einer besonderen Schachtel aufbewahrt werden.

Vorbei am Streets of Paris, wo Jazz gespielt wird, vorbei am Russian Aircraft Club, wo russische Künstler auftreten, die nach der Revolution vor der Revolution geflohen sind, vorbei auch am Russian Eagle, wo der Türsteher in der Kosakenarmee war, die Kellner Fes tragen und die Kellnerin, Prinzessin Xenia Stradkowskoya, traurige Lieder singt.

Nie geht er irgendwo hinein.

Einmal fährt er mit Alexander Granach, der sich für 400 Dollar ein Oldsmobile Cabriolet gekauft hat, nach Long Beach. Von dort setzen sie auf einem Schiff über nach Catalina Island, die Insel des Kaugummikönigs. Der Hafen heißt Avalon. Eine Welt, in der vergessen werden kann, was eine Welt der Welt antut. Alexander Granach geht schwimmen. Schwimmen ist für ihn das Schönste. Er schwimmt zu jeder Jahreszeit.

Leopold Jessner kann nicht schwimmen. Er sitzt in einem Strandkorb, blickt hinaus aufs Meer oder liest. Noch immer Voltaire.

Erst am Abend fahren sie zurück. Alexander Granach lädt ihn zu sich ein. Er hat vorgekocht. Sauerkrauteintopf. Während er den Tisch deckt, will er für Heiterkeit sorgen. »Kennen Sie den Unterschied zwischen einer Tea- und einer Cocktailparty? Wenn Sie bei einer Teaparty um einen Cocktail bitten, wird man denken, Sie seien ein Trinker. Wenn Sie aber auf einer Cocktailparty um einen Tee bitten, wissen alle, dass Sie Trinker sind.«

Jessner lacht. Granach stellt den Topf auf den Tisch und serviert. »Neulich erst war ich bei einem Barber. ›Hair cut please‹, sagte ich. ›Sicher‹, sagte der Barber. ›Aber würden Sie bitte Ihren Hut abnehmen?‹ Ich nahm den Hut ab und sagte, ›I am sorry, ich wusste nicht, dass eine Dame anwesend ist‹.«

Als er sich setzt, sagt er: »Ich werde mich hier verwurzeln.«

Jessner nimmt die Serviette. »Sie sind Ringkämpfer und Flaneur. Schon immer gewesen. Wann kommt nun endlich Ihre Lotte?«

»Affidavits ihrer Geschwister sollen bezeugen, dass sie hier geboren ist. Damit bekommt sie einen amerikanischen Pass. Ich versuche sie zu überzeugen, schnell und endlich herzukommen. Es wäre die größte Satisfaktion meines Lebens, wenn ich ihr durch Arbeit und Wohlstand zeigen könnte, dass ich ein anständiger Mensch bin. Ich bin fünfzig Jahre. Es wird Zeit, dass wir zusammenkommen.«

Leopold Jessner, er ist sich sicher, wird mit Elsa nicht mehr zusammenkommen. Ob er Lottchen je wiedersehen wird? »Aus Familie schöpft man Kraft. Sehen Sie sich Kortner an. Der ist mit seiner Frau und den Kindern in New York und führt Stücke auf«, sagt er, und Granach: »Er lebt recht glänzend von seinen Misserfolgen. Man könnte ihn fast beneiden, wenn er nicht so abscheulich wäre«, und fragt Jessner nach Sophie. Der betrachtet seine Hände, als werfe er ihnen vor, überflüssig zu sein, dreht die Handflächen, betrachtet sie, als könnte er darin lesen. »Sie soll nach England. Zu Elsa und Lottchen. Aber eine Einreiserlaubnis erhält sie nur dann, wenn jemand garantieren kann, für ihren Lebensunterhalt aufzukommen. Ich kann diese Garantien nicht geben.«

Alexander Granach, der Jessner lange genug kennt, um zu wissen, dass er eine Qual leichter erträgt, wenn er seine Gedanken einer Erzählung oder Dichtung zuwenden kann, fragt: »Kennen Sie die Geschichte von Scholem Schwarzbard?«

Gewiss kennt Jessner sie. Der jüdische Uhrmacher und Dichter, der 1926 in Paris den ehemaligen Diktator der Ukraine Symon Petljura erschoss.

Aus Granach bricht seine Leidenschaft hervor. »Feuerte vier Schüsse: Das ist für Tschernikoff! – das für Kiew! – das für Poltava! – das für Proskuroff! Schwarzbard hatte schon als ganz junger Mensch begriffen, dass eine Staatsordnung, in der Pogrome möglich sind, geändert werden muss. So wurde er Revolutionär und musste 1905 mit vielen Tausenden das Zarenreich verlassen. Er kam nach Paris, gründete sich eine Existenz und ging 1914 für sein neues Vaterland als Freiwilliger in den Krieg.«

Leopold Jessner legt den Löffel neben den Teller, den Kopf in die Hand, schließt die Augen, so, als wäre Freitagabend und jemand läse ihm aus der Thora vor.

»Er war ein tapferer Soldat, wurde verwundet und dekoriert, war ein großartiger Schütze, und seine Kameraden gaben ihm den Spitznamen der kleine Wilhelm Tell«, fährt Alexander Granach fort.

Leopold Jessner schlägt ganz kurz die Augen auf.

»1918, als er von den Pogromen in der Ukraine hörte, nahm er Urlaub und reiste in seine Heimat. Er kam aber nicht bis Poltava; die Pogromwelle schlug ihm schon in Proskuroff entgegen. Er ging vom Bahnhof ins Städtchen und passierte erst die ukrainische Gegend. Überall brannte Licht, Musik spielte, Volksweisen erklangen. Die Leute waren glücklich, den Krieg überlebt zu haben. Als er nach und nach in die jüdische Gegend kam, war alles still – ruhig – stumm – offene Türen – eingeschlagene Fenster – fliegende Blätter aus alten heiligen Büchern, wehende Federn aus zerrissenem Bettzeug. Er geht in ein Haus. Ein alter ukrainischer Bauer hütet es aus christlicher Barmherzigkeit. Und aus dem Keller kommen die Überlebenden. Im Nebenzimmer liegen die, die es schon ›hinter sich haben‹. Scholem rieb sein Gesicht, als ob er die Schande des Erlebten wegwischen wollte; aber die Schande und der Schmerz graben sich in seine Seele. So lebt er sechs Jahre in Paris; still und glücklich mit einer süßen romantischen Frau in seinem kleinen Uhrmacherladen. Bis er eines Tages Petljuras Gesicht in der Zeitung sieht, den Mörder seines Volkes auf freiem, neutralem, demokratischem Boden. Die eingebrannte Wunde in seiner Seele bricht auf. Er läuft, wie ein gehetzter Kranker durch die Straßen von Paris, er findet den Feind, aber mit Frau und Kind. Und er kann den Mörder von Hunderttausenden nicht töten. Aber er trifft ihn wieder – diesmal allein – und Scholem Schwarzbard schießt, nicht auf einen Menschen …«

»… sondern auf das Weltgewissen«, beendet Jessner, der jetzt aufblickt, den Satz.

Granach steckt sich eine Zigarette an. Er wird das Stück aufführen, im Wilshire Ebell Theater. Er hat dafür The Yiddish Theatre Collective gegründet. Die Schauspieler sind ein Tischler, ein Bäcker, ein Zahnarzt, ein Metallarbeiter, ein Laundryman, ein Truckdriver, Schuster, Schneider, ein Dichter, ein Maler, Frauen und Männer. Jüdisches Laientheater, für das auch Jessners Herz schlägt.

Geprobt wird nach der Arbeit, weil am Tage Geld verdient werden muss. Die Kostüme und das Bühnenbild machen sie selbst.

Alexander Granach schenkt Wein nach. »Eine Übersetzung ins Englische soll sein. Ich habe gute Aussichten, meint mein Agent. Für den Fall der Fälle habe ich einen neuen Plan. Nämlich Gärtner und Blumenzüchter zu werden.«

Walter wäscht Teller in einem ungarischen Restaurant.

Er kann sie nicht so schnell waschen, wie er sie waschen soll. Nachdem er genügend Teller zerschlagen hat, soll er Kartoffeln schälen. Er kann sie nicht so schnell schälen, wie er sie schälen soll. Er bekommt Blasen an den Fingern.

Weil er keine Kartoffeln mehr schälen kann, soll er Toiletten säubern. Die Lauge ist ätzend. Seine Hände bekommen Brandwunden. Er wird entlassen.

»Erst müssen die Hände heilen«, sagt die Frau, in deren Pension er immer noch wohnt, in der es immer noch freundlich zugeht und wieder lauter, wo er oft der roten Straßenbahn, die nach Downtown fährt und wieder zurück, hinterherschaut.

Wenn Walter nachts schlafen will, kann er nicht schlafen, wenn er essen will, kann er kaum essen. Er fürchtet um seine Eltern. In seinem letzten Brief schrieb der Vater: *In Windeseile sprach es sich herum, daß das, was von der Synagoge und der Halle auf dem Judenfriedhof übrig geblieben war, gesprengt werden soll. Eine Abteilung der Neisser Pioniere nahm die Sprengung vor. Natürlich hatten sich viele Volksgenossen eingefunden, um zuzusehen, wie die Ruinen endlich beseitigt wurden und die Überreste eines Gebäudes verschwinden, das nie in das Stadtbild gepaßt hat. Auf dem Trümmerfeld soll eine neue Grünanlage erstehen, die der Stadt zur Zierde gereicht.*

Vater schrieb auch, dass Mutter und er das Hotel weiterführten, solange es ginge, im Restaurant speisten wie eh nicht nur Hotelgäste, sondern auch Leute aus der Stadt, die Honoratioren, obwohl das Essen koscher sei. Nicht bei allen Gästen sei ihm ganz wohl. *Aber Jungerle, sei unbesorgt.*

Walter fürchtet um Bekannte und Freunde der Eltern, den Lumpenfabrikanten Danziger, Liebrecht mit der Spirituosenfabrik, den Pferdehändler Epstein, den Sanitätsrat Süssmann, den Apotheker Adler, die Kaufhausbesitzer

Goschewski und Auber. Er fürchtet um Käthe, auch wenn er von ihr geschieden ist, und um Ralph, der bald neun Jahre alt ist und seinen Vater nicht mehr kennt. Er fürchtet um Emil.

Walter muss sie herholen, ob sie wollen oder nicht. Damit er sie herholen kann, braucht er Geld.

Sobald die Hände verheilt sind, wäscht er wieder Teller. In der heißen Küche tut ihm sein Kreuz weh. Die Füße sind geschwollen. Er kann nicht mehr.

Er trägt Briefe aus, täglich außer sonntags, hört Vögel, bewundert die schönen Häuser, die schönen Gärten mit den schönen Blumen und Büschen. Japanische Gärtner kümmern sich.

Je länger er Briefe austrägt, desto länger kommen ihm die Strecken vor, desto schwerer die Tasche, die Sonne heißer, Häuser und Blumen weniger schön. Die Angst vor den Hunden wird größer.

Walter will nicht länger Briefe austragen, hört von einer Besprechung des European Film Fund, dass verstärkt denen geholfen werden soll, die schon hier und jetzt Kellner und Kellnerinnen, Verkäufer und Verkäuferin, Kartoffelschäler, Tellerwäscher, Gärtner oder Briefträger sind.

Er weiß, dass die, denen geholfen wird, die Namhaften sind und er keiner von ihnen ist. Er will trotzdem zu der Besprechung hingehen.

Das Büro des European Film Fund ist auf dem Sunset Boulevard. Im Büro steht ein langer Tisch, an den Längsseiten stehen Stühle. Männer und Frauen, die an der einen Seite des Tisches sitzen, stellen sich den Schauspielern und Schauspielerinnen an der anderen vor, denn sie kennen die Namen, aber nicht unbedingt die Gesichter.

Ernst Lubitsch, Bruno und Liesl Frank, Charlotte Dieterle, der einflussreiche Agent Paul Kohner. Ein Stuhl ist noch frei. Die Tür geht auf. Ein Mann tritt ein, ihn kennen alle. Leopold Jessner. »Ich war noch in der Synagoge.«

Walter denkt sich den Raum als Schiff, Oberdeck, Unterdeck. Im Unterdeck sitzt rechts neben ihm ein Mann, den er nicht kennt.

Die Sitzung beginnt. Es wird viel geredet, auch durcheinander, über Möglichkeiten und Unmöglichkeiten.

Jemand fragt: »Wie wäre es, wenn wir auf die Studios verteilt werden würden. Da muss es auch kleinere Arbeiten geben, und wir wären unserer Berufung ein wenig näher«.

Agent Kohner winkt ab. Mit der Unterbringung von Geflüchteten seien die Studios vorsichtig. Die Befürchtung, sie nähmen Amerikanern die Arbeit weg, sei schon groß genug.

Ernst Lubitsch pflichtet Kohner bei. Einem Neffen gebe er darum lieber monatlich zweihundert Dollar, als ihn an ein Studio zu empfehlen.

»Haben Sie uns herbestellt, um uns zu sagen, wir sollen uns umschulen?«, bricht es aus einer Schauspielerin heraus, und aus Walter: »Dann können Sie uns auch gleich auf den nächsten Dampfer zurück nach Europa schicken, und wenn Sie Glück haben, geht das Schiff unter.« Das Schweigen im Oberdeck ist betreten. »Künstler und Publikum müssen zusammengebracht werden. Wenn es beim Film nicht geht, dann eben mit der Gründung eines deutschsprachigen Theaters.«

»Eine derartige Immigrantentragödie hatten wir schon.« Leopold Jessner klingt ungewöhnlich unversöhnlich.

»Noch nicht in deutscher Sprache«, kontert Walter.

Bruno Frank stimmt zu. Leopold Jessner schlägt die Tageszeitung auf, blättert darin und fängt an laut vorzulesen: »Sprecht nicht Deutsch auf der Straße, und wenn ihr nicht genug Englisch könnt, so sprecht es wenigstens leise! Vermeidet lautes Zurufen, Ansammlungen beim Verlassen von Lokalen, Herumstehen vor den Eingängen! Benehmt euch so unauffällig, wie es hier landesüblich ist! Es ist traurig, dass das noch gesagt werden muss, aber es gibt immer noch Leute, die nicht hören wollen.«

»Die Leute, die so etwas von sich geben, erinnern mich an einen zum Teufel gejagten Liebhaber.« Das sagt der Mann, der neben Walter sitzt.

Walter kommt sich vor wie in einem Kammerspiel, in dem er zu einem Zuschauer degradiert ist. Er will aber Schauspieler und Regisseur sein. »Wenn wir unsere Sprache aufgeben, kein deutschsprachiges Theater machen, würde das soviel bedeuten wie, dass wir dem Psychopathen von Braunau das Recht zu seinen Verbrechen gegen uns geben. Ich will und werde ein deutschsprachiges Theater gründen.«

»Wir wissen alle, was wir wollen, wollen aber nicht immer, wovon wir wissen, dass wir nichts anderes wollen können.« Der Mann neben Walter beugt sich zu Walter. »Erich Lowinski, besser bekannt als Elow. Wir wollen uns zusammentun.«

Aber ohne Agenten, ohne Kontakte, ohne Unterstützung vom European Film Fund haben sie es schwer. Sie brauchen vor allem wieder einmal eines, Geld, und hoffen, dass die Arbeitsvermittlung des Jewish Club ihnen Besseres anbietet als Tellerwäscher, Kartoffelschäler oder Briefträger.

Walter wird eine Stelle als Kartoffelschäler angeboten, Elow eine in einer Gerberei.

»Lieber Wicclair, lieber Elow, so fängt man hier an. Alles andere kommt von allein.«

Die Arbeit in der Gerberei sechs Tage in der Woche ist schwer. Sonntags schreibt Elow Gedichte. Ein Gedicht wird in einer Zeitung abgedruckt.

»I'll give you a ring, I'll see you later«
das hört täglich, stündlich ein jeder Vertreter.
Er hört nette Worte. Man lädt ihn ein:
»Na sind Sie froh, hier drüben zu sein?«

»How do you like America?«
»Wie lange sind Sie schon da?«
»Was? Kaufen? Ja, später, wenn mehr zu tun.
Komm wieder, mein Freund, I see you soon.«

Und wenn nach drei bis vier Wochen Warten –
Denn mal muss die neue Saison ja doch starten –
Du wieder kommst zur Fashion & Sohn,
dann bist du erstaunt, man kennt dich dort schon.
»Hallo Jack«, »Hallo Jim« »How are you, my boy?«
Du denkst an dein Orderbuch, das noch ganz neu,
und so sagst du nur: »Pretty good, just fine.«
Denn du hast ja gelernt, sehr höflich zu sein.

Und dann machst du Offerte, du bist ja Vertreter,
und dann hörst du: »Yes Sir, I see you later,
I give you a ring, I keep it in mind,
Sure I remember.« »Thank you, very kind.«
»Komm wieder, wenn wir mehr zu tun.
I see you soon.«

Du weißt schon gar nicht mehr, was zu tun,
Du hast keine Zeit, um dich auszuruhn,
die Ware schimmelt in deinem Büro,
Du rennst ohne Muster, es geht auch so.
Und jeder lacht freundlich dir ins Gesicht,
Doch kaufen? – NEIN, kaufen tun sie nicht.
Und legst du dich abends müde zur Ruh,
dann flüstert es leise im Traum dir zu:

Take it easy, my friend, don't worry about,
Rom ist auch nicht an einem Tag aufgebaut,
you get along, you are all right,
(Du kriegst überall denselben Bescheid)

you have personality, junger Mann,
(dabei sieht man dir deine Jahre an),
und dann hörst du immer wieder den Reim:
Es ist nicht so einfach, it takes time.

Darum mach nur Offerte, du bist ja Vertreter,
und hör immer wieder: »I see you later,
I give you a ring. I keep it in mind.
Sure I remember.« »Thank you, very kind.«
»Komm wieder, wenn wir mehr zu tun.
------------- I see you soon.«

Elow freut sich, das Gedicht noch einmal zu lesen.

Walter geht, wenn er nicht Kartoffeln schält, ins Friendship House. Er will die Sekretärin sehen. Sie heißt Germaine und gefällt ihm sehr. Ihre Augen, ihre dunklen Locken, ihr Lachen. Wie sie erzählt. Von der französisch katholischen Mutter und dem tschechisch jüdischen Vater, von Paris, wo sie geboren ist, von Berlin, wo sie bei einer Niederlassung von Citroën gearbeitet hat, von ihrem früheren Verlobten, der, nachdem Hitler Citroën einen Besuch abgestattet hatte, sagte, ›weg hier, es sieht nicht gut aus‹, von ihrem Bruder, der in den 1920ern nach Mexiko und von Mexiko nach Amerika ausgewandert ist, der erst die Eltern holte und dann sie.

Walter gefällt Germaine. Seine Augen, sein dunkles Haar, sein Teint. Als Weltumsegler sieht sie ihn. Von Kreuzburg nach Breslau, nach Berlin, nach Amsterdam, nach Saaz, zurück nach Amsterdam, von da nach London, von London nach New York und von dort hierher.

Mit Germaine lernt er die Stadt neu kennen. Sie fahren ans Meer und in die Berge. Er fragt sie: »Kennen Sie Blackouts?«

»Wenn in England die Lichter ausgehen?«

Er lacht. Germaine gefällt auch sein Lachen.

»Kurze Sketche, kleine Theaterstücke. Ohne große Bühne, Kulisse und Kostüme. Zwei- oder Dreipersonenstücke. Einakter mit überraschender Pointe.«

Germaine hat eine Idee. Er soll einen solchen Abend organisieren, für den wohltätigen Zweck. Walter gefällt die Idee, obwohl er sich Wohltätigkeit nicht leisten kann. Er spricht mit Elow. »Geld verdient man damit nicht. Aber ich bin lieber wohltätig als gar nicht auf der Bühne zu stehen.«

Walter schält Kartoffeln, wäscht Teller, trommelt Schauspieler und Schauspielerinnen zusammen, die jetzt Kellner oder Kellnerinnen, Hausmädchen, Verkäufer oder Verkäuferinnen sind. Die prominenteste ist die sagenhafte Gisela Werbezirk. Österreicherin bis 1938. Geprobt wird abends. Elow schreibt die Texte.

Die Premiere ist im Oktober.

Germaine sagt: »Zum ersten Mal seit langem habe ich traurige Menschen wieder lachen sehen.«

Walter bekommt einen Brief:

Sehr geehrter Herr Wicclair:

Ich möchte nicht versäumen, Ihnen namens des Vorstandes des GJC unseren herzlichen Dank für die große Mühe und Arbeit abzustatten, die Sie sich mit der Durchführung des Bunten Abends am 20. Februar 1940 gemacht haben. Ich weiß, welches Aufgebot an ernster Arbeit und Liebe zur Sache notwendig war, um den Abend durchzuführen und ich habe dieses in gebührender Wiese auch den anderen Herren des Vorstandes mitgeteilt. (…) Der von Ihnen geleitete Abend gehört zu dem Abgerundetsten, was wir bisher in der Lage waren, unseren Mitgliedern und Freunden vorzusetzen. In diesem Sinne, lieber Herr Wicclair, empfangen Sie bitte unseren Dank und bitte übermitteln Sie diesen auch an alle, die ihre Kunst in den Dienst der guten Sache gestellt haben.

Walter schält wieder Kartoffeln.

Germaine sagt: »Du bist wie ein Fisch ohne Wasser. Für deine Eltern, Käthe und Ralph, für mich, inszeniere!«

»Ich brauche ein Ensemble. Ich brauche Kapital.«

»Der German Jewish Club wird helfen.«

Walter spricht mit Elow. »Das Kind muss einen Namen bekommen.«

Sie taufen es Freie Bühne und sprechen mit Reinhard A. Braun.

»Das Repertoire?«

»Zugstücke«, sagt Walter.

»Die Besetzung?«

»Schauspieler und Schauspielerinnen, die hier Zimmermädchen, Butler, Krankenschwestern, Tellerwäscher, Frisösen in Hundesalons oder Taxichauffeure werden mussten, die keinen Agenten, Kontakte oder Häuser mit Pool und Butler haben«, sagt Elow.

»Wann?«

»Im April.«

Reinhard A. Braun überzeugt den Vorstand des German Jewish Club. Der Club übernimmt die Schirmherrschaft, Reinhard A. Braun die Organisation. Anzeigen und Vorankündigungen im Mitteilungsblatt des Clubs erscheinen. Ein Programmheft wird gedruckt. Einer der ersten Inserenten ist Alexander Granach.

Zwei Premieren in einem Monat. Zuerst die von Alexander Granach mit seinem Stück über Scholem Schwarzbard im Wilshire Ebell Theatre. Natürlich geht Leopold Jessner hin. In der Zeitung liest er: *Es bedurfte einer kraftvollen Persönlichkeit, um dieses tragische Erleben zum künstlerischen Ausdruck zu bringen, eines großen Künstlers mit drängendem Wollen zum Gestalten, eines Meisters der Regiekunst.*

Leopold Jessner geht zur Premiere des jungen Mannes aus Kreuzburg. In der Zeitung muss er lesen: *In Walter Wicclair hat Los Angeles einen Mann gefunden, dem man solche Aufgaben anvertrauen kann.*

Der deutsche Krieg hört in Polen nicht auf, er ist jetzt auch in Dänemark und Norwegen angekommen. In jenen Tagen arbeitet Leopold Jessner in der Ruhe seiner Wohnung, einer Ruhe, die keinen Frieden bedeutet, die eigentlich Stille ist, die Stille aber keine Menschenferne oder Einsamkeit, an einem Artikel für das *Fairfax Temple Journal.* Ohne es zu wollen, gehen ihm unablässig die zehn Plagen durch den Kopf:

Das Wasser des Nil verwandelte sich zu Blut, die Fische starben, der Fluss fing an zu stinken.

Die Frösche kamen an Land, starben. Das ganze Land fing an zu stinken.

Stechmücken fielen über Vieh und Menschen her.

Hundsfliegen drangen in die Häuser ein.

Die Pest tötete Ziegen, Pferde, Kamele, Rinder, Schafe.

Die schwarzen Blattern quälten Mensch und Tier.

Ein Hagelsturm zerstörte die Ernte.

Heuschrecken fraßen, was noch übriggeblieben war.

Eine Finsternis dauerte drei Tage.

Gott selbst erschlug alle Erstgeborenen, auch den Sohn des Pharaos. Die Israeliten verschonte er.

Der Pharao ließ die Israeliten ziehen.

Um den Kopf frei zu bekommen, geht er spazieren, meidet für gewöhnlich die Geschäftigkeit der großen Straßen, geht aber an diesem Tag doch auf einer geschäftigen Straße in ein Geschäft, kauft Mazza und Wein. Er bereitet sich auf Pessach vor, das große Fest der Befreiung.

Sorgfältig säubert er die Wohnung in der Cloverdale Avenue, jeden Schrank, jede Schublade, jede Ecke, keine Spur von Chamez darf er übersehen. Er isst in der Küche, wenn er in der Wohnung isst, denn vor Pessach darf kein Essen die Küche verlassen.

Nach dem Essen bürstet er in der Küche seine Kleidung ab und wäscht die Hände gründlich.

Wenige Tage vor dem Fest nimmt er sich die Küche vor, kaschert die Gegenstände, die er über das Jahr hinweg verwendet hat, es sind nur wenige, und den Herd. Danach dürfte er nur noch Speisen zubereiten und essen, die koscher für Pessach sind. Da er ein miserabler Koch ist, sich sowieso selten Speisen zubereitet, geht er sich, wie stets, Essen kaufen. Besondere Einkäufe für den Sederabend macht er nicht. Eva will vorbeikommen und ihm einen Sederteller bringen.

Er putzt das silberne Pessachgeschirr.

Er geht zum Barbier und holt seinen Anzug aus der Reinigung. Etwas Neues zum Anziehen gönnt er sich nicht. Er putzt seine Schuhe.

Vierundzwanzig Stunden vor Pessach geht er noch einmal mit einer Kerze, einem Löffel und einer Feder durch die Wohnung und sucht nach Chamez, den er vielleicht übersehen hat.

Am Pessachnachmittag deckt er den Tisch, rezitiert die »Ordnung des Pessachopfers« und besucht den Gottesdienst im Fairfax Temple.

Am frühen Abend kommt Eva zu ihm. Sie setzen sich an den Tisch im Wohnzimmer. Zwanzig Minuten bevor es dunkelt, zündet er eine Kerze an, Eva füllt den Becher, sie sprechen den Kiddusch, trinken vom Wein.

»Im Kreis der Familie hat das jüngste Kind am Tisch, auch wenn es schon fast erwachsen war, gefragt: ›Warum unterscheidet sich diese Nacht von allen anderen Nächten?‹ Dann wurde erzählt. Wo soll man jetzt anfangen? Man müsste alles erzählen, was geschehen ist.«

Sie reden über Vieles, was geschehen ist, über die Familie, Königsberg und Berlin, über Onkel Samuel und Tante Helene, über Evas Vater Fritz, über Elsa und Lottchen, über Hannele und Sophie.

Sie sagen nicht, dass sie das Schlimmste befürchten, sich schuldig fühlen, weil sie hier sind, und die anderen dort.

Er kann ihr ihre Angst nicht nehmen, und sie ihm nicht die seine.

Sie reden über das Leben in Amerika.

Eva sagt: »Alles Schöne, aber auch alles Bedrückende muss ich vergessen. Aber das geht nicht. Auch nicht, wenn man jung ist und noch nicht viel Vergangenheit hat.«

Er liest ihr Sätze vor, die er für das *Fairfax Temple Journal* geschrieben hat. »Im Lande der unverriegelten Türen bleibt ein verbarrikadiertes Haus ein fremdes. Das jahrtausendealte Judentum ist geduldig genug, das langsame Erkennen der schnellen Halbheit vorzuziehen. Nicht die wilde, stürmische Umarmung, sondern das behutsame Bemühen und die aufmerksame Zuverlässigkeit wird Erwiderung finden. Der als Opfer der Verfolgung Aufgenommene muss dem treu bleiben, dessentwillen er das Opfer wurde. Nicht hemmungslose Assimilation, sondern die Bereicherung durch die Verschiedenheit der Seelen. Nicht die wilde, stürmische Umarmung, sondern das behutsame Bemühen und die aufmerksame Zuverlässigkeit wird Erwiderung finden. Die Immigration wird in der Geschichte dann eine gute Zensur erhalten, wenn sie in der Reihe vom Hausierer bis zum Prominenten eine große Anzahl von Persönlichkeiten aufgewiesen haben wird.«

Eva sagt nicht, dass ihnen das, wo auch immer, nie irgendetwas genützt habe, und lässt ihm seine Sätze. Sie muss los. Sie fährt mit ihrem Verlobten noch zu dessen Familie. Ihr Onkel will nicht mitkommen, er will lieber allein sein.

Als er allein ist, stellt er eine Schale und einen Krug mit Wasser auf den Tisch, legt ein Handtuch daneben und setzt sich. Über der Schale gießt er Wasser aus dem Krug über die rechte Hand, dreimal, ebenso macht er es mit der linken, trocknet die Hände ab, legt das Handtuch beiseite und betrachtet den Sederteller. Maror, geriebener Meerrettich und Lattich, Seroa, ein gerösteter Schenkelknochen vom Lamm, fast ganz ohne Fleisch, Charoset, die Paste aus Äpfeln,

Birnen, Nüssen, Chaseret, ein zweites Bitterkraut, Karpas, zwei Kartoffeln und Beitzah, ein gesottenes Ei. Unter dem Teller drei Mazzot.

Als Sophie und er noch klein waren, der Vater war noch nicht gestorben, Großmutter kam zu ihnen, jeder saß vor seinem Sederteller, und er und Sophie wollten wissen, warum von allem nur wenig auf den Tellern lag, sagte der Vater: »Damit ihr Fragen stellt.« Also fragten sie noch einmal, und der Vater antwortete in gleicher Weise. Sie fragten, warum er wieder so antworte wie zuvor. Er sagte, sie sollten lernen, dass es nicht auf alle Fragen eine Antwort gebe.

Leopold Jessner isst die Speisen in der Reihenfolge, in der er sie gegessen werden müssen.

Viermal trinkt er vom Wein.

Ein festliches Mahl mit Vorspeise, Hauptspeise und Nachtisch gibt es nicht. Eva hatte gefragt, ob sie für ihn kochen solle. Er wollte nicht.

Er liest in der Haggada.

Am dritten Pessachtag fährt er mit Alexander Granach hinaus aus der Stadt. Sie sehen Obstplantagen, Weinberge, Bäume, die ihre Arme in den Himmel recken und Joshua heißen; Gott ist Heil.

Am achten Pessachtag, Eva ist wieder bei ihm, sie essen, während der Tag schwindet, das Maschiach-Mahl, sagt er: »Wir verbrachten acht Tage damit, den Auszug aus Ägypten zu feiern. Beten wir, da wir Pessach verlassen, für den Auszug aus unserem gegenwärtigen Exil und einem helleren Morgen.«

Sie beten zusammen. Eva geht nach Hause.

Am nächsten Morgen liest er in der Thora und betet für die verstorbenen Eltern und für Sophie. Sie schrieb, vom Leben erwarte sie kaum mehr etwas. Ihr einziger Trost, dass die Familie in Sicherheit sei. In England, Amerika, in der Schweiz, in den Niederlanden.

Er denkt an Hannele. Sie ist immer noch in Amsterdam, hat Alfred Moser kennenglernt, einen Anwalt und Notar aus Frankfurt, und heißt jetzt Hannelore Moser-Jessner. Alfred ist fünfzehn Jahre älter als sie und hat eine dreizehnjährige Tochter, Ruth.

Weil Alfred die paraguyanische Staatsbürgerschaft hat, hat nun auch Hannele sie. Bald werden die drei hier sein. Sie haben Visa. Eine Passage ist gebucht für den 10. Mai. Doch in den Morgenstunden greift die Wehrmacht die Niederlande an. Alfred, Hannelore und Ruth sitzen fest.

Eva geht an diesem Tag zu ihrem Onkel, kocht für ihn, wie so oft, entweder Golubzej, Borschtsch, Gulasch oder Banosch. Sie lädt Alexander Granach ein, damit sie mit dem Onkel nicht allein sein muss, sie würden sowieso kaum reden, weil sie schweren Gedanken nachhingen. Sie lädt Granach auch ein, damit er einmal bei ihrem Onkel isst und nicht ihr Onkel immer nur bei ihm.

»Hannele, ihr Mann und seine Tochter …« sagt sie bei Tisch. »Ich habe Angst. Europa ist ein Grab.«

»Die Juden haben zuerst bezahlt, und jetzt zahlen bereits alle. Ich möchte nicht die patriotischen Kleinbürgergesichter sehen, wenn ihre Söhne, Brüder, Väter verkrüppelt heimkommen, sie werden in kurzer Zeit begreifen, dass ein Verbrecher sie und ihr ganzes Volk ins Unglück stürzte, dann aber ist es zu spät, und elende vertriebene Juden werden dieses Volk noch bemitleiden.« Das sagt Alexander Granach.

Leopold Jessner möchte so gerne beruhigen, die beiden, aber auch sich. »Der European Film Fund verstärkt seine Hilfsaktionen.« Das weiß er von Bruno Frank. Er erzählt, was er noch weiß. Von einem Treffen bei Fritzi Massary mit den Franks, den Dieterles, Erika Mann, Salka Viertel, einem Produzenten, zwei Regisseuren, zwei Drehbuchautoren, einem Schauspieler und dem Agenten Paul Kohner.

Er hatte Frank nicht gefragt, warum er nicht eingeladen war. Er hörte zu. Die Bibliothek sei verraucht, die Gläser seien nicht zum ersten Mal leer gewesen, als Kohner ein Blatt aus der Innentasche seines Jacketts hervorgezogen, Namen von Künstlern vorgelesen und gesagt habe, »sie warten in den letzten freien Häfen auf ihre Flucht. Die Studios müssen diesen Leuten Verträge geben.«

Charlotte Dieterle sei skeptisch gewesen, ob sich das durchsetzen ließe. Bruno Frank habe gesagt, diese Leute kennten die Filmindustrie nicht, und die analphabetische Hilflosigkeit sei unbeschreiblich. Wie lange dauere es doch, eine Zeitung lesen zu können, ganz zu schweigen ein Filmfachblatt.

Liesl habe sich wie immer zuversichtlich gegeben. »Diese Leute haben Talent und werden den Studios von Nutzen sein.«

Sie seien sich einig gewesen, es müssten Affidavits organisiert, Überfahrten bezahlt, Wohnungen angemietet werden.

Kohner sei schon bei den Studiobossen vorstellig geworden. Zuerst bei Jack Warner. Die meisten, die jetzt in Frankreich in der Falle säßen, seien jüdische Autoren, sagte er zu Warner. Der habe versprochen, vier Autoren unter Vertrag nehmen.

Danach sei Kohner direkt zu Louis B. Mayer gefahren. Der Sohn von Max Reinhardt habe geraten: »Stolz, pack ihn bei seinem Stolz, er setzt sich gern ins rechte Licht.«

Kohner habe Mayer erzählt, Jack habe versprochen, vier Autoren unter Vertrag zu nehmen. Mayer habe daraufhin versprochen, er nehme sechs.

Kohner sei zu Harry Cohn von Columbia gefahren.

Harry Cohn habe Kohner gefragt, was ihn das koste.

»Hundert die Woche, pro Person.«

»Und Sie kriegen zehn Prozent Provision.«

»Keineswegs.«

Was Jack und L. B. könnten, könne er schon lange, habe Cohn herausposaunt. Er nehme zehn von den Kerlen.

»Liesl erfuhr es von Paul Kohner, Bruno Frank von ihr, ich von ihm, ihr von mir. Zwanzig Leben gerettet an nur einem einzigen Tag.«

Alexander Granach sagt: »Die Prominenten, die Generäle, werden immer irgendwie gerettet.«

Im Herbst landen deutsche Schriftsteller in New York. Alfred Döblin, Alfred Polgar, Lion Feuchtwanger, Franz Werfel, Heinrich Mann, mit Frauen und Kindern. Als sie gefragt werden, was sie nun vorhätten, antwortet Franz Werfel: »to have a little peace.«

Nach und nach treffen sie in Hollywood ein, Einjahresverträge in der Tasche. Der Jewish Club of 1933, das Wort German ist aus dem Clubnamen gestrichen, die Clubzeitung jetzt zweisprachig, bereitet schöne Empfänge.

Leopold Jessner, der seit Sommer Präsident des Clubs ist, sagt: »Den bereits Angekommenen, ohne Unterschied ihrer persönlichen Lebensumstände, ist der Club ein Zuhause. Den noch Ankommenden soll er es ebenfalls sein. Präsident des Clubs zu sein, ersetzt nicht meine Liebe zum Theater, aber ich empfinde Befriedigung darin, mit Fürsorge für die Geflüchteten da zu sein.«

Für Alfred Döblin, der vom Judentum zum Christentum übergetreten ist, gibt es einen Empfang in einer Kirche. Da er mit Frau und Sohn im Chateau Hollywood wohnt, Tür an Tür mit Leopold Jessner und Alexander Granach, fährt Granach die vier in seinem Oldsmobile zu der Kirche. Während der Fahrt plaudern sie nur scheinbar über Belanglosigkeiten.

In vollbesetzter Kirche hält Leopold Jessner eine eindrucksvolle Rede.

Alexander Granach liest aus Büchern Döblins vor.

Döblin erzählt dies und das.

Orgel vor- und Orgel nachher. Rabbi Sonderling ist auch da. Es wird geredet. In größeren und in kleineren Runden.

Einmal sitzt Jessner zusammen mit Marcuse, Polgar und Döblin in einem Restaurant auf dem Farmers Market, Fairfax, Ecke Third, unter einem Orangenbaum. Polgar macht eine ausholende Handbewegung. »Hier wäre alles wunderschön, wenn alles wunderschön wäre.«

»Sie meinen, wenn Sie zwanzig bis dreißig Jahre jünger wären, ein großes Filmtalent, Englisch beherrschten und kein jüdisches Nervenkostüm hätten?«, fragt Marcuse.

Die Kellnerin stellt einen Krug mit Wasser auf den Tisch, drei Gläser, legt drei Speisekarten hin.

Döblin seufzt. »Alles ist hier so weit weg wie von Berlin nach Prenzlau oder Frankfurt an der Oder.« Er blickt vor sich hin, als blickte er übers Meer, sehnsüchtig, bis jemand darauf aufmerksam macht, dass in dieser Richtung nicht Europa, sondern Japan liegt.

Alfred Polgar beugt sich vor. »Hier hat, statistisch erwiesen, jeder zweite Mensch ein Auto, es rächt sich also, dass wir zu den ersten gehören, und mich wundert's nur, dass die Leute hier einander noch fragen: wie geht es Ihnen? Statt: wie fahrt es Ihnen?«

Die Kellnerin nimmt die Bestellung auf.

Ludwig Marcuse gießt Wasser in die Gläser. »Ich habe mich nie sehr weit vom Tiergarten entfernt.«

»Zumindest Beverly Hills ist ein zauberischer Fleck warmer Erde.« Polgar lehnt sich wieder zurück. »Wir haben einen schönen, großen Living Room, zwei reizende Schlafzimmer, das meine mit einem kompakten Arbeitstisch, an dem einem Schriftsteller, dem etwas einfiele, schon etwas einfallen könnte, ein schönes Bad mit Wanne und Douche extra, eine liebenswerte große Küche, die alle Stücke einer modernen Küche spielt. Nur, die Hügel haben keine Wälder. Die Schattenlosigkeit beunruhigt mich.«

Die Kellnerin tritt an den Tisch und bringt Getränke.

»Der Stewart bot uns während der Überfahrt nach New York immer wieder turkey an.« Jetzt redet Marcuse. »Wir haben immer wieder nein gesagt. Was sollten wir in der Türkei. Toller, der uns am Pier abholte, sagte, mein *Loyola* sei gerade in einem großen amerikanischen Verlag erschienen, es werde Book of the Month. Bilder von uns, mir und meiner Frau in Zeitungen. Meine Bücher wurden ihr zugeschrieben. Bei meinen Antworten stand: ›Mrs. Marcuse said‹. Amerika gratulierte uns, dass es uns hatte. Wir bekamen Einladungen in die upper society, und Europa war für einen Augenblick vom Ozean des Vergessens verschluckt.

Bald empfanden wir New York als trostlos. Toller war im Begriff, nach England abzureisen. Am 21. Mai fing er an zu packen. Abends kam er zu mir zum Essen. Wir diskutierten über Selbstmörder. Ich verteidigte sie, Toller verurteilte sie. Am nächsten Tag hing er im Bad seines Hotels an einem Strick.«

Leopold Jessner weiß nicht, was er sagen soll, was er nicht schon gesagt hat.

Sie beobachten das Treiben, hören das babylonische Sprachgewirr als etwas, in dem sie sich vielleicht nie zurechtfinden werden. Döblin winkt die Kellnerin heran. Sie bestellen noch eine Runde.

Jessner fällt etwas ein. »Granach ist der Meinung, Hollywood sei das Paradies.«

»Auf dessen Eingangspforte steht: ›Lasst, die ihr eintretet, alle Hoffnung fahren‹«, sagt Polgar.

»Wir sind vierzig, fünfzig, sechzig oder siebzig. Woher sollen wir die Kraft von Dreißigjährigen nehmen. Ein hochmusikalischer Mann, dem sie im vierzigsten, fünfzigsten, sechzigsten Lebensjahr ein Cello geben und Unterricht, wird kein Rostropowitsch«, ereifert sich Döblin.

Sie sprechen von der Arbeit im Studio. Polgar und Döblin sitzen zusammen in einem Office, Heinrich Mann in einem anderen mit einem anderen. Sie müssen von zehn Uhr bis siebzehn Uhr dort sein und sollen Storys erfinden. »Dass sich Gott erbarm«, sagt Döblin. Niemand nehme Notiz von ihnen, und statt Storys zu erfinden, erledigten sie Korrespondenz, telefonierten, läsen Zeitung oder arbeiteten an eigenen Texten. »Was man so in Sitzhaft tun kann.« Die alten Manuskripte blieben in Europa. Heinrich Manns, er reiste als Emil Ludwig, in Nizza, Polgars in Wien und Paris.

»Meine Frau und ich werden dank Liesl Frank und Charlotte Dieterle nun auch mit zehn Dollar die Woche vom European Film Fund unterstützt«, bemerkt Marcuse.

Polgar, Döblin, Marcuse und Leopold Jessner, er hat die dritte Magenoperation hinter sich, zur letzten ging er, als verabschiedete er sich von der Welt, beobachten eine ganze Weile wieder das Treiben vor ihnen, bunt und hell wie ein Gemälde, das in Bewegung geraten ist.

Marcuse bricht das lange Schweigen: »Es wäre wohl vernünftiger gewesen, ohne das Gefühl anzukommen, man sei wer.«

Jeden Morgen, außer sonntags, stehen vor vielen Türen von Wohnungen und Häusern Flaschen mit Milch. Neben den Milchflaschen liegt oft eine Tageszeitung. Milch und Zeitungen werden in den frühen Morgenstunden geliefert.

Auch Walter und Germaine lassen sich Milch und Zeitung liefern.

Meistens ist es Walter, der die Milch und die Zeitung hereinholt.

Mit Milch und Zeitung geht er in die Küche, legt die Zeitung auf ein Tablett und setzt Kaffee auf. Während er darauf wartet, dass der Kaffee fertig ist, liest er Schlagzeilen. Mit dem Kaffee, zwei Tassen, der Flasche Milch und der Zeitung auf dem Tablett geht er zurück ins Schlafzimmer.

Jeden Sonnabend beginnen sie den Morgen mit Zeitungslektüre und Kaffee mit Milch im Bett. Walter liebt diese Sonnabendmorgen mit Germaine, die seine Frau geworden ist.

Sonne fällt durchs Fenster ins Schlafzimmer, wie an mindestens 250 Tagen im Jahr. Sie könnten noch immer im Meer baden, obwohl November ist, und sie sind glücklich, weil sie verheiratet sind, weil sie diesen Morgen zusammen verbringen und weil Roosevelt wiedergewählt worden ist.

Walter setzt sich ans Kopfende des Bettes, Germaine sitzt am Fußende. Sie teilen die Zeitung und den Kaffee.

Er liest einen Artikel von Alexander Granach über einen Kinofilm, in dem Charlie Chaplin einen jüdischen Barbier und den Führer spielt. Germaine und er haben den Film gesehen. Ihm gefällt der Titel des Artikels: *Ein Clown rechnet mit der Welt ab.*

Germaine liest laut etwas über faschistische Propaganda in Amerika vor. Er hört nur halb hin und hört doch alles. In jeder Geschäftsstelle einer deutschen Schiffahrtslinie in Amerika, in jedem deutschsprachigen Reisebüro arbeite mindestens ein Angestellter im Auftrag der Gestapo. Die Nachrichtenagenturen *News from Germany*, *World Service* und *Transocean* lieferten ihre Meldungen gratis an amerikanische Zeitungen und Zeitschriften, damit diese sie druckten. *American Views* veröffentliche Briefe von Amerikanern, die in Deutschland lebten und die Verhältnisse im günstigsten Licht schilderten. In großen Teilen des Mittelwestens, Wisconsin, Minnesota und Texas seien Radiosendungen, die über Kurzwelle von Deutschland aus gesendet würden, die einzige Nachrichtenquelle für die deutschsprachigen Farmer dort. Ein amerikanisches Gegenprogramm gebe es nicht. Zwar seien die Anführer vom Bund verschwunden, keine braunen Uniformen mehr, kein Stechschritt unter Palmen, doch ihre Aktivitäten hätten diese Leute nicht eingestellt. In Zeitungen würben sie mit Studienreisen nach Deutschland auf Kosten der deutschen Regierung. Die deutschen Vertretungen hier behaupteten nur, sie hätten sich vom Bund distanziert, denn der werfe ja ein schlechtes Licht auf Deutschland.

Walter will das alles nicht hören. Er blickt auf, in dem Moment, in dem auch Germaine aufblickt. Sie blinzelt im Licht der winterlichen Sonne, schiebt die Seiten von den Beinen, beugt sich zu ihm, stellt die Kaffeetasse, die sie in der Hand hält, auf den Nachttisch, gibt ihm einen Kuss. Er streicht eine dunkle Locke aus ihrem schönen Gesicht, sie lächelt, dann setzt sie sich wieder ans Fußende, legt die aufgeschlagene Zeitung auf ihre Beine und liest leise weiter.

Er wünschte, seine Eltern könnten sie sehen, sie kennenlernen. Sie würden sie so sehr lieben wie er, und Germaine würde sie lieben.

Zu seinem Glück, das Germaine heißt, kommt noch eines hinzu. In wenigen Tagen gibt die Freie Bühne endlich wieder eine Vorstellung, und zum Jahreswechsel kommt Kabarett von Elow.

Gegen alle Widerstände und obwohl das Geld an allen Enden knapp war, haben sie es geschafft, beides auf die Beine zu stellen. Die Requisiten für die Theateraufführung waren das größte Problem. Elow hatte die zündende Idee: Max Reinhardts kleine Schauspielschule am Wilshire Boulevard. Walter habe doch den Freund, der Max Reinhardt kenne, nicht gut, aber wenigstens persönlich. Der Freund solle mit Reinhardt reden.

Der Freund redete mit Reinhardt.

»Ich habe ihm gesagt, ihr bräuchtet nur eine Dekoration.«

Er sagte: »Also gut. Kommen Sie morgen wieder, und suchen Sie sich aus, was Sie brauchen. Sie sagten, eine Dekoration?«

Zu dritt fuhren sie in einem Pick-up zu Reinhardts Schauspielschule auf dem Wilshire Boulevard. Walter und Elow entging nicht, dass der Freund während der Fahrt ungewohnt schweigsam war.

Ein Hausmeister begrüßte sie. »Der Herr Direktor hat mir Bescheid gesagt. Suchen Sie sich aus, was Sie brauchen.« Walter und Elow entging nicht, dass der Freund ungewohnt redselig wurde. »Also, wir brauchen das, das und dies. Diese Treppe und die Versatzstücke dort, auch den Tisch, der ist wie für uns geschaffen, und die Pflanzenkübel und die Kulissen für den roten Salon.«

Der Hausmeister zog die Augenbrauen hoch.

Walter, Elow und der Freund trugen die Requisiten zum Pick-up. Vollbeladen fuhren sie zum Theater. Eine ganze Weile schwiegen sie, der Freund, weil er zufrieden, Walter und Elow, weil ihnen unwohl war.

»Das können wir nicht machen, das ist doch …«, sagte Walter schließlich.

»Reinhardt hat gesagt, ›Suchen Sie sich aus, was Sie brauchen‹«, sagte der Freund.

So haben sie einmal mehr die Vorstellungen auf die Beine gebracht. Einmal mehr will Leopold Jessner sie sehen. Der junge Mann, der einmal Weinlaub, hieß, dann Wielau und jetzt Wicclair, von dem man hört – Jessner könnte denken, im Gegensatz zu ihm, aber den Gedanken erlaubt er sich nicht –, interessiert ihn immer noch. Jessner geht sogar zur Premiere. Der Name des Stücks zieht ihn hin. *Lottchens Geburtstag.*

Sein Lottchen ist bei einem Bombenangriff auf London schwer verletzt worden. Das weiß er von Elsa, sie hat ihm noch einmal geschrieben. Er weiß auch, Lottchen und sie wurden evakuiert. Seither wartet er auf Nachricht. Wer ihn sieht, würde denken, er sieht aus wie Hiob.

Leopold Jessner geht auch zur Vorstellung von Elow. In Berlin hat er ihn einmal erlebt. Zusammen mit Granach. Der hatte zu ihm gesagt, »Kommen Sie doch einfach einmal mit zum Prager Platz.«

Elsa war zu Hause geblieben. Ihr war das zu proletarisch.

Das Lokal war verraucht, heiß wie in einer Sauna, die Gäste, unter ihnen prominente Schauspieler, Regisseure, Schriftsteller, saßen dichtgedrängt, tranken Sekt oder billigen Wein. Er sah die Schauspielerin Grete Mosheim und die Tänzerin Valeska Gert, sie sind jetzt auch in Amerika, sah den Schriftsteller Artur Landsberger, der nahm sich 1933 das Leben, sah den Schlagerkomponisten und Kabarettisten Willy Rosen, der war jetzt wo?

Sie nickten einander erkennend und anerkennend zu.

Ein kleiner Mann mit Glatze betrat die Bühne. »Die Künstler sind mit Beifall zu empfangen, weil man nicht weiß, ob es sich das hinterher noch lohnt.«

Jemand rief: »Sprechen Sie lauter. Ich verstehe Sie nicht.«

Elow: »Sie können mich sowieso nur hören, nicht verstehen.«

Eine Tänzerin trat auf, die nicht tanzen konnte.

Das Publikum lachte, brüllte, trampelte.

Er beugte sich zu Alexander Granach. »Es kommt einem das kalte Grausen.«

Granach nickte. »Es ist eine heimtückische Belustigung.«

Es trat ein Sänger auf, der nicht singen konnte, ein Humorist, der Witze erzählte, die nicht witzig waren.

Das Publikum pfiff, klatschte, trampelte. Im Publikum saßen Männer in Uniform, einige braun, andere schwarz, mit ihren Frauen, die am lautesten brüllten, pfiffen, klatschten, trampelten.

Alexander Granach und Leopold Jessner waren sich einig. Dieser Elow zeigt, was kommen wird. Männer und Frauen, die sich über andere erheben, deutschnationale Lieder singen und sich daran berauschen. Alexander Granach und Leopold Jessner wollten es nicht glauben.

Und nun betritt Elow in Hollywood die Bühne. Er bedeutet Ruhe im Saal. »Damals hieß es, man müsse die Künstler mit der Schneiderelle von der Bühne feuern, zu ihrer Vertilgung Handgranaten auf der Herrentoilette auslegen, und den, der diesen Hokuspokus schon Jahre mitmache, von Staatswegen auf Erholung schicken.

Er wurde von Staatswegen auf Urlaub geschickt, man fragt nach ihm, entbehrt ihn auch ein klein wenig, manche finden es ganz unerträglich ohne ihn. Hosianna. Wir halten Girlanden bereit. Da bin ich. Nicht die Namenlosen schmücken unseren Rahmen, kein Dilettant wird durch den Staub geschleppt, wir sind das Kabarett der guten Namen, wer zu uns kommt, der fühlt sich nicht geneppt.«

Die Erfolge geben Walter und Elow Mut. Sie könnten mit Leopold Jessner reden. Sie reden nicht mit ihm. Er ist gegen Theater in deutscher Sprache. Sie sprechen mit Reinhard A. Braun. In seiner Bücherstube auf dem Sunset Boulevard, von der er sagt, »es wird viel geredet und wenig gekauft«, verspricht er, zu tun, was er kann, zu sprechen, mit wem er kann. In seinen Buchladen kommen Intellektuelle und Künstler, auch prominente. Er gewinnt Bruno Frank, der der Überzeugung ist: »Unsere Aufgabe im Exil ist es, die deutsche Sprache über eine Periode der Verschmutzung und Verwüstung hinwegzutragen.«

Reinhard A. Braun holt noch andere ins Boot, die die Freie Bühne und Elows Kleinkunstbühne unterstützen wollen: Paul Kohner, Joe Pasternak und Alfred Polgar.

Elow und Walter könnten glücklich sein, aber das sind sie nicht.

Walter hat Nachricht von den Eltern.

Das Weinlaub-Hotel haben sie verkauft, nicht, weil sie gewollt hätten, sie seien gezwungen worden, für einen Spottpreis. Sie wohnten jetzt in Breslau in einer kleinen Wohnung in der Graupenstraße. Dort wohnten nur Juden. In Breslau gäbe es mehrere solcher Straßen. Auch seine Tanten und ein Onkel wohnten in einer solchen Straße. Ihrer aller Dasein sei bescheiden und unauffällig. *Aber Jungerle, sei unbesorgt, uns geht es gut.*

Walter kann für seine Eltern in Breslau nichts tun. Nichts für Käthe, Ralph und Emil in Berlin. Er kann nur auf Nachricht warten, hoffen und beten.

Elow hat Nachricht von Richard. Die Evakuierungen in Berlin würden beschleunigt. Die Wohnungen müssten zuvor renoviert werden – für die Nachmieter! Ganze Straßenzüge würden ›evakuiert‹ werden. Besonders schlimm sei es in Charlottenburg und Wilmersdorf. Die Geschäfte, an denen stehe ›An Juden wird nichts verkauft‹, seien so zahlreich geworden, dass man es als eine Seltenheit empfinde, wenn ein Geschäft dieses Schild nicht führte. Die Wilmersdorfer Straße weise nicht ein einziges Geschäft auf, das noch an Juden verkaufe. Obst werde auch nicht mehr abgegeben. Mitunter brächten Freunde ihnen die ihnen verbotenen Lebensmittel. Es hätten in den letzten Wochen in jüdischen

Häusern Hausdurchsuchungen stattgefunden, die sich bis auf das Suchen nach Obstkernen in Mülleimern erstreckten.

Juden älter als sechs Jahre müssten einen gelben Stern an der linken Brustseite der Kleidung tragen. Niemand solle behaupten, all dies ginge unter Ausschluss der Öffentlichkeit vor. Niemand könne noch behaupten, er bekomme von alledem nichts mit.

Was sie – Richard, Edith und Ruth – anginge, so verlange der Generalkonsul nun, dass auf ein US-Konto Geld als Garantie hinterlegt werde. Ohne diese Garantie könnten keine Pässe beantragt werden.

Die Dienststelle, bei der die Passanträge gestellt werden müssten, befinde sich auf der Kurfürstenstraße, im Brüdervereinshaus! Ja, richtig. Das Haus mit den großen Veranstaltungsräumen, in denen früher auch liturgische Zeremonien abgehalten worden seien, mit den Festsälen, Salons, dem Restaurant, dem schönen Garten mit den alles überragenden Bäumen, sei jetzt Dienstelle des Chefs der Sicherheitspolizei und des SD.

Ja, genau, da, wo sie zusammen die Weintraub Syncopaters gehört und wo er, Elow, 1937 seinen letzten Auftritt gehabt habe mit seinem Kabarettprogramm ›Vom Tod, der Urlaub macht‹. Habe es sich noch vom Reichsministerium für Volksaufklärung und Propaganda absegnen lassen müssen. Zwei Aufführungen, habe es gegeben, mehr nicht.

Kostüme: eigene
Bühnenbilder: keine
Bärte: eigene

Ja, er, Elow, habe recht gehabt, als er damals sagte, Kabarett sei stets der Narr seiner Zeit.

Elow bürgt für Richard, damit er die Pässe für seine Familie beantragen kann. Onkel Adolf kann nicht bürgen. Der liegt im Krankenhaus, muss operiert werden. Von der Operation erholt er sich nicht. An einem Sonnabend wird er beigesetzt. Am Grab spielen Freunde aus der Musikgewerkschaft.

Wie soll es weitergehen ohne Onkel Adolf, der eine Gewissheit, ein Halt, der ihr Leitstern gewesen war, wenn auch schon am Verglühen. Der geholfen hat, wo er konnte, vor allem, wenn es um Richard ging. Er war es, der sagte, »schreib unserem Verwandten in Florida«.

Elow schreibt dem Verwandten, er möge beglaubigen, dass Richard zur Familie gehöre und dem Konsul in Berlin seine finanzielle Unterstützung zusichern. Der Verwandte bestätigt, dass Richard zur Familie gehört, die finanzielle Unterstützung sichert er, der selber Familie hat, nicht zu.

Onkel Adolf war es, der sagte, »Schreib an amerikanische Hilfsorganisationen, die Affidavits von reichen Geschäftsleuten besorgen und vielleicht noch hilfsbereitere Freunde haben«.

Elow schreibt an eine amerikanische Hilfsorganisation, bittet um Sicherheiten, die der Konsul in Deutschland verlange. 1500 bis 2000 Dollar, weil die Familie aus drei Personen bestünde. Er, Elow, benötige nur noch die Hälfte, die andere habe er schon zusammen. Das Geld müsse einfach nur auf ein Konto deponiert werden.

My brother Richard Lowinsky with wife and young daughter is in Germany, Berlin. The circumstances make his stay there for any longer time untenable as his means of existence are nearly exhausted and his threatening transportation to Poland would not only separate him from his family but would end his hope of ever leaving Middle Europe. His letters are becoming more and more desperate.

Elow schreibt vergeblich.

Er hat bald wieder Nachricht von Richard. Auf der Rückseite des Briefumschlags ein Stempel: das Wort »geöffnet«, eingerahmt von zwei Hakenkreuzen.

Meine lieben alle, ich will den heutigen freien Sonntagnachmittag damit verbringen und Euch für Euren letzten Brief herzlichst danken. Dass bei Euch das Geschäft gut geht, ist ja sehr schön, und hoffentlich wird es bei Euch auch in Kürze so sein. Wenn man nur ganz bescheiden seine Existenz hat, müsstet Ihr glücklich sein und Gott auf den Knien danken. Ich habe das Euch bei Eurer Abreise vor 2 Jahren gesagt, und seit dieser Zeit hat sich noch sehr viel verändert. Ich hoffe, dass Ihr in Euren Bemühungen nicht nachlasst, und ich hätte Euch eigentlich wieder ein Telegramm geben müssen, aber es ist ja alles zwecklos.

Über Kalifornien öffnet der Himmel seine Schleusen, die Regenzeit dauert länger als gewöhnlich und in einem Haus im Alpine Drive in Beverly Hills verbirgt sich hinter einer Hecke ein Haus und in dem Haus seit einigen Monaten Elisabeth Bergner. Die Bergner! Diese große Schauspielerin mit diesen dunkelbraunen, ahnenden, fragenden Augen, diese schwerelose Person, die am liebsten Knaben und als Knaben verkleidete Frauen spielte, deren Spiel Theaterleute und Schriftsteller verrückt gemacht, der ganz Deutschland zu Füßen gelegen hatte.

Nun ist auch sie in dieser Stadt, in der nachts Scheinwerfer in den Himmel strahlen, nicht, um Flugzeuge zu suchen, sondern damit sich die Schönen in die Wolken träumen und hoffen, gesehen zu werden, in der zur Eröffnung des einen oder anderen Supermarktes Fandango gespielt und Salami serviert wird und auf Billboards der Eisenbahnlinie Southern Pacific Arbeitssuchende, die in die Stadt kommen und oft weite Wege zu Fuß zurückgelegt haben, lesen: *Next time take the train.*

Leopold Jessner sah Elisabeth Bergner zuletzt in London. Einmal in einem Theater. Nicht auf der Bühne, obwohl sie recht erfolgreich in England Theater spielte, sondern im Saal. Das Licht war noch nicht erloschen, da öffnete sich die Tür zu einer Loge, in der Bernhard Shaw mit seiner Frau saß. Die Bergner trat ein, schloss die Tür und wollte sich gerade setzen, als die Leute im Saal anfingen, wie wild zu klatschen. Der Bergner lag auch England zu Füßen.

Hastig verließ sie die Loge. Nur einen Wimpernschlag später erhob sich George Bernhard Shaw, legte die Hände auf die Brüstung, lächelte zum Publikum und verneigte sich in alle Richtungen.

In London lebten die Bergner und ihr Mann, der Regisseur Paul Czinner, in guten Verhältnissen. Sie arbeiteten zusammen, wie sie es schon in Berlin getan hatten.

Sie und ihr Mann wären in England geblieben, wäre nicht der Krieg gekommen. Als Deutsche durfte sie der Mutter kein Geld mehr schicken. »Die Mutter in Italien ohne Geld und ich in England ohne Nachricht«, sagt sie.

Sie und ihr Mann mussten einmal in der Woche bei der Polizei vorstellig werden. »Trotz der Erfolge, trotz der Beliebtheit, trotz allem«, sagt sie.

Sie war empört. »Ich war beleidigt«, sagt sie.

Sie wollte weg. Es kam ein Filmangebot. Gedreht sollte in Kanada werden, danach weiter nach Hollywood, so war der Plan. Ihr Mann meinte, England zu verlassen, grenze an Verrat, in Hollywood würde sie kein Studio zusammen engagieren. Sie hielt dagegen. 1935 sei sie für den Film, den er mit ihr in England gedreht hatte, als beste Schauspielerin für einen Oscar nominiert worden, alle ihre englischen Filme seien von Hollywood mitfinanziert worden. Es werde schon etwas geschehen. »Paulus wusste nicht, ob er mich oder sich umbringen sollte, um mich zurückzuhalten«, sagt sie.

Sie reisten auf einem Schiff, auf dem Kinder in Sicherheit gebracht wurden. Das Schiff hatte einen Geleitzug. Geld durften sie nicht mitnehmen. Schmuck, Gold, Zigaretten, Puderdosen und »solches Zeug«, sagt sie, nähte sie in einen Kleidersaum ein und in einen Gürtel.

Während sie in Kanada drehte, nahm Czinner einen Zug nach Los Angeles, mietete das Haus hinter der Hecke und wartete auf seine Frau. Am Morgen nach ihrer Ankunft klingelte es. Er öffnete. Vor der Tür stand Greta Garbo. Sie fragte: »Wo ist die Frau?«

Die schlafe noch.

»Und weg war sie«, sagt die Bergner.

Angebote, die ihr die Studios machen, lehnt sie ab, »weil Paulus als Regisseur nicht akzeptiert wird«, sagt sie.

Marlene Dietrich versucht den beiden Hollywood mit Blumen, Geschenken und Besuchen erträglich zu machen.

All das erfährt Leopold Jessner von Alexander Granach.

Saschenka, so nennt die Bergner ihn, und er nennt sie Lisotschka. Sie erinnert ihn immer noch an Riffele, seine erste Liebe, »aus einer anderen Welt«.

Die Welt hier kommt ihr vor wie eine einzige Kulisse, die Menschen, auch sie, Darsteller in Szenen, die keiner Regisseure bedürfen, weil sie sich selbst inszenieren.

Dinner bei Erich Maria Remarque. Zu Gast ist auch die Garbo. Mit Paulus sitzt sie den ganzen Abend in einer Ecke und singt ihm schwedische Lieder vor.

Kartenspiel im Haus von Louis B. Mayer. Er gewinnt und gewinnt. »Sehen Sie, ich bin unbesiegbar.«

Sie: »Merken Sie nicht, dass alle Sie hier gewinnen lassen?«

Eine Weile später das Vorsprechen im Büro von Mayer. Sie soll auf- und abgehen und sich drehen. Mayer: »Langsam, langsam bitte.« Sie geht langsamer auf und ab. Mayer: »Vorne nichts und hinten nichts, ich rate Ihnen ab, mein Kind.«

Lunch, Dinner, ein Waldspaziergang, Kaffee auf der Ranch von William Randolph Hearst. Beim Kaffee redet der Medien-Tycoon mit seinem Hund, streichelt ihn dabei. Er brauche keine Angst vor Stalin oder Hitler zu haben. Hitler werde aus Stalin Hackfleisch machen wie er schon aus Frankreich Hackfleisch gemacht habe. Hitler sei eine Superpower.

Am 22. Juni 1941 greift die Superpower die Sowjetunion an.

Die Luft riecht auch in Los Angeles nach Krieg, beim Radiohören und Zeitunglesen, im Cinema Sport Bowling, wo für 25 Cent die neuesten Nachrichten gesehen werden können.

Warten, warten, warten, dass etwas geschieht. Es geschieht nichts. Dann geschieht doch etwas. Bertolt Brecht betritt die Bühne.

Am 7. Juli kommt er mit zwei Frauen, Helene Weigel und Ruth Berlau, und zwei Kindern in San Pedro an. Eigentlich sollten es drei Frauen sein. Aber Margarete Steffin erkrankte nach der Odyssee durch Schweden, Finnland und die halbe Sowjetunion schwer und musste in Moskau bleiben. Die anderen aber mussten weiter, nach Wladiwostok, von dort ging das Schiff nach Amerika. Grete starb in Moskau. Brecht litt bitter.

Marta Feuchtwanger und Alexander Granach holen die Familie vom Hafen ab, bringen sie in eine Wohnung, die Granach angemietet hat. Er hat auch eingekauft, »von Salz und Pfeffer, Obst, Gemüse bis Klosettpapier.«

Brecht sagt: »Ich will hier gar nichts, ich will nur überwintern.«

Alexander Granach gefällt das. Überwintern. »Auch nach einer Nazinacht muss Tag werden. Auch nach dieser Winterwelt muss einmal doch ein Frühling kommen.«

All diese Szenen sind für Elisabeth Bergner Szenen eines Dramas, in einem Irrenhaus oder einem Schauspielhaus, sie kann sich nicht entscheiden, das kein Ende nimmt. Es gibt noch mehr solcher Szenen.

Alfred Döblin, der mit Frau und Sohn erst im Chateau Hollywood wohnte, dann endlich in einem möblierten Haus, kann die Miete nicht mehr aufbringen und muss mit Frau und Sohn in eine unmöblierte Wohnung umziehen. Liesl Frank und Charlotte Dieterle telefonieren herum nach ausrangierten Möbeln. Das Ergebnis? Ein Feldbett, ein Tisch und ein paar Stühle.

Die neue Wohnung ist auf der Citrus Avenue. »Den sauren Zitronennamen trägt die neue Wohnung mit Recht«, sagt Döblin. Er könnte als Psychologe arbeiten, doch ihm fehlten die Approbation und das nötige Englisch. Eine Stellung als Wach- und Aufnahmearzt in einem Krankenhaus annehmen? Dazu müsste er wegziehen, er kann seine Frau nicht allein lassen.

Zusammen mit Heinrich Mann, der krank ist und verzweifelt, sitzt er stundenlang auf einem kahlen Flur auf unbequemen Stühlen im Unemployment Office. Nun bekommen sie für knapp acht Monate achtzehn Dollar Arbeitslosengeld die Woche.

Lion Feuchtwanger hingegen wohnt mit seiner Marta in den Hügeln von Pacific Palisades in einer riesigen Villa mit zwei Dutzend Zimmern, im Park drumherum Zedern und Zitronenbäume. Sie blicken von Terrassen aufs Meer, von woher stets eine milde Brise weht. Wenn Feuchtwanger aber gefragt wird, wie es ihm gehe, sagt er: »Leidlich.«

Saschenka erzürnt das. »Jeder, der gefragt wird, wie es ihm gehe, müsse sagen, er oder sie kenne hundert Menschen, denen es besser, aber auch hundert Millionen, denen es schlechter gehe.«

Saschenka geht es meistens gut. Besonders gut geht es ihm, weil er zusammen mit Ernst Deutsch in einem Film spielt, für den Erich Maria Remarque das Drehbuch geschrieben hat.

Fritz Kortner, der nun doch mit seiner Frau Johanna und den Kindern von New York hergezogen ist und mit ihnen in einem Bungalow der Beverly Hills Hotels »auf elf Hektar Sonnenschein und einer Riesenwiese« wohnt, verspricht sich vieles vom Schriftzug in den Hügeln. Holly, Baum des ewigen Lebens, verheiße Gesundheit und Glück.

Eine Rolle in irgendeinem Film hat er bisher nicht, obwohl Selznik ihm Versprechungen gemacht hat. Nun will Kortner auf andere Aktionsfelder überwechseln. »In der großen Geschichtsstunde, zu der mir das Exil geworden ist, scheint mir das sich vor aller Augen abspielende Drama der

Machtkämpfe derer, die sich befugt fühlen, die Ordnung zu erhalten oder umzustürzen, so atemberaubend, dass ich die Bühne und ihre dramatische Literatur als dünn und blass empfinde.«

Dann ist da Max Reinhardt. Unter der Regie dieses charmanten Zauberers hat sie, Elisabeth Bergner, nicht nur einmal gespielt. Oftmals kam er erst mittags zu den Proben, machte am Bühnenrand ein paar Turnübungen, um ein üppiges Frühstück zu verdauen, und ließ jemand anderen das Pensum vom Vortag wiederholen. Danach legte er los, sprühte vor Einfällen. Hier glückt ihm nichts. Sein *Sommernachtstraum* liegt fünf Jahre zurück, an seiner Schauspielschule auf dem Wilshire Boulevard inszeniert seine Frau, die wunderbare Helene Thimig.

Ludwig Marcuse hält dort Montag für Montag in einem Saal, den ihm Max Reinhardt zur Verfügung stellt, Vorträge über Heines *Geschichte der Religion und Philosophie in Deutschland* oder Herzls *Judenstaat* oder über die Vernunft, die, frei von moralischen Elementen, allein als Mittel zum Zweck diene, welchem auch immer. In Deutschland herrsche heutzutage diese Vernunft.

Es ist eine Art gesellschaftliches Spiel. Alle strömen hin, die Döblins, die Bassermanns, die Franks, die Polgars, die Viertels, Dieterle und seine Frau, die Massary, manchmal Saschenka, die Ebinger, die Valetti, die Werbezirk, die Grüning, Verebes und, und, und …

Es wird leidenschaftlich diskutiert. Selbst Jessner redet sich in Rage. Einmal geraten er und Bruno Frank sich über den preußischen König, den sie beide verehren, in die Haare, die sie, so Marcuse, »längst nicht mehr haben«.

Ach Jessner. Zauberte anders als Reinhardt. Kein Rausch der Farben und Klänge. Regisseur des Wortes. So wirkt er auch als Person. Schwerfällig, als hätte er Blei in Bein und Arm. Einmal nur stand sie auf seiner Theaterbühne. Hier hat er keine. Aber die Sache mit dem Jewish Club macht er ganz gut. Sie alle, die sie hier gelandet sind, sollen zu gemeinsamer Kulturarbeit, zu einem Künstlerabend, zusammenfinden, auch im jüdischen Sinne. »Niemand soll glauben, dass er gelegentlich der großen Emigration auch aus dem Judentum emigriert sein könnte. Der, der das glaube, reist durch diese Welt, durch sein Leben als ein blinder Passagier«, sagt er.

Der erste Künstlerabend ist am 15. November 1941 im Masonic Temple.

Leopold Jessner begrüßt.

Bruno Frank hält eine Rede.

Ernst Deutsch liest aus Schillers *Don Carlos.*

Fritz Kortner liest aus Heinrich Manns *Der Untertan* und rezitiert Brechts ›Rundköpfe und Spitzköpfe‹ erst leise, ein wenig musikalisch, traurig zu Anfang, dann aggressiv.

Brecht hört besonders aufmerksam zu.

Helene Thimig liest aus der *Iphigenie.*

Max Reinhardt, ihr Mann, hört besonders aufmerksam zu.

Albert Bassermann, Gisela Werbezirk, Evelyn Holt, Ludwig Donath, Ilka Grüning, auch sie, Elisabeth Bergner, spielen Theater.

Alfred Polgar spricht spitzfindige Worte.

Trude Berliner, Evelyn Holt und Fritzi Massary singen.

Erich Wolfgang Korngold und Friedrich Hollaender spielen Musik.

Am nächsten Tag ist in der Zeitung zu lesen: *Zum ersten Mal seit Jahren hat sich eine Gemeinschaft wiedergefunden, die Träger eines unverlierbaren Geistesguts ist. Dieser Abend war ein Zeugnis. Das Bewusstsein einer Schicksalsgemeinschaft, Wesentliches geben zu können, ist in dieser Emigration nie stärker empfunden worden.*

Für Elisabeth Bergner sind sie alle aus der Zeit herausgefallen.

Am 7. Dezember holt die Zeit sie wieder ein.

Pearl Harbor wird bombardiert.

Am 8. Dezember erklärt Amerika Japan den Krieg.

Am 11. Dezember erklären Deutschland und Italien Amerika den Krieg. Noch am selben Tag kommt die Antwort aus den USA.

Brecht konstatiert: »Wir sind wieder auf der Welt.«

Richard, Edith und Ruth Lowinski sitzen in der Küche ihrer Wohnung in der Markgrafenstraße 12, wo sie noch wohnen dürfen, weil Edith das ist, worauf sie pfeift, es lieber nicht wäre, eine »Person deutschen oder artverwandten Blutes«, was sie aber widerwillig lieber doch ist, für Richard und Ruth.

Sie frühstücken, was es zum Frühstück gibt. Brot, Ersatzsatzmarmelade, Ersatzkaffee.

Im zweiten Kriegswinter ist die Versorgung nicht besser geworden. Pro Woche 2.250 Gramm Brot, 500 Gramm Fleisch, 250 Gramm Butter oder Margarine, ein Ei für »Normalverbraucher«.

Sie sind keine Normalverbraucher.

Richard isst zum Frühstück, es muss reichen für den ganzen Tag, auch eine Kartoffel. Er sieht Edith an. »Wenn ich und Ruth schon nicht dürfen, so geh du wenigstens einmal wieder in ein Restaurant und iss dich satt.«

»Da gibt es nichts, was mir schmecken würde.«

Richard muss los, arbeiten. Nicht in seine Firma für elegante Damenmantel auf der Kronenstraße, die schon seit Jahren einem Arier gehört, sondern in einer Rüstungsfabrik. Jeden Tag außer sonntags. Davor war er auf dem Bau. Davor bei der Straßenreinigung. Straßenreinigung!

Trümmer wegräumen nach russischen Luftangriffen.

Sein Leib schmerzt. Er redet nicht darüber, aber Edith und Ruth sehen es. Jede Bewegung ist schwer. So wie seine Lider.

Er steht auf, räumt den Teller ab, zieht einen Mantel an, der zu dünn ist für die Jahreszeit. »Sorgt euch nicht. Ich bin heute Abend wieder da.«

Während Richard sich von seiner Frau und seiner Tochter verabschiedet, liest Sophie in der Mommsenstraße 53/54, Gartenhaus, dem alten Ehepaar Bokofzer aus einem Buch vor.

Selmar und Dorothea sitzen eng aneinander geschmiegt auf dem Sofa, Sophie sitzt ihnen gegenüber in einem Sessel. Sie sind in Wolldecken gehüllt. Seit Wochen herrscht eisiger Frost. Heizen können sie nicht. Sie erhalten keine Kohlen. Pelz- und Wollsachen mussten sie abgeben. Sie frieren Tag und Nacht. Sie frieren auch, weil sie Hunger haben. Gegen den Hunger trinken sie Wasser.

Während Sophie dem Ehepaar Bokofzer vorliest, bestreicht Käthe in der Ritterstraße 61 für Ralph eine Scheibe Brot hauchdünn mit Leberwurst.

Freunde haben sie gegeben. Ralph nennt diese Freunde Normalmenschen.

Emil schiebt seiner Tochter seine Scheibe Brot hin. »Der Junge muss wachsen.«

Käthe bestreicht die zweite Scheibe hauchdünner, wickelt alles in Papier ein. Ralph muss los zur Schule. In keine deutsche mehr, das ist Juden verboten. Auch Käthe muss los. Arbeiten. Sie wird gezwungen. Emil verbringt den Tag mit Warten.

Während Käthe, Ralph und Emil sich auf den Tag vorbereiten, arbeitet in der Dahlmannstraße 25 Ludwig Marcuses Schwester Edith für Helmut Küpper. Er hat ihr eine Schreibmaschine gebracht. Jeden Morgen, bevor sie mit der Arbeit beginnt, verlässt sie das Haus, geht zu einem Münzfernsprecher, ruft im Verlag an, um zu besprechen, was zu tun ist. Sie ist noch immer Assistentin des Verlegers. Verbotenerweise und insgeheim.

Helmut Küpper zahlt ihr immer noch ein Gehalt, versorgt sie und die Mutter mit Lebensmitteln, Kleidung, mit Dingen, die für sie nicht mehr zu haben sind. Er bringt ihr auch ihren Lieblingscognac. Wenn Edith arbeitet, vergisst sie die traurigen Gedanken. Die Mutter sitzt ihr gegenüber. Sie sagt: »Man muss ein Ziel haben.«

Während all dies am Morgen des 20. Januar 1942 in der Markgrafenstraße 12, in der Mommsenstraße 53/54, in der Ritterstraße 61 und in der Dahlmannstraße 25 geschieht, kommen in einer Villa Am Großen Wannsee der Leiter des Reichssicherheitshauptamtes und Stellvertretender Reichsprotektor in Böhmen und Mähren, Staatssekretäre verschiedener Ministerien und hohe Partei- und SS-Funktionäre zu einer Besprechung zusammen. Die Besprechung dauert eineinhalb Stunden.

Worüber sie sprechen, wird schriftlich festgehalten.

Dass anstelle der Auswanderung der Juden als weitere Lösungsmöglichkeit die Evakuierung gen Osten treten solle.

Aber nur als Ausweichmöglichkeit, da bereits jene praktischen Erfahrungen gesammelt würden, die im Hinblick auf die kommende Endlösung von wichtiger Bedeutung seien.

Dass für diese Endlösung 11 Millionen europäische Juden in Betracht kämen.

Dass die Juden in geeigneter Weise zu Arbeitseinsätzen zum Einsatz kommen sollen, unter Trennung der Geschlechter.

Dass ein Großteil durch natürliche Verminderung ausfallen werde.

Dass der allfällig endlich verbleibende Restbestand entsprechend behandelt werden müsse.

Nach der Besprechung gibt es einen üppigen Imbiss.

Wüssten Richard, Edith und Ruth Lowinski, Sophie Gordon, geborene Jessner, Selmar und Dorothea Bokofzer, Käthe und Ralph Weinlaub, Emil Nothmann, Edith Marcuse und ihre Mutter, was in der Villa am Großen Wannsee besprochen wird, ihre Angst würde noch größer werden. Vor allem die Angst vor der schriftlichen Aufforderung. Wer eine solche erhält, muss sich an einer Sammelstelle einfinden zur »Umsiedlung«, »Aussiedlung«, »Evakuierung« oder

»Wohnsitzverlegung«. Sammelstellen sind Synagogen. In der Synagoge in der Levetzowstraße ist die Bestuhlung herausgerissen, Stroh ausgelegt.

Wer zu einer Sammelstelle kommt, fährt bald Zug.

Vor die Sammelstellen fahren offene Lastwagen. Meist steigen die Alten, Schwachen und Kinder auf. Alle anderen laufen in geschlossenen Reihen durch die Stadt.

Am 18. Oktober 1941 waren zum ersten Mal 1096 Männer, Frauen, auch Kinder durch die Stadt gelaufen, bei strömendem Regen bis zum Güterbahnhof Grunewald, und dort in einen Zug gestiegen.

Am 27. Oktober hatte der nächste Zug gewartet.

Jeder, ob Jude oder nicht, weiß, dass die Züge nur in eine Richtung fahren. Osten.

So vergehen die Wochen, vergehen sich an den Menschen.

Ruth schreibt manchmal an Josi. Jeden Brief, den sie schreibt, schreibt sie noch einmal ab, obwohl Papier knapp ist. Die Briefe sind ihr Tagebuch. Viele Briefe sind es nicht.

Was soll sie auch schreiben? Dass Juden keine Telefonanschlüsse mehr haben, aber auch keine Münzfernsprecher benutzen dürfen, ihre Haustiere abgeben mussten, keine Zigaretten und Eier mehr bekommen, auch kein Fleisch, keine Milchprodukte, keine Bücher und Zeitschriften, nicht mehr zur Schule gehen können, denn jüdische Schulen sind geschlossen, bei nichtjüdischen Frisören sich nicht mehr die Haare schneiden lassen und »Arier« sie nicht mehr besuchen dürfen?

Soll sie schreiben, dass sie die vermisst, die einmal ihre Freundinnen waren?

Dass im letzten Jahr am Fränkelufer zu Rosch Haschana das Schofar zum letzten Mal erklungen ist.

Dass sie das Gefühl hat, die Menschen in Deutschland lebten vollkommen abgeschieden und den meisten Amerikanern sei Europa egal?

Soll sie schreiben, dass Josi jetzt schon über zwei Jahre dort ist, sie gerne zu ihr kommen würde, aber wie? Seit Oktober letzten Jahres ist Juden die Auswanderung verboten. *Was nicht ist, das ist nicht.*

Richard, Ruths Vater, verbringt jeden Tag außer sonntags da, wo er arbeiten muss, und kommt erst abends zurück.

Edith und Ruth machen Besorgungen all dessen, was es für sie noch zu besorgen gibt, außer sonntags.

Sophie verlässt das Ehepaar Bokofzer, wenn überhaupt, erst am Nachmittag. Einkaufen darf sie erst ab 16 Uhr.

Sie geht nie weit und auf dem Bürgersteig so, dass der Stern, den sie tragen muss, straßenwärts zeigt, damit Leute, die ihr entgegenkommen, ihn nicht sehen, oder nicht sogleich. Wenn sie ihn sehen, hört sie »Judensau«.

Käthe verbringt jeden Tag außer sonntags da, wo sie arbeiten muss, und kommt erst abends zurück. Ralph bleibt bei seinem Großvater.

Jeden Tag, außer sonntags, fürchten sie die schriftliche Aufforderung, in der steht, was sie mitzubringen, wo sie Gas- und Stromrechnungen zu begleichen, die Schlüssel zu hinterlegen hätten. Fenster seien vor dem Verlassen der Wohnung zu schließen.

Sie überlegen, wie sie an gefälschte »Ariernachweise« kommen könnten.

Edith wohnt in dem Pensionszimmer in der Dahlmannstraße 25 jetzt allein. Die Mutter ist in ihren Armen gestorben, als sie erfuhr, dass sich ihre besten Freundinnen, zwei Schwestern, an dem Tag umgebracht haben, an dem sie die schriftliche Aufforderung bekamen. Edith ließ die drei Frauen zusammen begraben.

Nach dem Tod der Mutter hat sie einen Freund geheiratet, der bereit war, sie zu heiraten. Sie heißt jetzt Behrend. Als Edith Behrend darf sie das Zimmer vielleicht behalten. Als Edith Behrend wird sie vielleicht nicht deportiert. Für Helmut Küpper arbeitet sie nicht mehr.

Es ist zu gefährlich. Für sie und für Küpper. Er sucht Arbeit für sie in einer Fabrik. Wenn sie eine Arbeit hat, wird sie vielleicht nicht deportiert. Die Schreibmaschine, die sie hätte abliefern müssen, hat sie noch. Auf der Schreibmaschine schreibt sie ihr Tagebuch.

Das Tippen hat der Portier der Dahlmannstraße 25 der Gestapo gemeldet. Das weiß Edith nicht. Sie tippt:

Die Leute erzählen sich, die Transporte nach Litzmannstadt geschehen in beheizten Waggons, in Litzmannstadt werden die Menschen in steinernen Baracken untergebracht, es gibt sogar elektrisches Licht. Junge und Jüngere arbeiten dort in einer Fabrik, Ältere in der Küche. Weil alles so klingt, als sei alles besser als in Berlin, melden sich viele freiwillig zum Transport, auch weil sie mit ihren Angehörigen zusammenbleiben wollen. Eine Bekannte hat so begeistert erzählt, dass ich ihr auf die Schulter geklopft und schmerzlich lächelnd gesagt habe, ›Es wird die schönste Reise deines Lebens werden.‹

Los Angeles an wolkenverhangenen Tagen zu sehen, heißt Los Angeles sehen. Ein Schlangenkorb von Straßen, Holzhütten, die Häuser sein wollen, Palmen, die lügen, wenn sie so tun, als seien sie von hier, Blüten, deren Farben verblassen, Bohrtürme auf Hügeln, die aussehen wie eine Armee von Skeletten.

Ein Skelett steht mitten in der Stadt auf dem La Cienega Boulevard zwischen Beverly Boulevard und 3rd Street. Oil Island.

Seit kurzem sieht man in Los Angeles auch Luftschutzbeamte der California State Guard durch die Straßen patrouillieren. Walter ist Mitglied der State Guard geworden. Freiwillig. Germaine findet, die Uniform steht ihm ausgezeichnet.

In Uniform rückt er aus an die Küste, in die Berge. Übungen für den Ernstfall. Germaine ist sich sicher, einen Ernstfall wird es nicht geben. Auch am frühen Abend des 24. Februar 1942, obwohl Sirenengeheul ertönt, ist sie sich sicher, weil es um 22 Uhr wieder verstummt.

Sie wartet noch ein wenig auf Walter, geht schließlich ins Schlafzimmer, öffnet das Fenster, die Luft ist angenehm kühl, blickt in den sternenklaren Himmel, legt sich ins Bett und schläft unbesorgt ein.

Um viertel nach drei wieder Sirenengeheul. Wer schläft, schreckt hoch. Auch Germaine. Sie springt ans offene Fenster.

Straßenlaternen und Werbeschriftzüge erlöschen, Suchscheinwerfer tasten den Himmel ab, Flakbatterien feuern.

Eine Stunde lang. Plötzlich Stille. Germaine ist nicht mehr sicher, dass es einen Ernstfall nicht gibt, und ist auch nicht länger unbesorgt. Als Walter nach Hause kommt, ist es schon lange hell.

»Unbekannte Flugobjekte wurden geortet. Uns sagte man, die Japaner greifen an. Verdunklung wurde angeordnet.«

»Das habe ich gesehen«, sagt Germaine.

»1400 Geschosse wurden abgefeuert. Auf japanische Flieger über LA. Im Morgengauen sicherten wir Spuren, fanden nur Granatüberreste unserer Flak. Um halb acht morgens gaben die Sirenen Entwarnung.«

»Das habe ich gehört«, sagt Germaine.

»Es war falscher Alarm.«

Obwohl es keinen japanischen Angriff gab, tauchen Anschläge an Telefonmasten und Häuserwänden auf, in Zeitungen ist zu lesen, im Radio zu hören: Menschen japanischer Herkunft sollen sich in Kontrollzentren melden. Jede Familie erhalte dort eine Nummer. Bett-, Waschzeug und Kleidung seien mitzubringen. Alles andere, was die Familien besäßen, auch Häuser und Ländereien, müssen sie binnen sechs bis zehn Tagen verkauft haben.

Das ruft ungute Erinnerungen wach. Viele treibt es darum in den Jewish Club. Auch Walter, Germaine, Berta, Elow. Es wird geredet. In größeren und kleineren Runden. »Die Jagdsaison hat nun auch hier begonnen«, sagt Elow.

Germaine kontert. »Wir sind in Amerika!«

»Die Japaner sind eingebürgert. Wir nicht.« Das ist Berta.

Walter blickt in den Raum. An einer Längswand steht ein Regal mit Büchern, ein Schrank mit Geschirr an der anderen. Hier und da hängen Bilder. Die Fenster sind geöffnet. Aus der Küche hört er Küchengeräusche. Immer, wenn sie im Club sind, kommt es ihm so vor, als befänden sie sich in einer Kapsel, einer Welt, in der alles gedämpft ist, die Geräusche, das Licht, die Menschen, die Gespräche.

»In Europa rollen täglich Züge«, sagt er. »Die Menschen dürfen ein paar Habseligkeiten mitnehmen und hundert Mark. Neunzig werden auf die Transportkosten angerechnet.« Das hat er in der Zeitung gelesen.

»Es steht viel in den Zeitungen«, sagt Germaine.

Eva, die seit kurzem Sampson-Jessner heißt, fragt Elow und Walter, ob sie Nachricht von ihren Familien hätten. Sie haben keine Nachricht.

»Ich höre von meiner Schwester Hannele in Amsterdam auch nichts und nichts von meiner Tante Sophie in Berlin.«

»Die Einreisebestimmungen sind verschärft, Antragsteller mit Verwandten in Deutschland oder in den von den Deutschen besetzten Gebieten erhalten gar keine Visa mehr, und wir werden in Konzentrationslager gesteckt werden, genau wie die Japaner.« Das ist wieder Berta.

»Unsinn.« Eva will überzeugend klingen.

»Wir sollen uns bis zum 26. März als enemy aliens registrieren. Wir!« Berta wird laut.

Eva will beruhigen. Ihr Onkel habe ein Telegramm an das Council for Aliens of Enemy Nationality in New York geschickt. Er habe geschrieben, Tausende vor den Nazis Geflüchtete seien in Panik, weil keine Rede von einer Ausnahme für die Opfer des Faschismus sei. Thomas Mann habe an Präsident Roosevelt geschrieben. Er, Bruno Frank und Lion Feuchtwanger würden bald vor dem Komitee sprechen, das all das entscheide.

»Nach dem Motto, heute mehr denn je gilt die Mahnung, Politik treiben soll der Gebildete?«, spöttelt Elow.

Berta macht eine Handbewegung, die soviel heißt wie »hör doch auf!«, und will wissen, was Feuchtwanger und Frank vor dem Komitee sagen werden.

Auch das weiß Eva. Feuchtwanger werde sagen, dass die Nazis ihn für einen gefährlichen Feind hielten, Goebbels das höchstselbst verkündet habe, er darum habe fliehen müssen und hier, sollte er als feindlicher Ausländer klassifiziert oder gar evakuiert werden, seinen Antinaziroman nicht schreiben, auch nicht an einem Antinazifilm mitarbeiten könne.

»Er will sein Schloss nicht verlassen müssen«, unterbricht Walter und klingt verbittert, obwohl er es gar nicht ist.

Frank, weiß Eva weiter, werde von einem jüdischen Hausmädchen erzählen, das bei einer ihm bekannten Familie arbeite. Er werde sagen, sie habe ihren Eltern nach Deutschland geschrieben, sie mögen Geduld haben, bald habe sie genügend gespart, um sie herzuholen. Hier sei es wie im Himmel. Überall freundliche Menschen. Frank werde das Komitee fragen, ob das Mädchen ihren Eltern jetzt schreiben solle, dass die Menschen hier nicht mehr freundlich seien, dass sie zur Feindin deklariert werde und die Eltern alles vergessen mögen?

Walter, Germaine, Berta, Elow und Eva reden noch lange so und sind am Ende zuversichtlich. Ihnen wird nichts geschehen, weil die Fürsprachen der berühmten deutschen Schriftsteller und des Generalintendanten Leopold Jessner garantieren, dass sie alle keine feindlichen Ausländer sind.

Die Zuversicht weicht neuer Angst.

Ab dem 24. März 1942 ist Kalifornien Militärzone 1.

An Restaurant- und Geschäftstüren tauchen Schilder auf: *Enemy aliens keep out!* Feindliche Ausländer sind jetzt auch sie, die Deutschen. Für die Emigranten, die nirgendwo sonderlich beliebt sind, herrscht Ausgangssperre. Von acht Uhr abends bis sechs Uhr morgens dürfen sie ihre Wohnungen oder Häuser nicht verlassen, sich tagsüber nur in einem Radius von fünf Meilen davon fortbewegen. Existenzen sind bedroht. Die Wege sind weit, Arbeitsstellen nicht dort, wo man wohnt. Von privaten Treffen muss man frühzeitig aufbrechen oder fährt gar nicht erst hin. Das soziale Leben erlahmt, keine Kinobesuche, kein Essen im Musso & Franks oder anderswo.

Für Walter, als Mitglied der National State Guard, gilt die Ausgangssperre nicht. Als freiwilliges Mitglied bekommt er aber keinen Sold. Er muss Geld verdienen. Für sich und Germaine. »Die Villen und Häuer haben Gärten und Vorgärten. Die Rasen sollen grün sein, Blumen und

Büsche blühen. Die japanischen Gärtner sind nicht mehr da«, sagt sie.

»Amerika ist doch ein beängstigender Ort. Außerdem verstehe ich nichts von Blumen und Büschen.«

»Gießen, mähen, jäten. Schwer kann das nicht sein.«

»Du stellst es dir herrlich vor.«

»Natürlich.«

Walter leiht sich Geld vom European Film Fund, kauft Gartengeräte und einen gebrauchten Ford Pickup Truck.

Viel lieber würde er mit Elow ein neues Programm für die Freie Bühne und die Kleinkunstbühne auf die Beine stellen. Aber der sitzt wegen der Ausgangssperre zu Hause fest und fabriziert zusammen mit Berta, so wie sie es schon in Berlin in ihrer Fabrik machten, elegante Damengürtel.

Walter inseriert im Mitteilungsblatt des Jewish Club, bekommt Aufträge, gießt, mäht, jätet, pflegt Blumen und Sträucher, lichtet Bananenstauden, stutzt Kakteen, beschneidet Hecken und Bäume. Die Arbeit braucht Kraft, raubt Kraft, die Hitze setzt zu, die Hände bekommen Blasen, die aufplatzen, dann Schwielen.

In den Gärten, in denen er außer Hundegebell, dem Zwitschern von Vögeln, manchmal dem Motor eines vorbeifahrenden Autos, nichts hört, gehen ihm seine geliebten Eltern nicht aus dem Kopf, nicht die Tanten und der Onkel in Breslau, nicht Käthe, Ralph und Emil in Berlin, Agathe in Amsterdam, Julius Dewald in Saaz. Er denkt an so viele in den Gärten von Los Angeles.

In manchen Gärten ist er einmal in der Woche. Nach einer Woche ist es, als wäre er nie dort gewesen. In anderen Gärten ist er täglich. Im Garten von Ernst Deutsch. Der Schauspieler nennt sich seit Neuestem Ernest Dorian, spielt in Filmen, keine großen Rollen, aber regelmäßig, kann sich einen Gärtner leisten, der eigentlich Schauspieler und

Theaterleiter ist. Anuschka darf schön sein. Mit Walter reden sie beide nicht.

Einmal kommt Leopold Jessner zu den Deutschs zu Besuch, begrüßt auch Walter. »Guten Morgen, Herr Kollege.«

»Herr Intendant, sind Sie auch Gärtner geworden?«

Jessner weiß, wie es dem jungen Mann geht, der eigentlich schauspielern und Regie führen will, wie es vielen anderen geht. Als Präsident des Jewish Clubs beruft er darum eine Mitgliederversammlung ein an einem Ort, den trotz Bannmeile viele erreichen, zu einer Uhrzeit, zu der trotz Ausgangssperre viele kommen können. Der Ort ist eine Kirche.

Verkäuferinnen und Verkäufer, Krankenschwestern, LKW-Fahrer, Bäcker, Milchangestellte, Ladenbesitzer, Briefausträger, Gärtner, Kellnerinnen oder Kellner, Schauspieler, Schriftsteller, Musiker kommen zahlreich.

Auch Walter und Elow fehlen nicht.

Leopold Jessner breitet die Arme aus wie ein Priester. Er sei froh, dass so viele gekommen seien, das beweise, dass der Club nicht nur irgendein Verein sei. Auf der Tagesordnung stehe ein Punkt. Das Problem der enemy aliens. Auf sein Telegramm an das Council for Aliens of Enemy Nationality in New York habe er Nachricht erhalten. Eine zufriedenstellende Lösung des Evakuierungs- und Ausgangssperreproblems an der Westküste könne erwartet werden.

Ihrer alle Fürsprecher – Thomas Mann, Bruno Frank und Lion Feuchtwanger –, hätten vor dem Komitee, das die enemy alien-Angelegenheit prüfe, gefordert, die Flüchtlinge müssten als Flüchtlinge vor der Unterdrückung durch die Nazis benannt und behandelt werden und nicht als feindliche Ausländer.

Bruno Frank liest den Bericht über das jüdische Hausmädchen, den er dem Komitee vorgelesen hat, in der Kirche noch einmal vor. Er habe unbedingtes Vertrauen in die

Gerechtigkeit und Einsicht der amerikanischen Verwaltungsbehörden, in die Person des Präsidenten der Vereinigten Staaten von Amerika, sagt er, als er zu Ende gelesen hat.

Es reden noch andere. Zum Schluss redet wieder Leopold Jessner. Er wiederholt, was er schon einmal gesagt hat, was aber nicht alle schon gehört haben. Jeder Einzelne müsse seine Bürgerpflichten erfüllen, um das Vertrauen zu verdienen, der Freiheit würdig zu sein. Wichtig sei, religiöse Überzeugungen nicht über Bord zu werfen. Das Gebot der Stunde: den Mut nicht verlieren, optimistisch bleiben, Ruhe bewahren, abwarten.

Seine Politik des konservativen Nichtstuns, so nennt er es, ist für die Verkäuferinnen und Verkäufer, Krankenschwestern, LKW-Fahrer, Bäcker, Milchangestellte, Ladenbesitzer, Briefausträger, Kellnerinnen oder Kellner oder Gärtner unerträglich. Sie leben nicht in der Welt der Literaten, Schauspieler und Regisseure, die Geld haben, oder, wenn sie keins haben, von einem Fonds unterstützt werden, so wie auch ihr Clubpräsident.

Doch was wissen sie schon von der Welt der Literaten, Schauspieler und Regisseure? Von Alfred Polgar zum Beispiel.

Er kommt sich vor wie jemand, der Mikroskope verkaufen wolle, die jedoch niemand kaufe, weil man damit nicht in die Ferne sehen könne und stelle sich darum vor, jemand rate ihm, auf Feldstecher umzusatteln. Das Tragikomische, er müsse literarische Probleme lösen, um finanziellen beizukommen. Das absorbiere ihn so sehr, dass eine eingehende Beschäftigung mit den literarischen unmöglich sei. Obwohl er die Emigration mehr als einen Kampf ums Hiersein als ums Dasein betrachte, komme das Hiersein ihm und seiner Frau noch immer vor wie ein Traum, aus dem sie zu erwachen fürchten.

Was wissen sie von Heinrich Mann? Er hat für seinen Roman *Lidice,* der im El Libro Verlag in Mexiko erscheinen soll, siebzig Dollar bekommen. Er und seine Frau Nelly, sie ist für den Rest der Mannfamilie immer noch die »schreckliche Trulle« und »die vertrunkene Hure«, leben von vier Dollar die Woche. Nelly verrichtet niedere Arbeiten, um sie beide zu ernähren.

Seinen Bruder Thomas, der unter »relativ milden und zuträglichen Umständen«, so formuliert er es selber, in einer Villa unter Zypressen, Zedern und Zitronenbäumen lebt, wo die Luft nach Meer riecht, muss er anbetteln, um die nächste Miete aufzubringen.

Alfred Döblin schreibt Tausendseitenbücher für die Schublade und ist der Meinung, es gebe nur zwei Sorten von Autoren, solche, die im Fett und solche, die im Dreck säßen. Feuchtwanger sei ein König mit Schlösschen ohne dichterische Integrität, er ein Almosenempfänger von dichterischer Qualität. So flüchte er sich in eine Library, wo er Zeitung lese. Was solle er sonst tun?

Ludwig Marcuse beklagt das Zu-Hause-Sein-Müssen ab 20 Uhr. Es sei umso schmerzlicher, weil nach der Konstruktion des State Department die Österreicher hier, Hitlers Landsleute, keine Feinde seien, sondern unschuldige Opfer. Sie dürften auch nach 20 Uhr ausgehen.

Bert Brecht wettert gegen das Wetter, behauptet aber, es sei Fritz Kortner, der es denunziere; die Frühlingslüftchen, die in God's Old Country übergingen in Tornados, die ganze Landstriche verwüsteten, die »seltenen« Regen, die zur Sintflut anwüchsen, den ewigen Sonnenschein, der die Gehirne austrockne, so dass die Leute am Ende nur noch Hollywoodfilme schrieben.

Fritz Kortner, der mit Brecht an einem Drehbuch arbeitet, hat immer noch keine Rolle in irgendeinem Film und glaubt an Intrigen. Fritz Lang nennt er einen Mörder, über

Brecht sagt er, der solle nicht herumjammern, er verdiene schließlich Geld, wenn auch amerikanisches.

Max Reinhardt muss seine Schauspielschule auf dem Wilshire Boulevard schließen. In einer Stadt, in der die Fläche dominiere, die Fläche der Filmleinwand, könne man gerechterweise nicht die Entwicklung der dreidimensionalen Kunst des Theaters erwarten, sagt er und versucht sein Glück in New York.

Alexander Granach ist der am wenigsten Deprimierte. Im neuen Film von Fritz Lang spielt er einen Gestapomann. Nach 20 Uhr schreibt er in seiner kleinen Wohnung auf der Cherokee Avenue »über die Stadtmeschuggenen aus meinem Städtchen Horodenka«.

Einmal trifft er in einem Schreibwarengeschäft, acht Pakete liniertes Papier, sechs Tintenfässer und sechs Federhalter unterm Arm, Leopold Jessner.

»Kann ich Ihnen helfen?«, fragt der.

»Ich glaube nicht. Ich schreibe ein Buch.« Das rege ihn auf wie früher der Mephisto oder der Shylock.

Er ruft die Freundin Elisabeth Bergner an.

»Lisotschka, bitte lach nicht – ich schreibe.«

»Was schreibst du?«

»Eine Art Selbstbiografie.«

»Großer Gott, Sascha. Tu mir das nicht an, bitte.«

Er liest den Freunden Ernst und Anuschka Deutsch vor. Sie sind hingerissen.

Alexander Granach ruft die Freundin wieder an. »Lisotschka, kann ich kommen, ich möchte dir vorlesen.«

»Oh. Saschenka, heute ist es schwer. Vielleicht später am Abend.« Es geht ihr nicht gut. »Wait a minute. Kannst du mir nicht ein paar Sätze vorlesen, jetzt, am Telefon, nur, damit ich mir eine Vorstellung machen kann, was das für eine Geschichte ist, ich habe so eine Angst davor.«

»Die Erde in meiner Heimat ist schwer und fruchtbar und sieht gewöhnlich etwas schläfrig aus, wie eine sattgefressene Kuh …«

»Saschenka, wart einen Moment. Geh, bitte lies das dem Paul vor, ich ruf ihn. Und bitte, komm sofort her und bring das ganze Material mit. Aber sofort!«

Er fährt zur Freundin und liest die ersten Kapitel, die noch unzusammenhängende Geschichten sind, und sie beschließen, dass diese Aufzeichnungen ein Buch werden sollen. Und dann liest er immerzu allen vor, nicht nur jenen, an deren Urteil ihm liegt, sondern überall dort, wo er jemanden erwischen kann, der deutsch versteht. Bert Brecht, Lion Feuchtwanger und Alfred Döblin sagen ihm einen grandiosen Erfolg voraus.

All das wissen die wenigsten der Verkäuferinnen und Verkäufer, Krankenschwestern, LKW-Fahrer, Bäcker, Milchangestellten, Ladenbesitzer, Briefausträger, Kellnerinnen und Kellner oder Gärtner in der Kirche. Sie hören Leopold Jessner, der, da es wegen der Ausgangssperre keine Künstlerabende geben darf, eine Künstlermatinee ankündigt. »Der Jewish Club muss den Angekommenen auch literarisch ein Zuhause sein, sie sollen nicht verschwinden in der Unauffälligkeit, sondern ihr Können anbieten.«

Die Matinee ist am 12. Juli im Fairfax Temple.

Der Temple ist bis auf den letzten Platz besetzt.

Erika Mann spricht über ihren Onkel Heinrich.

Heinrich Mann liest ein paar Kapitel aus *Lidice.*

Helene Weigel spricht Berthold Viertels Gedicht ›An Heinrich Mann‹ und die Ballade ›Kinderkreuzzug 1939‹ ihres Mannes Bert Brecht.

Ein Schauspieler hält eine Rede: »Seit Leopold Jessners Wahl zum Präsidenten des Jewish Clubs fließt neues Leben durch die Adern dieser Organisation. Heute, durch Jessners heiligernstes Bemühen, sind mit uns Heinrich und Thomas

Mann, Bruno Frank, Feuchtwanger, Remarque, Brecht, Polgar und Werfel, Döblin, Kortner, Deutsch und Granach, die Bergner, die Konstantin, Helene Thimig, die Weigel und Fritzi Massary, Bassermann, Hollaender, Korngold, die Werbezirk, die Berliner, die Philosophen Horkheimer, Marcuse und Pollock …, die Spitzen unserer Kaufmannswelt, unsere Rechtsanwälte und Doktoren, unsere Lehrer und Erfinder – alle sind sie heute mit uns, und alle sind sie bereit zur Mitarbeit. Das kam – das ist, weil er es war, der rief.«

Sophie sitzt mit vielen anderen in einem Klassenzimmer der Jüdischen Knabenschule in der Großen Hamburger Straße. Sie hätte ihre Kinder, hätte sie welche gehabt, und sie hätte gern welche gehabt, einen Jungen und ein Mädchen, auf diese Schule geschickt.
Die Schule ist keine Schule mehr.

Die Tür des Klassenzimmers ist von außen verschlossen.

Die Luft ist atemschwer.

Hier oder dort wird im Flüsterton geredet.

Irgendwo summt jemand eine Melodie.

Einige schlafen.

Sophie schläft nicht.

Am Morgen trommelten Fäuste gegen die Wohnungstür in der Mommsenstraße 53/54, zweite Etage Gartenhaus.

Sophie öffnete Männern in Uniform und jüdischen Aufsehern. Sie musste ein paar Sachen in einen Rucksack pakken. Die jüdischen Aufseher mussten helfen.

Als der Rucksack gepackt war, durchsuchten ihn die Männer in Uniform.

Sie musste ihren Schmuck hergeben. Als sie ihn hergegeben hatte, musste sie gegenzeichnen. *Freiwillige Abgabe an das Deutsche Rote Kreuz.*

Sie musste die Wohnung in einen sauberen Zustand bringen. Als sie in einem sauberen Zustand war, durchsuchten die Männer in Uniform sie, nahmen, was ihnen gefiel.

Sophie und die jüdischen Aufseher mussten zusehen.

Als die Männer in Uniform fanden, sie hätten genug genommen, versiegelten sie die Tür.

Auf der Straße wartete ein Lastwagen. Vor ein paar Wochen hatte so einer für Selmar und Dorothea gewartet. Sophie musste auf die Ladefläche steigen, auf der standen schon andere. Jemand half ihr. Der Lastwagen hielt vor anderen Häusern.

Als die Ladefläche voll war, fuhr er in die Große Hamburger Straße und hielt vor der Jüdischen Knabenschule.

Sophie und die anderen mussten absteigen und in das Gebäude gehen.

Im Gebäude mussten sie sich registrieren.

Sophie ist jetzt eine Nummer. Im Gebäude sind viele Nummern.

Sophie hält sich an ihrem Rucksack fest.

Selmar und Dorothea hielten sich aneinander fest.

Zwischen zwei und drei Uhr nachts wird mit lautem Gebrüll von Männern in Uniform die Tür aufgerissen.

Frauen der jüdischen Gemeinde bringen ein wenig Wasser und etwas zu essen ins Klassenzimmer. Manchen treibt der Hunger das Wenige hinein, die meisten bekommen keinen Bissen hinunter.

Sophie bekommt keinen Bissen hinunter.

Die Männer und Frauen, die essen, müssen sich beeilen. Gegen vier Uhr morgens am 16. Juli 1942 laufen einhundert Männer und Frauen unter Bewachung von Männern in Uniform vorbei am Jüdischen Friedhof bis zur Rosenthaler Straße, dann nach rechts auf die Oranienburger Straße.

Eine Frau ruft von der anderen Straßenseite, »Wozu braucht ihr noch Gepäck?«

Die einhundert Frauen und Männer laufen bis zum Monbijouplatz.

Dort ist eine Haltestelle. Eine Straßenbahn der Berliner Verkehrsbetriebe wartet schon.

Die einhundert Männer und Frauen müssen einsteigen.

Gegen fünf Uhr fährt die Straßenbahn los und hält um fünf Uhr fünfzehn in der Schöneberger Straße am Anhalter Bahnhof.

Die einhundert Männer und Frauen müssen aussteigen.

Am Gleis Nr. 1 wartet ein Zug in Richtung Dresden.

Der Zug hat Waggons der Ersten, Zweiten und einen Waggon der Dritten Klasse. Die einhundert Männer und Frauen müssen in diesen Waggon einsteigen.

Gegen sechs Uhr fährt der Zug aus dem Bahnhof hinaus.

Am blauen Himmel stehen ein paar Wolken. Der Tag verspricht den Reisenden der Ersten und Zweiten Klasse, ein schöner zu werden.

In Dresden hat der Zug einige Stunden Aufenthalt.

Frauen der Jüdischen Gemeinde bringen den Männern und Frauen im Waggon der Dritten Klasse eine dünne Suppe.

Sophie isst ein wenig.

Der Waggon der Dritten Klasse wird an einen anderen Zug angekoppelt. Entlang der Elbe, der Himmel hat sich zugezogen, es regnet, fährt er an Wiesen, Wäldern, Städten, Dörfern vorbei über Tetschen und Außig und kommt am frühen Abend in Bauschowitz an. »Transport I/24«. Römisch I steht für Berlin. Die Zahl 24 für den 24. Transport. Ein »Alterstransport«.

Die Männer und Frauen im Waggon der Dritten Klasse sind zwischen sechsundvierzig und fünfundachtzig.

Sophie ist siebenundsechzig Jahre alt.

Sie müssen aussteigen, sich in Zweierreihen aufstellen.

Auf dem Bahnhof ist es laut von Stimmen der SS, der tschechischen Gendarmerie und vom Gebell der Hunde. Die Männer und Frauen werden gezählt. Danach müssen sie loslaufen. Wer nicht schnell genug laufen kann, muss auf einen Lastwagen steigen, der vor dem Bahnhof wartet.

Die Ältesten steigen auf den Lastwagen.

Dorothea und Selmar sind auf einen solchen Lastwagen gestiegen.

Sie waren im »Transport I/5«.

Sophie steigt nicht auf den Lastwagen.

Sie läuft mit Männern und Frauen auf einer Straße durch den Ort, aus dem Ort hinaus, drei Kilometer weit bis zu einer Festungsmauer. Auf der Mauer wächst Gras.

Ein Posten öffnet eine Schranke.

Sie gehen hinein in die Festung und in ein großes Gebäude.

Sie werden registriert, auf Wohnungen in verschiedenen Häusern verteilt, die Ältesten auf Dachböden oder in Keller. Dort kommen sie fast nie wieder heraus.

Dorothea ist auf einem dieser Dachboden, Selmar in einem dieser Keller.

Es gibt Männerhäuser, Frauenhäuser und Kinderhäuser.

In den Wohnungen sind in Zimmern kleine Regale, vielleicht ein Tisch und Stühle und zweigeschossige Pritschen. In jedes Geschoss müssen vier Erwachsene passen. Die Pritschen reichen nicht aus für die Menschen in den Wohnungen.

In manchen Wohnungen liegt zum Schlafen Stroh.

Vor den Toiletten stehen die Menschen Schlange.

Wasser wird aus Brunnen geholt.

Die Häuser werden abends verschlossen, morgens geöffnet und immer bewacht.

Wenn die Häuser geöffnet werden, gibt es Ersatzkaffee und 100 Gramm Brot.

Tagsüber wird gearbeitet, im Bauhof, in der Zentralbäkkerei, der Zentralküche, an der Schleuse oder für den Export. Metallarbeit (Feuerzeuge), Damenkonfektion, Verarbeitung von Steinen und Erden (Glimmerspalten), Galanterie und Kunstgewerbe, Holzarbeiten (Erzeugung von Holzsohlen), Erzeugung von Fußbekleidung (Rindsledergaloschen).

Im Talkessel wird ein Krematorium gebaut.

Sophie arbeitet.

Mittags gibt es eine wässrige Suppe mit ein wenig Gemüse, meistens Kartoffeln.

Die, die nicht arbeiten, dürfen, wenn sie einen Passierschein vorlegen können, in Gruppen durch die Stadt gehen.

Weit sind die Wege nicht. Sie enden an einer Mauer.

Bevor die Häuser um sechs Uhr abends verschlossen werden, gibt es eine wässrige Suppe mit ein wenig Gemüse, meistens Kartoffeln.

In den Häusern, die vor hundertfünfzig Jahren für 7000 Bürger und Soldaten gebaut wurden, sind im September 1942 über 50.000 Menschen. Im September ist das Krematorium fertig gebaut.

Es stirbt sich schnell. Aber nicht schnell genug.

Am 19. September 1942 marschieren zweitausend Männer, Frauen und Kinder zum Bahnhof Bauschowitz. Zwei von ihnen sind Dorothea und Selmar Bokofzer. Am Bahnhof wartet ein Zug.

Am 23. September marschieren eintausendneunhundertachtzig Männer, Frauen und Kinder zum Bahnhof Bauschowitz.

Eine von ihnen ist Sophie.

Los Angeles ist nicht mehr schläfrig, sondern wach, vierundzwanzig Stunden am Tag, sieben Tage die Woche, in zwielichtigen Bars, Nachtclubs, Flippersalons, Billigrestaurants und Geschäften mit Ramsch. Los Angeles ist Soldatenstadt geworden. Soldaten stehen an vor immer größer werdenden Kinos und Theatern, in die Girls aus dem Florentine Gardens in Revues locken, love seats im Rang.

Soldaten stehen an vor der Hollywood Canteen, dem Nachtclub von Bette Davis und John Garfield, für den Cary Grant einen Flügel gespendet hat, Jack Warner das Linoleum für den Boden und in dem Bette Davis, Charles Boyer, Hedy Lamarr, Rita Hayworth und Marlene Dietrich bedienen und Autogramme geben.

Soldaten wohnen im YMCA, in Turnhallen von Schulen, Hotels sind ausgebucht. Die, die Glück haben, bekommen ein Zimmer mit Dusche im Haus der United Servicemen Organization und Freikarten für Tanzshows und Bingospielhallen.

Untergekommen wird auch im Pilgrimage Theatre und im Hollywood House. Geschlafen wird wenig. Mädchen geben sich locker.

Soldaten treiben durch die Stadt, bevor sie vom Hafen San Pedro in den Krieg im Pazifik verschifft werden. Die Musterungskommission ist gleich neben dem El Capitan Theater, in dem sich vor bald vier Jahren der Vorhang für Leopold Jessner senkte.

Wollte er dorthin, müsste er, von da, wo er jetzt wohnt, auf der South Cloverdale Avenue 660 in der Miracle Mile, die Gegend heißt so, weil in kürzester Zeit Kuhweiden, Bohrtürme und Gerstenfelder Wohnhäusern, Einkaufszentren und riesigen Parkplätzen gewichen sind, den Bus nehmen.

Er könnte zum El Capitan Theater fahren, die Ausgangssperre ist aufgehoben, auch die Bannmeile. Er will aber nicht zum El Capitan fahren. Er geht spazieren, kommt vorbei am Wilshire Ebell Theater, einst ein Club für Frauen, gegründet von Frauen, eine von ihnen die erfolgreichste Walnussfarmerin im Lande, seit 1927 ein Theater. Judy Garland wurde hier entdeckt, als sie noch nicht Judy Garland hieß, sondern Baby Frances Gumm.

In diesem Theater, in dem die Künstlerabende des Jewish Club stattfanden, wird er noch einmal inszenieren. ›The Marseillaise‹.

Er denkt über das Stück nach. Acht Männer und Frauen in einem deutschen Militär-Gefängnis in einer Zelle. Ein zum Arbeiterführer gewordener Priester, die Anführerin einer Untergrundbewegung, ein pfeifenrauchender Philosoph, eine Lebedame, ein junger Dichter, ein alter Jude, ein Opportunist und ein unheilbar Kranker. Der unheilbar Kranke, der sich wünscht zu sterben und Hitlers Bild anspuckt, damit er erschossen wird. Der Priester, der einen Gefängniswärter als Geisel nimmt und erwürgt. Die Lebedame, die für die Anführerin der Untergrundbewegung stirbt, damit die eine Botschaft herausschmuggeln kann. Kein sonderlich starkes Stück, aber ein kämpferisches. Der französische Botschafter hat ihn gebeten, die Regie zu übernehmen. Er hat sich darauf eingelassen, weil er noch einmal an ein Mirakel glauben will, weil die Einnahmen der französischen Widerstandsbewegung ›France Forever‹ in Amerika zugutekommen und es auf Tournee gehen soll.

Zum ersten Mal seit bald vier Jahren macht er sich Hoffnung in dieser Stadt, die ihm von allen Stationen der letzten Jahre die fremdeste noch immer ist. Kein Zentrum, die Häuser opulent; byzantinisch, maurisch, neogotisch, spanisch, ägyptisch, Art-Deco, manchmal alles in einem, oder ganz schlicht, aus Holz, wie hingeworfen, die Straßennamen wie aus Büchern, die er nicht gelesen hat. Vine, Ivar, Yucca,

Wilcox, Cahuenga. Manch Straße ist vierzig Kilometer lang und endet am Meer.

Hoffnung macht er sich umsonst.

Bei der Premiere ist das Theater nicht ausverkauft.

Das Stück kommt beim Publikum nicht an.

In der Zeitung liest er: *Leopold Jessner zeigte wieder einmal seine Meisterhand, ohne die Abstufung von Tönen, Pausen und Dialog wäre das Stück ertrunken.*

Es geht nicht auf Tournee.

Es ist seine letzte Inszenierung und sein zehntes Jahr in der Emigration. Ihm geht ein Satz von Victor Hugo nicht aus dem Kopf. Man habe zu warten – zu warten allein auf den Tag der Rückkehr.

Leopold Jessner glaubt nicht mehr an den Tag der Rückkehr.

Er freut sich auf den Abend mit Albert Bassermann. »Wo sein Mund ertönt, wo sein Gesicht erscheint, da lebt die alte deutsche Schauspielkunst wieder auf und erfüllt nicht nur uns, seine Kameraden, mit tiefem Glück, sondern neue Millionen, die ihn zum ersten Mal erleben, mit Bewunderung und Verehrung.« Das sagt Kortner.

Leopold Jessner freut sich auf den Abend mit Ernst Deutsch. Er liest im Fairfax Temple ›Dichtungen der Immigration‹, verschiedene Arbeiten verschiedener Autoren.

»Früher haben die Könige und Potentaten in ihrem Hofstaat auch Dichter und Künstler mit sich geführt. Heute können sich das nur noch die armen Flüchtlinge aus Europa leisten«, sagt einer, er weiß nicht, wer.

Er freut sich auf den Abend bei Bruno und Liesl Frank. Im Haus auf dem Camden Drive liegen, ganz so wie in München, Tageszeitungen auf den Tischen, nur sind es eben keine deutschen, sondern englischsprachige. Es liegen Neuerscheinungen herum, nur sind sie nicht aus deutschen Verlagen. Die Bücher in der Bibliothek sind andere. Vor den

Fenstern stehen Palmen. Das Mädchen, das Tee reicht, ist schwarz.

In größerer Runde sitzt er zusammen mit Ernst und Anuschka Deutsch, Wilhelm und Charlotte Dieterle, Elisabeth Bergner, den Werfels, Fritz Kortner und seiner Frau, Alexander Granach, Fritzi Massary. Ludwig Marcuse. Der erzählt. Kurz nach ihrer Ankunft aus England, er wendet sich Fritzi Massary zu, habe es im Hause der Viertels eine Gesellschaft gegeben. Er sei zu spät gekommen. Alle seien schon beim Essen gewesen, und so habe er sich, nun wendet er sich Ernst und Anuschka Deutsch zu, zu ihnen gesetzt. Während sie sich angeregt unterhielten, seien auf seinem Teller immer wieder irgendwelche Leckerbissen gelandet. »Sonst hatte ich nur Augen für das, was um mich herum geschah, ich hatte ja all diese Menschen jahrelang nicht gesehen. Du tratst an unseren Tisch.« Das sagt er zu Liesl. »Ich sagte, damals siezten wir uns noch, ›Jetzt bin ich bereit, Ihre Mutter kennenzulernen‹.« Liesl sei in schallendes Gelächter ausgebrochen und antwortete: »Neben wem haben Sie denn den ganzen Abend beim Essen gesessen?«

Marcuse redet weiter, über das Lachen der Runde hinweg, davon, wie sie nach dem Pakt zwischen Hitler und Stalin zu spielen anfingen. »Monatelang, wie im Fieber. Indication.«

Einer habe pantomimisch ein Sprichwort oder ein Zitat vorgespielt, die anderen mussten es erraten. Thomas Mann habe einmal einen Wald dargestellt, »den er Baum für Baum sorgfältig in die Luft strichelte«.

Jessner war bei diesen Belustigungen nie dabei. Ihm gefällt aber die Vorstellung von Thomas Mann als Wald.

Marcuse erzählt, er habe *Wie? Was? Eine Ratte? Tod! Ich wett ein Geldstück, tot!*, gemimt, kroch auf allen Vieren durchs Zimmer, »als Sie plötzlich auftauchten«, er wendet sich Franz Werfel zu, »sogleich wieder hinausstürzten.

Ahnungslos, traumatisiert noch von der Flucht. Wir spielten, als hätten wir gründlich verspielt.«

Die Runde schweigt, jeder trinkt und raucht oder trinkt nur oder raucht nur einen Moment. Die Bergner beendet den Moment. Sie möchte von Saschenka, der mit Ingrid Bergmann und Gary Cooper vor der Kamera steht, hören, wie es ist.

»For whom the Bell tolls«, sagt er. Gedreht werde in den Bergen in Sonora. Dort sei es sehr kalt, er trage warme Unterwäsche, mindestens zwei Pullover und mehrere Socken übereinander. Er betrachte den Dreh als Ferien. »10.000 Fuß hoch im Schnee und in reiner Luft. Ich spiele einen Bauernrevolutionär, der gegen Franco kämpft und stirbt.«

»Für die Amerikaner ist es nur ein Film, für uns die Wirklichkeit«, sagt die Massary mit scharfer Stimme.

Alexander Granach, er lässt sich selten beirren, hebt unvermittelt sein Glas. »To America!« Er zwinkert Lisotschka zu. Sie toastet zurück. »To America.«

Im nächsten Moment sind die beiden Herr und Frau Leuchtag in Ricks's Café Americain in Casablanca. Sie alle haben diesen Film gesehen.

Herr Leuchtag stellt sein Glas auf den Tisch, legt seine Hand auf die seiner Frau, streichelt sie zart. »Liebchen, äh, Sweetness-Heart, what watch?«

Frau Leuchtag blickt auf die Armbanduhr, führt sie zum Ohr, zu hören, ob sie tickt, nickt, weil sie hört, dass sie tickt, nimmt die Hand wieder hinunter, blickt noch einmal auf die Uhr. »Ten watch.« Sie lächelt ihren Mann zufrieden an, und er lächelt zufrieden zurück. »Ah, such much?«

Kortner, der endlich auch in einem großartigen Film mitspielen will, greift sich mit beiden Händen ans Revers seiner Jacke, zieht es zurecht, streicht sich über seinen Bauch, ist sichtlich berührt, peinlich auch, beugt sich vor, lächelt verlegen. »You will get along nicely in America.«

Es wird gelacht, gegessen, getrunken. Das schwarze Mädchen serviert. Liesl huscht in einem abgetragenen Dirndl herum. Sie trägt schon lange keine eleganten Kleider mehr. In einer Welt, in der H wüte, habe keiner das Recht auf Luxus. Ihr Mann darf es sich nicht leisten, einen Wochencheck zu verlieren. Zu viele Menschenleben hängen davon ab.

Beim Digestif und Rauchen wird über den Krieg geredet und über den Jewish Club. Leopold Jessner verkündet stolz: »Der zweite Künstlerabend hat gezeigt, dass wir nicht allein sind. Berühmte Amerikaner haben mitgemacht und waren im Publikum. Mit dem War Emergency Program des Clubs, Blutspendeaktionen, Erste Hilfe- und Luftschutzweiterbildungskursen und Spendenaktionen für den Kauf von Kriegsanleihen, beweisen wir unsere Loyalität gegenüber Amerika und dass wir freundliche Ausländer sind. Ein Scheck von 48.500 Dollar wurde an die amerikanische Regierung für den Kauf eines Kampfflugzeugs geschickt, als Dank, so habe ich im Namen aller an Roosevelt geschrieben, für die Hilfe, die wir annehmen mussten.«

Sein Amt als Präsident des Clubs nimmt er so ernst wie einst sein Amt als Intendant. »Der Geist der Gemeinschaft wird von dem Willen und der Moral ihrer Mitglieder bestimmt.«

Wilhelm Dieterle sagt: »Sie sind Idealist«, und Alexander Granach: »Sie haben Gottseidank Fehler, aber wenn man Ihnen in die Augen kuckt, ist man versöhnt.«

Leopold Jessner hat jedoch auch hier Gegner. Einen Geschäftsmann und Juristen namens Guggenheim.

Alexander Granach könnte erzählen. Er ist zusammen mit Elow in der Kulturkommission des Clubs. Immer wieder gibt es Reibereien mit diesem Guggenheim, der nicht viel auf die Kultur gibt, auf sie, die Künstler, die einst wer waren, die er für privilegiert hält und unfähig, den Club zu führen.

In den Vorstand gehörten Leute, die Ahnung hätten vom wirklichen Leben in Amerika, die die englische Sprache beherrschten, jüngere vor allem, die, schon allein wie sie das Leben hier meisterten, geeigneter seien.

Elow wäre geeignet. Er stellt immer noch elegante Damengürtel her, zusammen mit Berta, die ihn bestärkt, ermutigt, oft für beide arbeitet, damit er Texte schreiben kann, Schlagergedichte. *Kurz mit packendem Refrain* stand in einer Anzeige.

Elows Frau Berta wäre geeignet. Überhaupt sind es die Frauen hier, die alles zusammenhalten. Sie sind die Stärkeren in der Fremde, mobilisieren ungeahnte Kräfte, lernen Englisch schneller als die Männer, sind sich für keine Arbeit zu schade, wechseln ihre Kostüme je nach Bedarf und Notwendigkeit: die Schürze der Kellnerin gegen die des Kindermädchens gegen die einer Verkäuferin, verdienen zehn bis zwölf Dollar die Woche. Schon ein Paar neue Strümpfe bedeutet eine Mahlzeit weniger am Tag.

Walter Wicclair wäre geeignet. Er hat die Gartengeräte wieder verkauft, das geliehene Geld muss er dem European Film Fund zurückzahlen, und fährt in seinem Pick-up Truck hinter die Hügel zu Lockheed. Zu Geselligkeiten wie bei den Franks werden Elow oder Walter niemals eingeladen. »Wer eine Stellung hat, hat auch eine Clique. Wer wen kennt, hängt von der Höhe des Wochenschecks ab.« So würde es Granach erklären.

Hinter den Hügeln schuftet Walter in der Flugzeugproduktion.

Das Werk ist ein sonderbarer Ort. Requisiteure, Landschaftsmaler, Tischler, Beleuchter, Ausstatter aus den Filmstudios haben dafür gesorgt, dass der Ort aus der Luft aussieht wie ein friedliches Dorf. Über alles ist ein Netz gespannt, das bemalt ist mit Autos und Häusern, Bauernhöfen und Tieren, Scheunen und Silos. Unter dem Netz stehen auf Wegen zwischen den Hallen Bäume und Sträucher aus Hühnerdraht. Die Blätter sind angeklebte braune und grüne Federn. Lüftungskanäle sind als Hydranten getarnt. Auf Leinen zwischen einzelnen Hallen weht Wäsche im Wind. Die Wäsche wird an einem Tag abgenommen, und an einem anderen Tag wieder aufgehängt.

Die Männer und Frauen, die bei Lockheed arbeiten, laufen, wenn sie über das Gelände laufen, als gingen sie spazieren, als erledigten sie Einkäufe, fahren, als führen sie zur Arbeit oder nach Hause. Auch nachts ist Verkehr.

Walter schuftet als Ungelernter, auch an Weihnachten und nachts. In der großen Halle ist so laut, dass nur in Pausen geredet werden kann. Er kann die Pausen kaum erwarten, in denen er und die Kollegen draußen sitzen und erzählen.

Er von sich, seiner Familie, von Deutschland und Hitler.

Sie von sich, ihren Familien und vom Süden.

Er lernt viel in diesen Pausen, viel mehr als bisher in diesem Leben hier.

Während sie reden, essen sie, reichen herum, was sie mitgebracht haben. Walter eine Metallbüchse mit belegten Broten und eine andere mit Essen, das Germaine gekocht hat, deutsch oder tschechisch, und eine Thermoskanne mit Kaffee. Die Kollegen Büchsen mit Essen, das er zuvor so nicht gekostet hat. Mais, Bohnen und Reis mit Fleischstükken, dazu Okraschoten, Süßkartoffeln, Auberginen und Erdnüsse.

Die Küche der Sklaven. Soulfood, sagen die Kollegen.

Sie sagen auch, sie seien die Juden Amerikas.

Edith mahnt ihren Mann zur Eile. Nicht, um in die Synagoge zu gehen, obwohl Samstag ist, danach ein Spaziergang, essen, ruhen, das Nachmittagsgebet, der Weinsegen, eine gute Woche wünschen, Schabbat Schalom, sondern weil Richard los muss in die Rüstungsfabrik.

Edith, Richard und Ruth wünschen nichts mehr als den Tod all jener, die den Schabbat entweihen. Der endet erst, wenn die Sterne zu sehen sind.

Richard gibt Ruth einen Kuss auf die Stirn, dann seiner Frau, zieht einen Mantel über, der zu dünn ist für die Jahreszeit, und geht zur Tür hinaus.

Jedes Mal, wenn er zur Tür hinausgeht, fragen sich Edith und Ruth, eine jede im Stillen, ob Mann und Vater am Abend zurückkommen wird, fragen es sich auch am 27. Februar 1943.

Richard steht noch nicht lange an seinem Arbeitsplatz, als Lastwagen vorfahren. Männer in Uniform stürmen in die Halle, treiben die Männer und Frauen von ihren Arbeitsplätzen hinaus auf einen Lastwagen. Vollgeladen fährt der Wagen los. Die Männer und Frauen müssen stehen. Mit ihnen stehen zwei Männer in Uniform.

Die Männer und Frauen spüren ihre Blicke. Kurz trifft der Blick eines Mannes oder einer Frau den des Gegenübers.

Springen und laufen?

Niemand springt, niemand läuft. Die Männer in Uniform haben Gewehre.

Die Fahrt endet in der Rosenstraße vor dem Gebäude des Wohlfahrtswesens der Jüdischen Gemeinde.

Die Männer und Frauen müssen absteigen, wird's bald.

Sie werden in das Gebäude getrieben zu vielen anderen Frauen und Männern.

Richard sucht sich einen Platz zum Stehen.

Während er sich zwischen vielen anderen Frauen und Männern einen Platz sucht, sitzen Emil und Ralph in der

Ritterstraße 61 am Küchentisch, sehen Käthe zu, wie sie Ralphs und ihren Mantel über eine Stuhllehne legt, die Tischschublade aufzieht, die Schere herausnimmt, zuerst von ihrem, dann von Ralphs Mantel den gelben Stern abtrennt.

»Ich lass mich nicht zur Schlachtbank führen«, hat Käthe irgendwann gesagt.

Emil sagte: »Ich bin alt und langsam. Wenn ihr geht, geht ohne mich.«

Ein Rucksack steht gepackt mit den nötigsten Dingen.

Sie wussten, der Tag würde kommen. Sie wussten nicht, wann.

Gestern wussten sie, dass heute der Tag sein würde. Gestern flüsterte ein Aufseher Käthe dort, wo sie arbeiten muss, und der Käthe mag, zu: »Morgen bist du krank.«

Die Sterne liegen auf dem Tisch.

Emil steht auf, geht zum Herd, holt einen Kochtopf, stellt ihn in die Mitte des Tischs, zündet mit einem Streichholz die Kerze an, nimmt einen Stern, hält ihn in die Flamme, bis er brennt, und lässt ihn in den Topf fallen. Genauso macht er es mit dem zweiten Stern. Käthe und Ralph sehen ihm dabei zu. Die gelben Sterne werden schwarz.

Käthe hält Ralph den Mantel hin. Er zieht ihn an, sein Großvater nickt ermutigend. Käthe zieht ihren Mantel an, holt den Rucksack, setzt ihn auf. »Wir gehen jetzt.« Sie sagt nicht, wohin. Es ist besser so. Sie nimmt Ralph an die Hand.

»Los.« Emils Stimme ist fest.

Käthe und Ralph drehen sich nicht um. Sie gehen, als kämen sie wieder. Emil hört ihre Schritte im Treppenhaus, hört, wie die Haustür ins Schloß fällt.

Käthe und Ralph laufen zum nächsten S-Bahnhof, kaufen Fahrkarten, betreten den Bahnsteig, warten. Eine Mutter mit einem Rucksack auf dem Rücken und ihrem Sohn an der Hand. Mutter und Sohn versuchen, nicht wie Flüchtlinge auszusehen, sondern wie Ausflügler. Mit der Bahn fahren sie bis zum Rande der Stadt, steigen aus und laufen zu einem Schrebergarten. Der Schrebergarten gehört Freunden. In der Laube können Käthe und Ralph sein, solange sie müssen. Ohne Licht, ohne den Ofen anzumachen. Angezogen liegen sie aneinandergeschmiegt unter einer Decke.

Während Käthe und Ruth in der Laube zu schlafen versuchen, sorgen sich Edith und Ruth die Nacht hindurch um Ehemann und Vater. Am Morgen finden sie keine Worte.

Edith will nichts als los, sich erkundigen. Ruth will mit. Edith fährt ohne Ruth. Zuerst in die Prinz-Albrecht-Straße. In dem Haus, es war einmal ein Hotel, ist das Gestapohauptquartier. Sie muss mehr als einmal ihren Ausweis zeigen.

Dann sitzt sie in einem Büro. Ein Gestapomann sitzt ihr gegenüber hinter einem riesigen Schreibtisch.

Ihr Mann sei gestern Abend nicht von der Arbeit nach Hause gekommen. Sie mache sich Sorgen, große Sorgen. Sie habe ein Recht, zu erfahren, wo er sei.

»Ein Recht?«

Edith bejaht.

»Sie sind eine deutschblütige Frau.«

Edith schweigt.

»Ich gebe Ihnen den gut gemeinten Rat. Lassen Sie sich scheiden. Jetzt wäre ein günstiger Zeitpunkt.«

Edith sagt, für ihren Mann sei es der denkbar ungünstigste Zeitpunkt.

»Eine Judenhure kriegt keine Auskunft.«

Der Gestapomann erhebt sich, geht zur Tür, öffnet sie.

Edith folgt ihm, hält ihre Hand hin, nicht um sie dem Gestapomann zu geben. Sie will ihren Ausweis zurückhaben.

Der Gestapomann legt ihn ihr in die Hand, lässt nicht gleich los.

»Überlegen Sie sich gut, was sie tun.«

Edith versteht den Satz als das, was er ist. Eine Drohung.

Sie hat Angst, aber sie zeigt sie nicht.

Sie fährt in die Burgstraße zur Staatspolizei-Leitstelle.

Sie muss mehr als einmal ihren Ausweis zeigen und erfährt dann, wo Richard ist.

Sie eilt zu Ruth. Zusammen fahren sie in die Rosenstraße.

Vor dem Gebäude des Wohlfahrtswesens der Jüdischen Gemeinde stehen Frauen und Männer. Es sind Ehefrauen und Ehemänner der Männer und Frauen im Gebäude.

Edith und Ruth stellen sich dazu.

Vor dem Gebäude stehen auch Polizisten. Ob sie das Gebäude bewachen oder die Ehefrauen und Ehemänner vor dem Gebäude, ist ihnen nicht anzusehen.

Es ist kalt. Eine Frau lässt heißen Tee herumgehen und eine Dose mit Stullen. Ruth nimmt sich eine. Der Aufstrich ist eine Mehlschwitze gewürzt mit Majoran und Zwiebel. Ruth kennt das. Zu Hause essen sie das auch, weil es keine Butter gibt.

Hitlerfett, sagt ihre Mutter dazu.

Edith lässt ihre Tochter nicht mehr allein und auch nicht los.

Tag um Tag stehen sie zusammen mit den Ehemännern und Ehefrauen vor dem Gebäude und den Polizisten. Tag um Tag gehen mehr Brotdosen reihum, mehr Becher mit Tee aus Thermosflaschen. Die SS rückt an, droht zu schießen.

Die SS schießt nicht. Die vor dem Gebäude sind keine Juden. Nach Tagen kommen Männer und Frauen aus dem Gebäude heraus. Die Wartenden vor dem Gebäude werden weniger. Die wenigen, auch Edith und Ruth, fragen sich, ob sie umsonst warten.

Endlich kommt Richard heraus. Edith und Ruth stürzen zu ihm. Sie halten sich in den Armen. Edith sagt: »Lass uns gehen.«

Richard, Edith und Ruth laufen die Rosenstraße entlang, am Alten Jüdischen Friedhof vorbei, über die Kaiser-Wilhelm-Straße, der Turm der Marienkirche ragt vor ihnen in die Höhe, auf der Kaiser-Wilhelm-Straße bis zur Kleinen Burgstraße und dort nach links.

Am Schlossplatz überqueren sie die Spree, laufen weiter auf der Warder Straße, die zur Französischen Straße wird, und biegen links in die Markgrafenstraße ein.

Zwei Drittel des Wegs sind geschafft. Sie beschleunigen ihre Schritte, im Kopf die Namen der Straßen, die sie noch überqueren müssen.

Ruth hat sich bei ihrem Vater untergehakt, Richard bei Edith.

Menschen, die ihnen entgegenkommen, müssen ausweichen. Die Sterne an Richards und an Ruths Mantel sehen sie nicht. Richard verdeckt seinen mit der Hand, Ruth tut es ihm gleich.

Sähen die Menschen, die ihnen entgegenkommen, die Sterne, sie würden nicht ausweichen und sie argwöhnisch mustern.

Plakate, auf denen ein gelber Stern abgebildet ist, mahnen: *Wer dieses Zeichen trägt, ist ein Feind.*

Richard fängt endlich zu reden an. »Wir waren in Räume gesperrt. Beim Stehen, Sitzen und Schlafen haben wir uns abgewechselt. Die Toiletten waren fast immer besetzt, oder wir durften nicht zur Toilette gehen.«

Sie passieren den Gendarmenmarkt. »Die Ungewissheit ...« Richard fasst Ediths Hand. »Ohne dich wären wir längst nicht mehr hier.«

Während Richard, Edith und Ruth in Richtung nach Hause eilen, schnitzen Käthe und Ralph in der Laube

Schachfiguren, malen ein Schachbrett auf den Boden und spielen.

Sie hören Sirenen, Explosionen, sehen den Feuerschein in der Ferne.

Sie lesen sich aus einem Buch vor mit unendlich vielen Geschichten, schönen und schaurigen, und hoffen, dass die Lektüre so lange reicht, bis alles vorbei ist und sie Emil wiedersehen.

Am Abend des 3. März 1943 sitzen im Wohnzimmer der bescheidenen Wohnung auf der Cloverdale Avenue Hausnummer 660 die Deutschs, die Viertels, die Franks, die Bergner, die Bassermanns, die Kortners, Alexander Granach und Rabbi Sonderling. Leopold Jessner hat zu seinem 65. Geburtstag eingeladen.

Auf dem Tisch stehen leere Teller, die Gläser sind halb gefüllt oder ausgetrunken. Der Abend neigt sich einem Ende zu.

Gerade sagt Liesl Frank, sie habe kürzlich mit Alfred Polgar über Hollywood gesprochen. Er habe gesagt, der Titel ›Star‹ sei unübersetzbar, obgleich es in jeder Sprache ein Wort für das Wort gebe.

»Una estrella, une étoile, una stella«, unterbricht Kortners Frau.

»Ein Star sei überall ein Star, hat Polgar gesagt«, redet Liesl weiter, »oder könne sich jemand vorstellen, dass Emil Jannings, als er berühmt wurde, zu seiner Großmutter geeilt und der braven alten Jüdin um den Hals gefallen sei mit dem Jubelschrei: ›Großmama, ich bin ein Stern?‹«

»Da wie am Schnürchen Antikriegsfilme gedreht werden und viele von uns Rollen als jene bekommen, deren Opfer wir eigentlich sind, werden wir vielleicht alle Sterne.« Elisabeth Bergner meint es nicht so zynisch, wie es klingt.

Kortner, der von allen am wenigsten über Rollen im Film sprechen und auch nicht davon hören will, erhebt sein Glas. »Lieber Leopold Jessner, Ihnen wurde Zukunft, Gegenwart, ja Vergangenheit abgesprochen. Sie wurden überwunden, erledigt, um dann wieder bejubelt zu werden. Ein Meister der Auferstehung.«

Jessner blickt in die Runde. Sein Leben sitzt an diesem Tisch. Eigenartig, wie es hier auf eigenartige Weise konserviert ist.

All das könnte sich ebenso gut in der Württembergallee 25 in Berlin zutragen oder in London. Nur würde Elsa die begehrte, unterhaltsame Gastgeberin sein. Die Gespräche wären andere.

Die Gläser werden erhoben.

»The best of luck to you«, wünscht Berthold Viertel.

»A most wonderful evening«, sagt Bruno Frank und Rabbi Sonderling »fresh greetings und nobody shall pester your sweatheart«.

Die Gläser klingen über der Mitte des Tisches zusammen, Leopold Jessner lächelt, auch in sich hinein.

Nachdem seine Gäste sich verabschiedet haben, setzt er sich noch einmal an den Tisch, zündet eine Zigarre an, gießt noch ein wenig in sein Glas, betrachtet die Flaschen, Teller, Gläser, die vollen Aschenbecher als Zeugen dieses Abends und lässt sie bis zum nächsten Morgen stehen.

Nach einem späten Frühstück zieht es ihn nach Echo Park.

Unter Bäumen wandelt er um einen See, setzt sich auf eine Bank, betrachtet die Lotuspflanzen, die in diesem Jahr früher blühen. Chinesische Missionare sollen sie vor langer Zeit gepflanzt haben, weil man sie essen kann.

Er genießt die Ruhe, sieht Menschen und Vögeln zu und vermisst Schwäne. In Echo Park verbringt er den Tag.

Abends geht er ins Wilshire Ebell Theater. Seit der Aufführung der ›Marseillaise‹ war er nicht mehr dort. Heute geht er gerne hin. Es findet einen Festakt statt für ihn. Alle sind sie da, die Schriftsteller, Regisseure, Komponisten, alle, die noch einen Namen haben, alle, die meinen, keinen mehr zu haben, solche, die sich wieder einen machen.

Seine Schauspieler, Alexander Granach, Fritz Kortner, Ernst Deutsch spielen Szenen, die sie einst auf seiner Bühne, dem Staatstheater am Gendarmenmarkt, gespielt haben.

Schriftsteller lesen aus ihren Texten.

Komponisten spielen ihre Musik.

Berthold Viertel hält eine Rede.

Jessner schließt für einen Moment die Augen, und etwas aus einer anderen Zeit in einer anderen Welt spielt sich ab: Staatstheater 1928. Sein Fünfzigster.

Es kamen der Reichstagspräsident, der Kultusminister, die Vorsitzenden des Deutschen Bühnenvereins und der Genossenschaft Deutscher Bühnenangehöriger, Honoratioren aus Königsberg und Hamburg, Professoren und Intendanten aus der ganzen Republik, Kollegen von der Schauspielschule.

Es spielten Schauspieler Theaterszenen.

Es lasen Schriftsteller aus ihren Texten.

Es spielten Komponisten ihre Musik.

Alles nur für ihn, den Intendanten der wichtigsten Bühne in der jungen Republik. Es wurde viel geschrieben und viel gesprochen. Von Regisseuren, Bühnenbildnern, Verlegern, Schriftstellern und Dramatikern.

Er öffnet die Augen, sieht und hört Lion Feuchtwanger. »Jessner ist einer der ersten Männer gewesen, den die deutsche Reaktion, den die Nazis aufs Korn genommen hatten. Er hat sich nicht schrecken lassen. Wenn viele auf ihrem Gebiet die wahre Sache Deutschlands so kräftig verteidigt hätten wie er, dann hätte es keinen Hitler gegeben.«

1930, nach seiner erzwungenen Demission als Intendant, hatte er wenigstens noch einen Regievertrag für sechs Inszenierungen an »seinem« Staatstheater bekommen. Ein Stück war von Feuchtwanger. Den brachte er mit seiner Komödie auf die Bühne. Uraufführung war am 24. April..

Oft war der Schriftsteller, der damals mit seiner Marta noch in einer kleinen Etagenwohnung am Hohenzollerndamm wohnte, in jener Zeit bei ihm und Elsa gewesen, weil er zum Reden lieber in die herrschaftliche Jessnerische Wohnung in der Württembergallee kam. Sie sprachen beruflich, nie privat.

In die herrschaftliche Villa in den Hügeln von Pacific Palisades, in der die Feuchtwangers jetzt wohnen, wird Jessner nicht eingeladen. Und die Feuchtwangers laden oft ein. Die Manns, die Franks, die Werfels, Brecht und seine Frauen, die Viertels, die Dieterles, Ludwig Marcuse und seine Frau Sascha.

Von ihnen weiß er, es wird Champagner Bowle gereicht. Zuweilen singt Bert Brecht kämpferische Lieder. Die, die zuhören, empfinden, was Marta zu formulieren weiß: dass sie sich der deutschen Dichtung aufs Engste verbunden fühle, wenn er in seiner ewigen Lederjacke, dem in die Stirn gekämmten Haar dasitze und mit seiner bayrischen Stimme frech die Lieder krähe, die allen aus dem Herzen kämen.

Von Marcuses weiß er auch, dass Feuchtwanger einmal bemerkt habe, es sei ein Wagnis gewesen, als der Intendant ihn und Brecht auf die repräsentativste Bühne des Reiches gebracht habe.

Brecht! Wie oft saß der im Staatstheater in den Proben und machte sich Notizen, bei ihm, der 1919 den Startschuss für politisches Theater gegeben hatte, »nicht zu verwechseln mit Parteitheater, das nur einen Zweck hat: die Realisierung eines Parteiprogramms.« Brecht machte sich auch Notizen, als er in einem Stück einen Sprecher einführte, der sich ans Publikum wandte.

Leopold Jessner ist auch nicht zu den Partys der Hollywood-Filmwelt geladen, die gibt es zu Genüge. Das weiß er von Fritz Kortner, auch, wer sich dort einfindet, er selber natürlich mit seiner Frau, Brecht oft, Feuchtwanger mit Marta zuweilen, Chaplin, die Viertels gelegentlich, selten Heinrich Mann, immer Amerikaner. Leopold Jessner versucht es so zu halten wie Alexander Granach, wenn er nicht auf einer Gästeliste steht. Er sei sowieso nie gerne bei »den fojnen Leuten« eingeladen.

Am Morgen nach dem Festakt im Wilshire Ebell fällt nach mehreren Tagen Regen Sonnenlicht durch die Fenster der Wohnung in der Cloverdale Avenue, und Leopold Jessners Sein dort wirkt so unwirklich wie der Abend am Tag zuvor.

Auf dem Tisch im Wohnzimmer stehen eine Teekanne, eine Tasse, eine Zuckerdose und ein Aschenbecher, liegen ein paar Briefe, auch von Elsa und Lottchen, und eine aufgeschlagene Zeitung. Leopold Jessner gießt Tee in die Tasse, rührt Zucker hinein, einen Löffel, nicht mehr, zündet eine Zigarre an, nimmt zwei drei Züge, zieht die Zeitung zu sich heran und fängt an zu lesen:

Sehr verehrter Herr Jessner! Sie wurden am 3. März 65 Jahre alt, und es ist noch nicht lange her, dass Sie mir, dem zehn Jahre Älteren, zu meinem fünfundsiebzigsten gratulierten. So will ich heute unter denen sein, die Ihnen ihre herzlichsten Glückwünsche zu Füßen legen. Ich erinnere mich mit Freude an unseren denkwürdigen Tell-Abend im Staatlichen Schauspielhaus, Berlin, an dem der Jubel über den Tyrannen und die wiedergewonnene Freiheit so elementar durch Ihre Regie zum Ausdruck kamen wie nie zuvor.

Mit allen besten Wünschen, Albert Bassermann.

Bassermann, den, wenn er spricht, jeder hört.

1919, als er vor den Vorhang trat, über die Reihen blickte, so lange, bis es totenstill war und sagte: »Schmeißt diese verfluchten, bezahlten Lümmel raus.«

1933, als er nach der Premiere von *Schlageter* – im Publikum saßen Hitler, Göring und Goebbels – beim Schlussapplaus als Einziger nicht den rechten Arm hob.

In Amsterdam, wo er sagte: »Meine Frau nicht auftreten lassen? Die werden mich nicht wiedersehen.«

Oder hier, wenn er, der regelmäßig auf der Leinwand zu sehen ist, jedoch nicht genügend, um sich ein zweites Leben aufzubauen, über die Zukunft spricht: »Wir Juden …«, obwohl er gar kein Jude ist.

Jessner legt die Zigarre ab, trinkt einen Schluck Tee, liest Alexander Granach:

Zu seinem fünfzigsten Geburtstag haben ihn Freunde und Feinde gepriesen. Im Naziregime plündern seine damaligen Schüler und Verehrer seine schöpferischen Ideen aus und preisen sie einem Volke, dem Gangster die Kehlen zuschnüren als eigene teutsche Kunst an. Nun Gottes Mühlen mahlen langsam, aber sicher. Und mit der ›unconditional surrender‹-Losung wird die Nazipest bald weggeweht sein. Dann wird Europa wieder Europa, Kultur wieder Kultur und Menschen werden wieder Menschen sein. Dann wird auch Jessners Werk leben, als Beispiel schöpferischer Kraft. Diesen Glauben wünsche ich dem Geburtstagskind und die Erfüllung uns allen mit ihm.

Er gießt aus der Kanne Tee in die Tasse nach. Rührt wieder einen Löffel Zucker hinein, legt den Löffel auf die Untertasse und nimmt die Zigarre wieder in die Hand, die Bewegungen sind fließend, und liest Ernst Deutsch:

Wie im alten Scherz die Krankenschwester, die nach dem Wohlergehen ihres Patienten gefragt, antwortet: ›Gott, hab ich eine grässliche Nacht gehabt!‹ – so sage ich heute an Leopold Jessners 65. Geburtstag – in Erinnerung an meine Arbeit unter seiner grandiosen Regie als Fiesco und als Marquis Posa: ›Gott, hab ich glückliche Tage gehabt!‹

Qualm steht im Sonnenlicht. Er tippt die Asche von der Zigarre in den Aschenbecher. Dann liest er Bruno Frank:

Wenn die deutsche Republik, unerfahren und ihrer selbst ungewiss, auf vielen Linien versagt hat – ihr Theater jedenfalls wurde durch Jessners Verdienst zum Ausdruck einer lebendigen, hoffnungskräftigen Gegenwart. Ein Vierteljahrhundert später wird ihn sein Schicksal vor eine ähnliche Aufgabe rufen. Aber diesmal wird sie noch schwerer sein. Aus der Blut- und Tränenflut dieser tragischen Zeit taucht, mit so vielen anderen Ruinen, auch die Ruine der europäischen Schaubühne hervor. Nur die fähigsten Baumeister werden berufen sein, die geschändeten

Trümmer beiseite zu räumen … Leopold Jessners erprobte, kräftige Hand ist eine der wenigen, auf die wir vertrauen.

Die Zigarre ist kalt geworden. Er legt sie in den Aschenbecher, streicht mit der Hand über den kahlen Kopf und schlägt die Zeitung zu. Stünde er jetzt auf und käme nicht wieder, wäre der Tisch und das, was auf ihm ist, das letzte Zeugnis seines Lebens.

Im Juni ist er auf der Geburtstagsfeier von Bruno Frank.

Im Garten in Beverly Hills, der die Welt da draußen fernhält, beobachtet Jessner lieber, als dass er spricht. Was er sieht, könnte eine Szene auf einer Bühne sein. Ein sommerlicher Tag, ein leiser Wind, Männer und Frauen, nicht irgendwelche, ihre Kleidung im auffälligen Widerspruch zur Umgebung. Sie trinken Champagner, reden über Swing, Brahms, Brentano und den Krieg. Am meisten redet Thomas Mann.

Leopold Jessner verabschiedet sich früh.

Im Juli geht er ins El Pablo Rey House. Helene Weigel hat eine Feier für Alfred Döblin organisiert. Er wird fünfundsechzig.

Heinrich Mann hält eine Rede.

Franz Werfel, Thomas Mann und Lion Feuchtwanger verlesen Glückwünsche.

Fritz Kortner, Alexander Granach und Peter Lorre rezitieren aus Döblins Werken.

Berthold Viertel liest aus Briefen.

Blandine Ebinger singt Chansons.

Eduard Steuermann spielt ein Klavierstück von Eisler.

Zum Ende tritt Döblin selber auf, sagt, dass er wie auch andere Schreiber, er blickt dabei zu Thomas Mann, der in der ersten Reihe sitzt, mitschuldig sei am Aufstieg der Nazis. Mitschuldig, weil sie nicht Gott gesucht hätten.

Er setzt einen Pastorenhut auf, kniet nieder und stimmt ein Kirchenlied an.

Für viele im El Pablo Rey House ist der Auftritt von Döblin ein Affront.

Brecht schreibt ein Gedicht.

Als einer meiner größten Götter seinen 10.000 Geburtstag beging,
Kam ich mit meinen Freunden und meinen Schülern, ihn zu feiern
... Das Fest nahte seinem Ende.
Da betrat der gefeierte Gott die Plattform,
... Und erklärte mit lauter Stimme
... Dass er soeben eine Erleuchtung erlitten habe und nunmehr
Religiös geworden sei ... Ging unzüchtig auf die Knie nieder und stimmte
Schamlos ein freches Kirchenlied an, so die irreligiösen Gefühle
Seiner Zuhörer verletzend,
... Seit drei Tagen
Habe ich nicht gewagt, meinen Freunden und Schülern unter die
Augen zu treten, so schäme ich mich.

Für Jessner ist Döblins Auftritt nur ein Ausdruck vieler Eigentümlichkeiten. Da wäre Kortner. Endlich kann der sich auf einer amerikanischen Leinwand sehen, weil er das Drehbuch zum Film geschrieben hat, und beschwert sich, er könne sich über den Erfolg nicht freuen, weil er fürchte, dass der ihn davon abhalte, nach Deutschland zurückzukehren, »denn, wenn ich dann nach Hause komme, bin ich daheim ein fremder Mann«.

Oder Elisabeth Bergner. Weil sie keine Rolle mehr oder auch nur ein Röllchen bekommt, und Alexander Granach ihr Geld leihen muss, sucht sie Trost in Christian Science.

Oder die Massary! Sie kapriziert sich darauf, in ihrem Garten Rosen zu züchten, und verkündet: »The Massary of the stage no longer exists. Some people can remember her if they wish, but I don't want to anymore.«

Und er? Er denkt öfter an das, was Elsa kurz vor seiner Abreise aus England sagte: »Falls du in dem Glauben bist, ich hätte deine Vereinstätigkeit nicht verfolgt, so irrst du gründlich. Du warst vor dem 30. Januar 1933 Präsident von fünfundzwanzig Vereinen, und nur mit dreien hast du Krach gehabt. Diese drei Vereine waren jüdisch.«

Jetzt hat er mit dem vierten jüdischen Verein Krach.

Guggenheim und seine Unterstützer, allesamt Konservative, schwingen Reden, fordern eine »Richtungsumkehr«, so nennen sie es. Der Jewish Club sei kein Unterhaltungsverein für jene, die in Deutschland einmal wer waren. Alle politischen Äußerungen, auch in Zeitungen, ja alles Programmatische solle unterlassen werden, der Club müsse sowohl in jüdischer als auch in parteipolitischer Hinsicht neutral sein und sich künftig allein caritativen und gesellschaftlichen Pflichten widmen.

Jessner kontert: »Das ist vollkommen unmöglich in einer politischen Zeit. Und jede Zeit ist politisch.«

Sie drohen mit Ausstritt und der Gründung einer neuen Organisation. Das wäre das Ende des Clubs, den er, Jessner, erst zu dem gemacht hat, was er ist: die größte und bedeutendste Hilfsorganisation an der Westküste mit tausenden Mitgliedern, darunter viele Prominente. Das Ende des Clubs muss er verhindern.

Er sieht sich wie auf dem Bild, das sein Freund, der Maler und Bühnenbildner Shalom Sebba, einmal von ihm gemalt hat: in einem Zimmer stehend, Zigarre in der Hand, als habe er sie vergessen, im Hintergrund ein Stuhl, neben dem Stuhl auf dem Boden ein Blatt Papier, eine geöffnete Tür; gefangen zwischen Geist und Politik. Isoliert.

Er, der sich seines Judeseins bewusst ist, der Verbundenheit aller Juden, aus Ost und West, der der Auffassung ist, was immer geschieht, geschieht aus der politischen Wurzel, der in entscheidenden Momenten etliche Schlachten geschlagen hat, will keine Schlachten mehr schlagen, kann keine mehr schlagen, ihm fehlt die Kraft, und reicht, wie vor Jahren als Intendant des Preußischen Staatstheaters in Berlin, seine Demission als Präsident des Jewish Clubs ein. Seine Hoffnung von der Überwindung der Kluft zwischen Juden aus Ost und West – zerschlagen. Zerschlagen sein Traum von *einem* Judentum in einem europäischen Club in Amerika.

Er sagt: »Ich bin zurückgetreten, aber nicht abgetreten.«

Seinem Nachfolger gibt er schriftlich mit auf den Weg: *Auch der Jude im sicheren Hafen möge erkennen, dass es ein Ost und West im gemeinsamen Schicksal nicht mehr geben darf, dass die Welt ›EINE WELT‹ und das jüdische Schicksal ›EIN JÜDISCHES SCHICKSAL‹ ist, unteilbar und nicht unterschiedlich, ganz gleich, woher der Einzelne kommen mag.*

An Rosch Haschana fährt er zu Alexander Granach, der inzwischen in West Hollywood in einem Häuschen wohnt, 1118 Hacienda Place, mit großem Livingroom und Fireplace, zwei Schlafzimmern, Küche und Bad, einem kleinen Garten und einer Veranda. Zweimal die Woche kommt eine Putzfrau, im Wohnzimmer steht ein großer Tisch, an dem er schreibt und guter Dinge ist.

Im Fireplace brennt ein Feuer. Davor schlafen zwei graue Katzen. Auf dem gedeckten Tisch ein Brett mit Challah, ein Teller mit einem aufgeschnittenen Apfel, eine Schüssel mit Honig. Teller, Besteck, Gläser.

Granach bricht zwei Stücke vom süßen Brot, und Jessner sagt: »Gesegnet seist Du, Gott, unser Gott, König des Universums, der die Früchte des Baumes erschafft. Möge es Dein Wille sein, uns für ein gutes und süßes Jahr einzuschreiben.«

Sie nehmen jeder ein Stück Apfel, dippen es in den Honig.

»Für die Lust auf ein süßes Leben im neuen Jahr.« Das sagt Alexander Granach.

Nachdem sie Brot und Apfel gegessen haben, gibt es Knödelsuppe mit Rindfleisch und glasierten Möhren.

»Mir träumte«, redet Granach weiter, während sie essen, »dass Hitler den Krieg verloren hatte und aus Deutschland geflüchtet war, und er kam nach Amerika. Gott behüte uns davor! Ich träumte also, dass er Schauspieler wurde hier im Team. Ich tötete ihn!«

Jessner fällt etwas aus einem Gedicht von Berthold Viertel ein. Wolle man Hitler anklagen für die Katastrophe, die er über die Welt gebracht habe, für all die Toten, und ihn zum Tode verurteilen, so könne er doch nur mit einem Leben zahlen und nach einem kurzen Schweigen: »Wenn System und Personen längst vernichtet sind, muss der Kampf gegen die Ideen, die dieses System und diese Personen möglich gemacht haben, weitergehen. Eine Idee gegen eine Idee.«

Alexander Granach lächelt. »Die Menschheit wird sich der faschistischen Bestien ebenso schämen wie der Menschenfresser. Kein Zeichen wird von ihnen mehr zurückbleiben. Sie werden nicht mehr genannt werden.«

Jessner sagt: »Das bezweifle ich.«

Als am 31. Oktober Max Reinhardt in New York siebzigjährig stirbt, empfindet Leopold Jessner diesen Tod als dunkle Ahnung.

Für eine Zeitung schreibt er:

In der Stunde, da die Gewaltigkeit des Todes ihn von uns geholt hat, beugen wir uns tief vor dem Toten, wie wir uns in tiefstem Respekt zu allen Zeiten seines lebendigen Schaffens vor ihm verbeugt haben. Selbst heute, da Millionen junger Soldaten stündlich ihr Leben opfern, stockt der Atem bei dem Gedanken, dass Max Reinhardt, das Genie des Theaters, von uns gegangen ist.

Mit dem Bus und dann mit der Straßenbahn fährt er zum Home Memorial Park, läuft durch das große Tor und unter hohen Palmen auf Wegen, die Alleen gleichen, in einer Symmetrie von Steinen, auf denen Steine und Münzen liegen.

Ab und zu bleibt er vor einem Stein stehen, liest einen Namen und Jahreszahlen, stellt sich ein Leben vor, das jetzt unter der Erde liegt, über das Gras wächst.

In Berlin ging er oft zu Beerdigungen. Manchmal mitten in einer Probe. Er sah auf die Uhr, entschuldigte sich, ging in sein Büro, zog sich um, ließ seinen Wagen kommen und sich von seinem Fahrer zu einem Friedhof fahren. Einmal, an einem Wintertag, er kam zu spät, in der Halle der Ofen brannte schon, platzte es aus ihm heraus: »Oh, da geht er dahin.«

Vielleicht wäre es angemessen, sich still und namenlos beerdigen zu lassen.

In den frühen Morgenstunden des 20. Juni 1943 rollen LKW durch die Straßen von Amsterdam. Lautsprecher brüllen. Juden sollen ihre Wohnungen verlassen, zu einer Sammelstelle gehen. Juden verlassen ihre Wohnungen, gehen zu einer Sammelstelle. Wer nicht geht, wird aus der Wohnung geholt und zur Sammelstelle gebracht. So geht es bis zum nächsten Tag.

An der Sammelstelle stehen Tische in Reihen. Hinter jedem Tisch sitzt ein Mann in Uniform. Die Juden müssen stehen, bis sie aufgerufen werden. Wer aufgerufen wird, muss zu einem Tisch gehen, Papiere geben, den eigenen Namen sagen, mit dem aufgerufen wurde.

Ein Mann in Uniform schreibt.

Wer aufgerufen wurde, muss am Tisch den Rucksack öffnen oder die Tasche. Ein Mann in Uniform durchwühlt Rucksack oder Tasche. Rucksack oder Tasche waren schon gepackt, bevor die LKW durch die Straßen fuhren.

Wer aufgerufen wurde, soll den Rucksack oder die Tasche wieder schließen. Ein Mann in Uniform gibt die Papiere zurück.

Wer aufgerufen wurde, soll dahin gehen, wo schon andere stehen.

Alfred, Hannele und Ruth müssen an jenem Tag nicht zur Sammelstelle gehen. Sie sind vorläufig »gesperrt«, weil sie die paraguyanische Staatsbürgerschaft besitzen, weil Alfred als Sozialarbeiter beim Judenrat arbeitet und Hannelore als Stenotypistin, und Ruth, weil sie die Tochter ihres Vaters ist.

Die paraguyanische Staatsbürgerschaft ist wertvoll.

Deutschland und Paraguay führen keinen Krieg.

»Vorläufig« endet am 27. Juli. An dem Tag müssen Alfred, Hannele und Ruth von der Schubertstraat 36, in der sie wohnen, bis zu einer Sammelstelle laufen. Dort stehen Tische. Hinter den Tischen sitzen Männer in Uniform.

Alfred, Hannele und Ruth müssen warten, bis sie aufgerufen werden. »Ruth Sara Moser.«

Ruth geht zu einem Tisch, gibt ihre Papiere, muss den Namen sagen, mit dem sie aufgerufen wurde, den Rucksack öffnen. Der Mann in Uniform sieht einen Pullover, Unterwäsche, eine Zahnbürste, ein Paar Schuhe, eine Strickjacke, ein Buch.

Der Mann in Uniform gibt die Papiere zurück. Ruth soll den Rucksack wieder schließen und dahin gehen, wo schon andere stehen. Sie sieht zu ihrem Vater und zu Hannele.

»Alfred Israel Moser.«

»Hannelore Sara Jessner Moser.«

Ihr Vater und Hannele gehen je zu einem Tisch, geben ihre Papiere. Männer in Uniform schreiben. Alfred öffnet seine Tasche. Ein Mann in Uniform durchsucht sie.

Alfred schließt die Tasche. Der Mann in Uniform deutet auf Alfreds Handgelenk. Alfred löst seine Uhr und reicht sie über den Tisch. Der Mann in Uniform grinst.

Ein Mann in Uniform durchwühlt Hanneles Rucksack.

Sie schließt den Rucksack, bekommt die Papiere zurück.

Alfred und Hannele gehen dahin, wo Ruth schon mit anderen steht.

Alfred, Hannele, Ruth und andere müssen loslaufen, begleitet von Männern in Uniform und Hunden. Sie laufen bis zum Stadion, steigen dort in eine Straßenbahn. Die Straßenbahn fährt los, Fahrzeuge mit Männern in Uniform fahren nebenher.

An einem kleinen Bahnhof wartet ein Zug.

Alfred, Hannele, Ruth und andere müssen in den Zug steigen. Die Schiebetüren der Waggons werden von außen verriegelt. Licht dringt durch Ritzen zwischen den Bretterwänden.

Drei Stunden später hält der Zug in einem Dorf im Moorland von Drenthe. Das Dorf heißt Westerbork.

Die ersten Bewohner von Westerbork waren Reisende eines deutschen Schiffes. Das Ziel: Kuba. Das Schiff musste nach Europa zurückfahren. Der Kapitän, er wusste um die Gefahr für seine Passagiere, brachte sie nicht nach Deutschland, sondern nach Belgien. Von dort reisten sie weiter, nach England, Frankreich, Belgien oder Holland.

Die, die in Holland blieben, waren die ersten Bewohner des Dorfes. Sie halfen auch beim Bau.

Gebaut haben auch arbeitslose Maurer und Zimmermänner in einer Beschäftigungsmaßnahme für Geflüchtete aus Deutschland. Bezahlen mussten niederländische Juden.

Im Dorf gibt es ein Warenhaus, ein Postamt, einen Friseur und einen Fotografen. Es gibt ein Krankenhaus, eine Zahnklinik, Apotheken und ein Altersheim. Es gibt eine Kinderkrippe, einen Kindergarten, eine Schule und ein Waisenhaus. Es gibt eine Schneiderei, einen Polsterer, eine Buchbinderei, einen Bauernhof, Werkstätten für Schuhe, Kleidung, Bürsten und Spielzeug. Es gibt Theater und Konzerte.

Drumherum Stacheldraht und Wachtürme.

Die Häuser Baracken.

Straßen und Wege werden bei Regen zu Schlamm.

Fliegen- und Mückenschwärme im Sommer.

Flöhe, Läuse, Ratten zu jeder Jahreszeit.

Wässrige Suppe und Brot.

Die Strafbaracke Nummer 67.

Wer da hineingerät, dem wird der Kopf kahlgeschoren, der bekommt keine Seife, weniger wässrige Suppe und Brot.

In Westerbork muss gearbeitet werden.

Alfred, der Rechtsanwalt und Notar, Hannele, die Schauspielerin, und Ruth, die Modeschneiderin, schaufeln von einem Berg Sand in Eimer, schleppen, leeren, füllen, schleppen, leeren, füllen, bis der Sandberg abgetragen ist.

Danach sollen sie den Sandberg Eimer für Eimer dahin zurückbringen, wo er vorher war.

Hannele und Ruth müssen Kleidung nähen. Alfred muss Bürsten herstellen. Alfred und Hannele müssen Spielzeug produzieren. Ruth muss Schweineställe säubern auf dem Bauernhof außerhalb von Stacheldraht und Wachtürmen. Sie riecht nicht den Dreck der Schweine, sondern die frische Luft, bekommt eine weniger wässrige Suppe, ein wenig mehr Brot und wird nicht so scharf bewacht. Gedanken an Flucht verwirft sie, weil Alfred und Hannele das Pfand für sie sind. So vergeht ein ganzes Jahr. Hannele, weil sie Schauspielerin ist, ist neben der Arbeit in der Theatergruppe »Bühne Lager Westerbork«.

Einer in der Gruppe ist Willy Rosen, der Kabarettist und Schlagerkomponist. Er hat die Theatergruppe aufgebaut, auf Befehl des Lagerkommandanten. Seine Lieder muss Willy Rosen dem Lagerkommandanten vor Aufführungen vorsingen. Er soll beweisen, dass er es noch verdient, in Westerbork zu bleiben.

Der Lagerkommandant geht gern ins Theater, sich die Darbietungen anzusehen und Willy Rosen als lebenden Toten. Die Vorstellungen sind im Registriergebäude. Gäste, die der Lagerkommandant einlädt, einmal Adolf Eichmann, sitzen in der ersten Reihe, dahinter die, die am nächsten Tag abtransportiert werden.

Der Lagerkommandant sieht gern beim Sport zu. Tauziehen, Gymnastik, Fußball, Boxen. In einem gesunden Körper wohnt ein gesunder Geist.

Der Lagerkommandant lässt einen Film drehen. Über das Leben in Westerbork und ihn, bei dem es keine mordenden Männer in Uniform gibt, dafür Regeln. Die wichtigste Regel ist die Erfüllung der Aufgabe.

Seine Aufgabe heißt: Juden liefern. Wie viele, das erfährt er per Telefon oder Fernschreiben. Die Erfüllung der

Aufgabe überlässt er anderen. Montags werden Listen mit Namen erstellt. Dienstags werden die Namen in den Baracken verlesen. Wessen Name verlesen wird, muss den Koffer oder den Rucksack packen, mit dem er oder sie angekommen ist, zum Boulevard des Misères gehen, so nennen sie die Straße, an der ein Zug mit Viehwaggons wartet, in den Zug einsteigen. Männer in Uniform zählen, verriegeln die Türen, schreiben auf jede mit Kreide eine große Zahl.

Alle wissen, woher die Züge, die leer einfahren, kommen, und wohin sie voll hinausfahren: Sobibor, Auschwitz, Bergen-Belsen.

Alle wissen, dass es dort grauenhaft ist. Niemand weiß, wie grauenhaft.

Alfred, Hannelore und Ruth zählen die Züge. Gewöhnlich ist es ein Zug im Monat, manchmal sind es zwei Züge, selten drei. Die Züge fahren dienstags.

In letzter Zeit sind auch die Züge, die einfahren, voller Männer, Frauen, junge und alte, Kinder, Kranke. Kommt ein Zug an einem Dienstag an, steigen sie nicht aus. Durchreisende werden sie genannt. Auch die, die an anderen Tagen ankommen, auf die Baracken verteilt werden und höchstens sechs Tage bleiben, werden so genannt.

Die, die schon länger da sind, wie Alfred, Hannele und Ruth, sind Einwohner. Westerbork hat viele Einwohner.

Der Lagerkommandant ist dabei, das zu ändern, denn er will seine Aufgabe mehr als nur erfüllen. Ein Polizeibataillon von der NS-Akademie in Schalkhaar hilft ihm dabei.

Der Lagerkommandant hat es weit gebracht. Mit vierzehn ging er von der Schule ab, weil er die Familie miternähren musste, arbeitete als Laufbursche bei einer Versicherungsfirma, wurde arbeitslos, wie so viele, konnte nichts finden, wie so viele, ging zur Polizeischule, wurde Schutzpolizist in Duisburg, Innendienst, machte einen Lehrgang, legte eine Prüfung ab, zeigte sich loyal.

1933 war er Assistent des Verbindungsoffiziers der Polizei mit dem Büro des Regierungspräsidenten in Düsseldorf.

1935 ging er zur Gestapo.

1937 wurde er Leiter der Abteilung 1 C3 und Mitglied in der NSDAP.

1940 ging er zur SS. Seit 1940 ist er in den Niederlanden. Zuerst in Den Haag als Personalreferent der Sicherheitspolizei und des SD, nach einem Lehrgang an der SD-Führerschule in Bernau als Polizeiinspektor. 1942, im Juni, wurde er Kommandant des Lagers Sint-Michielsgestel und im Oktober Kommandant von Westerbork.

Es ist sein Reich. Hier ist er König. Brutal ist er nicht. Er liebt keine Zwischenfälle und kein Aufsehen. Er liebt die Ordnung. Weil er die Ordnung liebt, fährt am 4. September ein Zug ab. Im Zug XXIV/7 fahren als Nummer 576 und 577 Willy Rosen und seine Frau Olga.

Am 5. September 1944 gerät die Ordnung in Unordnung. Es ist nicht die Schuld des Lagerkommanden. Die Niederländer glauben sich befreit und feiern. Es ist der »dolle Dinsdag«.

Der Lagerkommandant muss den Fahrplan ändern.

Am 13. September ist die Ordnung wiederhergestellt. Am Boulevard des Misères steht ein Zug.

Männer, Frauen, junge und alte, Kinder steigen in die Waggons, Kranke werden hineingehoben, die Türen werden von außen verriegelt, auf jede Tür wird mit Kreide eine große Zahl geschrieben.

Addiert ergeben die Zahlen die Summe 279.

Drei von 279 sind Alfred, Hannele und Ruth.

77 sind Kinder.

Es ist der letzte Zug, der Westerbork verlässt.

Zwei Tage dauert die Fahrt ohne Essen und Trinken, umgeben vom Gestank von Pisse und Scheiße.

Als die Türen aufgerissen werden, Sonnenlicht, frische Luft, Gebell, Gebrüll auf einem Bahnhof.

Aus den Waggons steigen weniger als die Zahlen auf den Türen angeben.

Die, die aussteigen, müssen sich aufstellen, werden gezählt, müssen loslaufen, vom Bahnsteig auf einer Straße durch einen Ort. Leute werfen Steine.

Nach einem Birkenwald tauchen Wachtürme auf, Stacheldrahtzäune und ein Tor.

Das Tor wird geöffnet und geschlossen.

Was Alfred, Hannele und Ruth sehen, möchten sie nie gesehen haben.

Was sie erleben, möchten sie nie erlebt haben.

Sie möchten alles vergessen, aber das können sie nicht.

Sie sind in Bergen-Belsen.

Alfred, Hannele und Ruth kommen ins »Sternlager«. Im »Sternlager« sind die »Austauschjuden«, solche, die gegen Devisen, Waren oder deutsche Gefangene getauscht werden können.

Alfred, Hannele und Ruth könnten getauscht werden, weil sie die paraguayische Staatsbürgerschaft haben. »Austauschjuden« werden ein wenig mehr am Leben gehalten als alle anderen in Bergen-Belsen.

»Austauschjuden« tragen Zivil und den gelben Stern.

Viertausend Sterne sind sie.

Hannele und Ruth kommen in eine Baracke für Frauen, Alfred in eine für Männer.

Hannele und Ruth teilen sich eine Holzpritsche, einen Mantel als Decke, das Wasser, das von der Decke tropft, wenn sie Durst haben. Sie haben immerzu Durst.

Sie teilen das Brot, manchmal auch mit den anderen.

Alfred teilt sich eine Holzpritsche mit einem anderen Mann, einen Mantel als Decke haben sie nicht, sie teilen das

Wasser, das von der Decke tropft, wenn sie Durst haben. Sie teilen das Brot.

Alfred, Hannele und Ruth bekommen Hungerödeme.

Tagsüber müssen sie arbeiten. Aus blutigen Uniformen saubere Stoffstücke heraustrennen, die Knöpfe abschneiden und damit andere Uniformen reparieren. Es gibt viele Uniformen zu reparieren.

Bergen-Belsen wird mit jedem Tag voller.

Tausende Frauen, die als Frauen kaum noch zu erkennen sind, kommen an. Es kommen auch Kinder an.

Alfred, Hannele und Ruth hören Polnisch und Ungarisch.

Das »Sternlager« wird mit dem Frauenlager und Häftlingslager II zusammengelegt. Die Baracken dort sind größer. In den Baracken wohnen auch Ratten. Den Ratten geht es gut.

Sie sind groß wie Katzen. Sie finden genug zu fressen in Bergen-Belsen.

Aus dem hohen Schornstein steigt ständig Rauch. Die Luft stinkt. Asche rieselt als Schnee.

Der Lagerkommandant war in Auschwitz.

Es wird Dezember.

Auch im Dezember bei Regen und Schnee ist jeden Morgen Zählappell. Stimmt die Zählung nicht, und sie stimmt selten, wird sie wiederholt, so lange bis sie stimmt. Manchmal dauert es Stunden. Fuhrwerke voller Leichen werden vorbeigezogen.

Erschossene, Gehenkte, Verhungerte.

Die Gezählten sollen wissen, sie sind angezählt.

Wenn man sich guter Gesundheit erfreue, Sorge um das Schicksal der Nächsten, der Näheren und auch Fernen nicht das Herz bedrücke, die allgemeinen und privaten Anlässe zu Kummer, Sorge und Verdruss sich in bescheidenen Grenzen hielten, es an Arbeit nicht fehle, genügend Geld im Haus sei und aller Wahrscheinlichkeit auch morgen noch sein werde, könnte das Leben als angenehm bezeichnet werden.
Das angenehme Leben verdankten sie, die Pacificisten, vor allem dem Klima, das, wie weithin bekannt, ausgezeichnet sei. Dem, dem es hier schlecht gehe, gehe es besser schlecht, als es ihm unter gleichen Umständen in einer der großen Städte im Osten ginge. Es lebe sich hier in entschieden bequemeren traurigen Verhältnissen als anderswo. So sieht es Alfred Polgar. Walter würde präzisieren. Das Leben ist als angenehm zu bezeichnen, auch wenn die Sorge um das Schicksal der Nächsten, der Näheren und auch Fernen das Herz bedrückt, sich die allgemeinen und privaten Anlässe zu Kummer, Sorge und Verdruss nicht in bescheidenen Grenzen halten, auch wenn es an dem einen oder anderen an Arbeit fehlt, trotzdem aber genügend Geld im Haus ist und aller Wahrscheinlichkeit auch morgen noch sein wird.

Er fährt wie fast jeden Tag ins Tal San Fernando zu Lockheed.

Obwohl es noch früh ist, hängt über dem Tal eine gelbe Glocke.

Die Luft riecht nach Chlor und ist beißend. Die Augen brennen.

Vielleicht brennen die Augen, weil er müde ist.

Er arbeitet Überstunden. Die Rüstungsproduktion läuft auf Hochtouren. Überstunden arbeitet er auch, weil das Baby da ist.

Germaine und er haben einen Sohn.

Seit das Baby da ist, ist das Leben noch einmal mehr ein anderes. Das so andere Leben zeigt sich Walter in der überall rotleuchtenden Bougainvillea.

Er könnte kaum glücklicher sein und wünscht nichts sehnlicher, als dass seine Eltern ihren zweiten Enkel sehen könnten und Ralph seinen Bruder.

Er redet sich ein, bald wird es soweit sein.

Als er an diesem frühen Morgen bei Lockheed eintrifft, sieht er die Kollegen nicht bei der Arbeit. Sie stehen in Grüppchen und lesen Zeitung. *INVASION! Supreme Headquarters, Allied expeditionary Force. June 6, (Tuesday) American, British and Canadian troops landed in Northern France this morning, launching the greatest overseas military operation in history with word from their supreme commander General Dwight D. Eisenhower, that »we still accept nothing except full victory over the German masters of the continent«.*

Die Arbeit geht Walter an diesem Tag leichter von der Hand, den Lärm in der Halle hört er nicht.

Am Abend fährt er zügig nach Haus.

In der kleinen Wohnung im West Knoll Drive in Hollywood sitzen die Freunde Elow, Berta und Josi am gedeckten Tisch. Elow macht eine einladende Geste. »Delikatessen aus aller Welt, alles, was das Herz sich wünscht und der Geldbeutel erschwingen kann, von der schwedischen Anchovis bis zur Wiener Sachertorte, vom japanischen Kaffee bis zum chinesischen Tee. Gourmet on wheels. Unser Reinhard A. Braun betreibt nicht mehr nur eine Bücherstube, sondern auch Hollywoods erste fahrbare Delikatessenhandlung.«

Josi fällt Walter um den Hals. »Wir haben einfach bestellt, weil es von der Normandie bis zur deutschen Grenze keine siebenhundert Kilometer mehr sind.«

»Auf siebenhundert Kilometern kann viel passieren«, bremst Walter ihren Enthusiasmus, gibt Germaine einen Kuss, streicht seinem Sohn, den sie im Arm hält, wie Käthe

Ralph im Arm gehalten hat, mit der Hand über den Kopf, legt dann sein Gesicht an das kleine Gesicht.

Berta bekommt einen Kuss auf die Wange. »Heute Mittag«, sagt sie, »haben sich zweitausend Menschen vor der Hall of Fame versammelt.«

»Unser Bürgermeister rief dazu auf«, Josi ist ganz aufgeregt, »gegen Mittag an geeignete Orte zu gehen und für unsere Soldaten zu beten, und dass die Feinde der Freiheit schnell besiegt sein mögen.«

»Unser« und »unsere«, hat sie gesagt.

Walter setzt sich zu Germaine. »Auch wir haben in der Mittagspause gebetet«, sagt er. »Ein jeder für sich stumm vor seinem Teller.«

»Himmel und Hölle«, poltert es aus Elow heraus, als wolle er sich Luft von etwas machen, wisse aber nicht wie. Darum fängt er an, eine Geschichte zu erzählen, die sich zugetragen haben könnte, oder die sich zugetragen hat. »1929. 24. Oktober. Es ist spät in Berlin. Im Hotel Eden tanzen und saufen ausgelassen die, die schon einen Führer anbeten. Plötzlich durchzieht die Kunde vom Börsencrash den Saal. Der Kapellmeister Charles Theodore Goodhill zeigt seinen Musikern an, aufzuhören, tritt an den Rand der Bühne und ruft zu den Leuten hinunter, ›Seid ihr sicher, dass ihr morgen eure Rechnung noch bezahlen könnt?‹, schleudert wie von Zauberhand Geldscheine in den Saal, gibt seinen Musikern wieder ein Zeichen, die fangen an zu spielen, und er singt ›Seduced‹. Die Leute werfen Gegenstände auf die Bühne, nach ihm. Er lacht hämisch. ›Tumult im Eden Hotel – Britischer Kapellmeister verhöhnt die oberen Zehntausend!‹, meldete am nächsten Tag eine Zeitung. Einen Monat später zogen die Nazis in die Berliner Stadtverordnetenversammlung ein, in Thüringen kamen sie an die Regierung.«

Walter öffnet eine neue Flasche Wein, schenkt ein, und obwohl er, Germaine, Berta und Josi an diesem heutigen

Abend lieber über die Zukunft sprächen, lassen sie Elow weiterreden, sie könnten ihn sowieso nicht bremsen.

»Ich übernahm die Leitung vom Himmel und Hölle. Goodhill war auch beteiligt, hielt der feinen Gesellschaft einen Spiegel vor die Nase. Wir haben uns gut verstanden. Ich wollte Anton Kuh als Conférencier gewinnen. Er lebte im Adlon, saß im Romanischen, und was er machte, außer Schulden, wusste niemand. Ein festes Engagement hatte er noch nie angenommen. Aber ich konnte ihn überzeugen. Mit Cognacflaschen bewaffnet, plauderte er, wetterte, griff an, die Literatur, die Presse, die Politik. Die Zeit war reif für gallenbitteren Zynismus.«

»Und Goodhill?« Das wollen Walter und Germaine wissen, sie kennen die Geschichte noch nicht.

»Wurde verhaftet, wieder entlassen. Wir machten weiter im Himmel und Hölle. 1932 wurde er ermordet. Niemand weiß, von wem.«

Germaine bringt das Baby ins Bett. Danach sitzen sie noch eine ganze Weile und trinken vom Wein, essen von Brauns Delikatessen, reden über die Zukunft.

Als die Bestecke auf den Tellern liegen, die Gläser leer sind, die letzte Flasche Wein, es Zeit ist zu gehen, knüpft Germaine an den Beginn ihrer Gespräche an, »vor der Hall of Fame haben wir Jessner getroffen«.

»Er erzählte uns«, fährt Berta fort, »er habe seinen Schwager Fritz wiedergesehen, der unter seiner Leitung Schauspieler wurde, in München, Hamburg und in Berlin spielte, auch Regie führte, und, als er 1919 Generalintendant in Berlin wurde, seinen Posten in Königsberg übernahm. Der in seine Fußstapfen trat, ihn darum lieber mied, um nicht in seinem Schatten zu stehen.«

»Er hat ihn hier wiedergesehen?« Walter fragt.

Berta schüttelt den Kopf. »In New York.«

»Jessner war in New York?«

Jetzt schüttelt Germaine den Kopf. »Im Kino. In einem Vorfilm, so sagte er, spielte sein Schwager einen Emigranten, der in New York ankommt, durch die Straßen läuft, den Blick zum Himmel hebt, aus dem keine Bomben fallen, vor Schaufenstern stehenbleibt, aber nichts kauft, weil er sich nichts leisten kann, der die Sprache nicht versteht und dem ist, als habe er sein Gehör verloren.«

»Jessner hat gesagt«, fährt Josi fort, »er hätte nach New York reisen müssen, seinen Schwager zu begrüßen nach all den Jahren, aber eine Reise wolle er sich nicht leisten, das Geld, das er vom European Film Fund bekomme, reiche gerade für das Leben hier.«

Sie alle finden das unsäglich traurig.

Später, die Gäste sind gegangen, Germaine schläft, schaltet Walter das Radio ein.

Um 23 Uhr kommen noch einmal Nachrichten.

Er setzt sich. Sein Blick schweift über das Bücherregal.

Thomas Mann hat heute Geburtstag. Das weiß jeder Emigrant in dieser Stadt.

Wie hat er diesen Tag verbracht?

½ 9 aufgestanden.

Geschenke?

Ein Armstuhl fürs Schlafzimmer, ein Schlafrock, Platten, Ledernützlichkeiten, Seife, Süßigkeiten.

Als das Telefon klingelte, sagte jemand, … *daß die Invasion Frankreichs bei Caen, Calais, Le Havre begonnen hat.*

Was gab es zum Frühstück?

Zeitungsnachrichten.

Nach der Lektüre?

Telephon mit Franks.

Nach dem Telefonat?

Schlußteil des XVIII. Kapitels.

Was noch?

Auf der Promenade. Viel Post. Nach Tische Gottlieb und Guggenheim mit Cigarren. Zum Thee Neumanns ebenfalls mit Blumen und den rar gewordenen Cigarren.

Und?

Telephon mit Heinrich.

Abends?

7 Uhr Werfels und Franks mit französ. Champagner, großer Aschenschale, Rosen. Abendessen zu sechsen mit Champagner.

Nach dem Essen?

Auf Werfels Wunsch Vorlesen aus dem Roman.

Was weiter?

Gespräch über die Welt des Buches.

Und?

Nach Werfels Weggang liest Frank ... 11 Uhr ausführliche Invasionsnachrichten aus Hollywood und London.

Walter sitzt noch lange vor dem Radio.

Am Morgen fährt er wieder zu Lockheed.

Und am nächsten. Und so weiter.

Der gelbe Nebel bleibt über der Stadt.

Es bleibt die Ungeduld.

Im Juli nehmen die Alliierten Caen ein.

Im Juli befreit die Rote Armee Minsk, steht bald in Polen, erreicht bei Lublin das KZ Majdanek.

Bilder gehen um die Welt.

Ludwig Marcuse sagt: »Der menschliche Verstand reicht nicht aus, sich das Unvorstellbare vorzustellen.«

Im August überquert die Rote Armee die Weichsel.

Im August befreien französische Truppen Bordeaux, die Alliierten Paris, die Rote Armee Bukarest.

Im September sind die Alliierten in Brüssel, erreichen bei Trier das Reichsgebiet, die Rote Armee erobert Sofia.

Im Oktober marschiert die Rote Armee in Ungarn ein.

Im Oktober steht sie in Ostpreußen.

Im November erobern amerikanische Truppen Straßburg und stehen am Rhein.

Ein Kollege bei Lockheed legt seine Hand auf Walters Schulter. »This is it, let's get it over with.«

Wer keine Zukunft hat, blickt in die Vergangenheit«, sagte er irgendwann einmal zu seiner Nichte Eva. In letzter Zeit blickt er oft in die Vergangenheit. Nach Königsberg.

Seine Eltern, einfache Leute, zogen aus Tauroggen dorthin, als Sophie zwei Jahre alt war, weil sie vom Lande in die Stadt wollten, weil in Königsberg Verwandte wohnten, der angesehene Sexualforscher und Dermatologe Dr. Samuel Jessner, über den Bismarck gesagt hatte, dieser Dr. Jessner sei in einem Verein politisch aktiv, der extrem fortschrittliche Tendenzen verfolge. Einem solchen Mann könne man nicht den Weg zur akademischen Wirksamkeit öffnen an einer Fakultät, die ohnehin am Überfluss jüdischer Privatdozenten leide. Außerdem sei er, Samuel Jessner, mit einer russischen Jüdin verheiratet.

Onkel Samuel und Tante Helene hatten vier Kinder, drei Söhne, Kurt, Max und Fritz, und eine Tochter, Elsa.

In Königsberg kam er zur Welt. Als sein Vater, ein Buchhalter, starb, kam er in das Koch'sche Waisenhaus, weil er nicht ohne männliche Bezugsperson aufwachsen sollte. Sophie blieb bei der Mutter, Lina, geborene Mutnik, Tochter des Kaufmanns Jakob und seiner Ehefrau Merusche aus Wilkomir.

Onkel Samuel und Tante Helene, nahmen ihn zu sich, nicht aber seine Schwester Sophie.

An der Hand von Onkel Samuel ging er einmal zum Bahnhof. Aus Güterwaggons stiegen Menschen. »Sie sind aus Russland geflohen«, sagte Onkel Samuel.

Die Menschen wurden in eine Baracke gebracht. Dort sollten sie bleiben bis zur Weiterfahrt nach England, Afrika oder Amerika. Sie blieben drei Tage, durften nicht heraus, wurden von Ärzten untersucht. Onkel Samuel war einer dieser Ärzte. Sie bekamen Essen.

»Leopold, geh und spiel mit den Kindern in der Baracke.«

Die Kinder spielten nicht mit ihm, sie riefen ihn »Jecke«.

Also spielte er mit den deutschen Kindern in der Stadt. Die riefen ihn »Litwak Jidd«.

Seine Großmutter holte ihn manchmal bei Onkel Samuel und Tante Helene ab. Einmal ging sie mit ihm und Sophie ins Theater. Es war sein erster Theaterbesuch. Eine Märchenvorstellung. Sie saßen in einer Loge. Der Vorhang hob sich. Was er sah und hörte, überwältigte ihn so, dass er sich übergeben musste.

Die Großmutter sagte: »Das war sein erster großer Auftritt. Er wird der Welt einmal etwas zu sagen haben.«

Für Onkel Samuel kam eine Laufbahn am Theater nicht in Frage.

Er meinte, Leopold sollte etwas Handfestes lernen. In einem kleinen Ort an einem Mündungsarm der Memel in Nord-Ostpreußen musste er bei einem Mann, der eine Sägemühle besaß, in die Lehre gehen. Er versteckte sich lieber hinter Holzstapeln und las in einem Klassiker. Abends rezitierte er, was er gelesen hatte. Der Mann, dem die Sägemühle gehörte, sagte: »A Meschuggener, a Meschuggener!«

Er ging fort, hinaus in die Welt. Stolpmünde bei Stolp, Döbeln in Sachsen, Graudenz, Theaterregisseur zu werden. Er hörte: »Wir geben Ihnen den guten Rat, die von Ihnen gewählte Bühnenlaufbahn nicht weiter zu verfolgen, da Sie für den Beruf des Theaters vollständig ungeeignet sind.«

Er zog weiter. Sagan in Niederschlesien, Cottbus.

Seine Mutter Lina schrieb: *Wann bist du endlich einmal in einer Stadt von Belang tätig, nicht immer nur in … bei …*

Hamburg wurde die Stadt von Belang. Elf Jahre Thalia Theater.

1915 war er wieder in Königsberg als Leiter des Neuen Schauspielhauses.

Er sah seine Mutter wieder. Drei Jahre blieben ihnen. Als sie starb, saß er an ihrem Bett. Er zerriss sein Hemd vom Hals bis zum Herz.

Sophie sah er nicht. Sie hatte geheiratet, hieß Gordon und lebte in Berlin.

Er sah Onkel Samuel und Tante Helene wieder, die Cousins Max, Kurt und Fritz und seine Cousine. Elsa. Mit ihr ging er oft und lange spazieren. Wenn sie weinte, weil ihre Ehe zerbrochen war, tröstete er sie. Dass sie eine zehnjährige Tochter, Lottchen, aus der vergangenen Ehe hatte, störte ihn nicht.

Elsa imponierte dieser ältere, zuweilen zaudernde, immer behutsame Mann von leidenschaftlicher Kühle.

Ihm imponierten ihre Schönheit, Klugheit und Eleganz.

Sie heirateten. Lottchen adoptiert er.

Am Neuen Schauspielhaus setzte er moderne Stücke gegen die Zensur durch, brachte Uraufführungen junger, noch unbekannter Dramatiker, ließ Schauspielerinnen und Schauspieler debütieren. Fritz, sein Cousin, der Bruder von Elsa, gehörte zum Ensemble.

Er inszenierte nach seiner Manier und machte das Theater zur bedeutsamsten, modernsten, lebendigsten expressionistischen Bühne im Deutschen Reich. Die Anrede »Direktor« verbat er sich.

1919 kam der Ruf nach Berlin.

Elsa liebte die Stadt, den Glanz. Seine Bühneneskapaden, so nannte sie es, liebte sie nicht. *Wilhelm Tell, Der Marquis von Keith, Richard III, Othello, Hamlet* und so weiter und so weiter, Jahr um Jahr. Vor jeder seiner Aufführungen sagte sie: »Hoffentlich wird es nicht allzu arg.«

Für sein Judentum hatte sie nicht viel übrig.

Irgendwo zwischen Königsberg, Berlin, Amsterdam, London und Palästina war ihre Liebe, wenn es je eine war, abhandengekommen.

Vielleicht hätte er doch nach Russland gehen sollen.

Vielleicht wäre es ihm, wie so vielen anderen, nicht gut bekommen. Erlösend war eine Einladung nach Tel Aviv, die Leitung der Habima zu übernehmen. Schon in Berlin hatte er sich für dieses aus Russland kommende hebräischsprachige Theater begeistert, das, so hatte es Max Reinhardt gesagt, und er hätte es nicht besser formulieren können, das innerste Sein des jüdischen Volkes erschaffe und somit originelles, unabhängiges und inspirierendes Theater!

Er nahm die Einladung an.

Die weiße Stadt erreichte er im Februar 1936 als Staatenloser. Er wohnte in der Pension Brandstaetter auf der Ha-Yarden Street 16. Die Straße führte direkt zum Strand. Von seinem Zimmer hörte er das Meer. Er durchlief die Stadt, es war angenehm warm, spürte die Vitalität, den Kampfgeist, den Tatendrang, den Zukunftsglauben, die Verzweiflung, die Eile. Er sah die Modernität, die Religiosität, die Feindschaften.

Er hörte Deutsch, Hebräisch, Jiddisch.

Er hörte Arabisch und Englisch.

Auch zum Theater ging er zu Fuß.

Es gab eine Pressekonferenz.

Ein Reporter sagte: »Bei allem Respekt vor den Fähigkeiten des Gastes bin ich doch gezwungen auszusprechen, dass wir uns hier in Palästina für die Habima einen Direktor aus Russland und nicht aus Berlin wünschen.«

»Bei allem Respekt vor Ihrer Aufrichtigkeit«, erwiderte er, er sprach jiddisch und hebräisch, »vielleicht hätten Sie diese Äußerung nicht getan, wenn Sie wüssten, dass ich nach Russland eingeladen war, wenn Sie von der Funktion eines legitimen Theaters etwas verstünden, wenn Ihnen bekannt wäre, dass ich in Berlin Ziel wütender Aggression gewesen bin, weil man mir vorwarf, meine Tätigkeit als Generalintendant des Preußischen Staatstheaters und meine Regie seien Ausdruck meines orthodoxen Judentums. Eine bessere Kenntnis unserer Brüder und Schwestern und ihres Hintergrunds wird sicherlich einige Missverständnisse beseitigen, und das wird ein wertvoller Beitrag zur Einigkeit unter uns sein.«

Er fuhr in die Stadt in den Bergen.

Zwei Jahre früher, 1934, wäre er dort Else Lasker-Schüler begegnet. Vor bald zwanzig Jahren, als er ihre *Wupper* aufgeführt hatte, waren sie so etwas wie Freunde geworden. Sie, die ihn von Anfang an als bescheiden, freundlich, vorsichtig wahrgenommen hatte, schrieb ihm damals, *für die Wupper muss ein Regisseur die Astrologie der Liebe verstehen.*

1930, nach seinem erzwungenen Rücktritt, hatte sie ihn besucht und erzählt, sie habe dem Kultusminister geschrieben, er möge den neuen Intendanten bitten, ihre *Wupper* doch weiter aufführen. Sie habe dem Kulturminister auch zu verstehen gegeben, sie möchte einmal wieder im Funkhaus vortragen, habe selber vor einiger Zeit schon angefragt. Aber jetzt säße der zum Nazi gewordene Dramatiker Bronnen dort, und da sei es ihr jetzt unangenehm, er sage sonst vielleicht »die Juden drängen sich«.

1932 wurde ihr der Kleistpreis verliehen. Unverhohlen pöbelte es ihr entgegen, dem Takte ihres Blutes nach sei sie die Tochter eines Beduinenscheichs und des Preises unwürdig.

Im Frühjahr 1933 sahen sie sich noch einmal. Zum Abschied sagte sie: »Es ist kalt draußen« und floh in die Schweiz.

Wären sie sich in der Stadt in den Bergen begegnet, sie hätte ihn gezeichnet. Die hohe Stirn, das ovale Gesicht, den fast kahlen Kopf, die klugen lebhaften Augen, als hätten sie schon als Kind alles gesehen. Sie hätte gesagt: »Ich bin jung und schon sehr alt. Darin sind wir uns ähnlich. Sehen

Sie, ein richtiges Alter hat ein Künstler nicht und auch kein Dichter.«

Er hätte gedacht, sie ist eine Zauberin.

»Mein Stück über den Frieden«, hätte sie gesagt und er: »*Arthur Anonymus und seine Väter* am Schillertheater.«

»Die wunderbaren Proben unter Ihnen, Herr Professor. Dann kam – H., und wir mussten alle fliehen. Hals über Kopf.«

Er hätte sie angesehen und sie ihn.

Sie hätte gesagt, »es ist ein Weinen in der Welt, als ob der liebe Gott gestorben wär, und der bleierne Schatten, der niederfällt, lastet grabesschwer.«

Sie wären sich einig gewesen: Die Emigration ist eine schwere Aufgabe.

Er inszenierte an der Habima *Der Kaufmann von Venedig,* sein Shylock selbstbewusst und stolz »angesichts des Leids und der Gewalt gegen uns, was jeder überall sehen kann. Auch hier«, sagte er.

Premiere war am 14. Mai.

Die Aufführung brachte, er hätte es ahnen sollen, die Literaturtalmudisten auf. Dichter, Kritiker, Künstler klagten an, ihn als Regisseur, William Shakespeare als Dichter und die Habima. Es kam zum »Prozess«. Die Verhandlung war am 23. Juni 1936.

Die reinste Inszenierung, so fand er, er hätte sie nicht besser hinbekommen, in einem Saal in der Habima.

Der Kläger, ein Dichter, Alexander Penn, ergriff zuerst das Wort. Der große englische Dramatiker Shakespeare habe sich schuldig gemacht, rücksichtlos antisemitisches Material in sein Stück eingebaut und absichtlich oder ungewollt eine dämonische, unmögliche Figur kreiert zu haben.

Die Habima habe sich schuldig gemacht, dieses Stück auf eine hebräische Bühne gebracht zu haben.

Leopold Jessner habe sich schuldig gemacht, die Figur des Shylock so interpretiert zu haben, dass sie weder der Realität entspreche, noch die geplante Absicht erfülle. Shylock sei in dieser Inszenierung eine abstoßende Figur, die die altbekannten antisemitischen Vorurteile bestärke, die Pathologie des jüdischen Exils, repräsentiert durch die Petit-Bourgeoisie, die der wirtschaftlichen Not in Europa entflohen, deren degenerierter Charakter antizionistisch sei und eine Bedrohung für das zionistische Ideal.

Nach dem Kläger ergriff der Verteidiger das Wort. Der Theaterkritiker Dov-Beer-Malkin. Zuerst erklärte er die literarische Tradition des Shylock. Die hebräische Kultur solle sich ein Beispiel an den deutsch-jüdischen Intellektuellen nehmen, die den *Kaufmann* für ein Meisterstück hielten. Jessner habe die beiden Hauptaspekte des Stückes herausgearbeitet: Die moralische Grundhaltung des Leids und des Stolzes von Shylock, das rücksichtslose und falsche Gewissen seiner Feinde. Die Interpretation des Shylock sei im Kontext von Erez Israel zu sehen, Jessner habe sie den lokalen Bedingungen angepasst, ganz unabhängig von seiner eigenen Sichtweise.

Der Verteidiger überzeugte. Das Urteil: Shakespeare als Dichter, die Habima als Theater und Leopold Jessner als Regisseur waren unschuldig.

Er inszenierte *Wilhelm Tell.* Zum vierten Mal.

Premiere war am 28. Juli. Tischa be-av. Ein Trauertag. Am Abend zuvor saß er in seinem Zimmer auf dem Boden, aß ein gekochtes Ei, ein Stück Brot und trank Wasser. Eine junge Schauspielerin las ihm aus der Thora vor. Er legte seinen Kopf in seine große Hand und schloss die Augen.

Am Morgen wusch er sich nur die Finger.

Mittags ging er ans Meer.

Das Wasser trug die Geflüchteten her, gerettet waren sie nicht.

Im April hatten drei Araber in der Nähe von Nablus ein Fahrzeug angehalten. Im Wagen saßen drei Männer. Ihnen wurde das Geld abgenommen.

Ob sie Engländer oder Juden seien?

Der Fahrer und sein Begleiter sagten, sie seien Juden, und wurden auf der Stelle erschossen.

Der dritte Mann im Wagen sagte, er sei Deutscher und Anhänger Hitlers.

Die Araber ließen ihn leben, Hitler zuliebe, sagten sie.

Gewalt und Gegengewalt in den Städten und auf dem Land.

Darum steckte er für seine Inszenierung den Gessler und seine Handlanger in braune Uniformen, ließ das Volk nach dem Tod des Tyrannen Beethovens ›Ode an die Freude‹ singen, es war sein Ruf nach einem unabhängigen Staat.

In einer Zeitung las er: *Wenn im Anschluß an die Jessner-Inszenierung des »Kaufmann von Venedig« eine Diskussion möglich war, ob diese Aufführung Shakespeare gerecht würde oder nicht, so kann bei dieser Einstudierung kein Zweifel darüber bestehen, daß wir es hier mit echtestem Schiller zu tun haben. Jessners dramaturgische Durcharbeitung ist wieder kristallklar. Wenn er aber dem »Kaufmann« mit schon fast halsbrecherischer Konsequenz eine gänzlich neuartige – und sehr zeitbezügliche Interpretation gab, so erlaubt er im »Tell« kein Überakzentuieren der Schauspieler, kein Einschalten von Fermaten, um dem Zuschauer Beifall zu entlocken, als Zeichen, daß er »verstanden habe«. Hier wird nicht »agitiert«, hier wehen keine Revolutionsfahnen auf der Bühne, ist kein Aufgebot von Statisterie vorhanden, von »vielen Landleuten, Männern und Weiber aus den Waldstätten« usw., wie Schiller sie vorschreibt. Hier wird mit größter Verhaltenheit im Pathos und mit knappstem Menschenmaterial reine Kunst interpretiert.*

Dabei bedient sich Jessner nicht mehr, wie in jener berühmten Tell-Aufführung des Jahres 1919, des kulissenlosen

Bühnenrahmens mit der Treppe. Er duldet Wolkenhimmel, Baumkulissen und Projektionen der jeweils notwendigen Hintergründe. Trotzdem bleibt er sich selbst treu, und der Zuschauer merkt bald, daß es bei den gleichen immer wieder im wechselnden Aufbau benutzten Versatzstücken mit felsenartigem Aussehen, nicht darauf ankommt, »Natur« vorzutäuschen, vielmehr sie anzudeuten. Und daß die Kulisse auch hier nur Realisierungsmittel für die Jessnersche Idee der Raumkomposition bedeutet. Am klarsten tritt das zutage, wenn in den Attinghausen-Szenen auf jedes Interieur verzichtet wird. Der Bühnenbildner Sebba löst gewiß die nicht leichte Aufgabe auf das vortrefflichste, sorgt für reibungslosen Ablauf der 12 Bilder und verwendet die von ihm gezeichneten Hintergrundprojektionen mit viel Geschmack, wirkungsvoll und unaufdringlich.

In einer anderen Zeitung: *Zum ersten Male gelangte in der Habima ein deutsches Klassikdrama zur Aufführung, und es ist der Vorteil klassischer Werke, dass sie an Zeit und Ort nicht gebunden sind und überall und zu jeder Zeit Wirkung üben und Erfolg erzielen. Wie die berühmten »Jessnerschen Treppen« während der ganzen Aufführung das Auge des Zuschauers immer suchend und forschend hin- und herschweifen liessen, so strengte, im Gegensatz zu Schillers leicht fliessenden Worten, die geschliffene literarisch-biblische Sprache Bialiks das Ohr des Zuschauers nicht minder an, doch war dafür die Wirkung an vielen Stellen umso bedeutender.*

Wilhelm Tell wurde nur zwanzig Mal aufgeführt.

Die Habima machte ein Verlustgeschäft von 1000 britischen Pfund. Es war nicht seine Schuld, trotzdem wurde ihm die Schuld gegeben.

Den Direktorenposten bekam er nicht.

Er hielt Vorträge, verhandelte Regieaufträge, bekam keine.

Er liebte das Land, aber das Land liebte ihn nicht.

So blieb er nur ein halbes Jahr.

Elsa schrieb er nach London, *es ist einfacher ›Nathan der Weise‹ für die Goyim zu inszenieren als für Juden*, und er freue sich, über Channuka mit ihr plaudern zu können.

Statt nach London reiste er nach Wien. Dort konnte er noch vernünftig arbeiten. Er mietete eine Wohnung am Michaelerplatz 1. und inszenierte mit jüdischen Laienschauspielern, für die sein Herz schlug, ein Stück, das er aus Palästina mitgebracht hatte.

Die Aufführung war am 22. Juni 1937 im Offenbach-Saal.

In einer Zeitung las er: *Sie haben alle ihre Aufgabe ausgezeichnet gelöst, und Professor Jessner kann mit den Objekten, an denen er diesmal seine große Regiekunst erproben durfte, hochzufrieden sein. Sie haben sich als namenlose Spieler vorgestellt, darum mögen sie namenloses und kollektives, aber umso aufrichtigeres Lob zur Kenntnis nehmen.*

Danach gab es für ihn in Wien nichts mehr zu tun, er blieb trotzdem so lange, bis er nicht mehr bleiben konnte, reiste nach London zu Elsa und Lottchen. Ohne sie fuhr er nach Amerika. Granach hatte einmal gesagt, »das Leben gleicht einem Zeppelin. Man braucht dazu mindestens 1000 Pferdekräfte – aber mehr auch nicht.«

Wenn er überhaupt noch aus dem Haus geht, dann zum Essen zu Bekannten oder zu Eva und ihrem Mann, manchmal zu Veranstaltungen des Jewish Club, einmal zur UCLA, wo er selbst am Vortragstisch steht und über die Idee des Theaters spricht. Regelmäßig geht er in den Fairfax Temple.

Am 7. Januar 1945 ist er dort. Es ist ein Sonntag.

Der Temple ist bis auf den letzten Platz besetzt. Thomas Mann wird lesen, aus seinem neuen Werk *Das Gesetz.*

Leopold Jessner blickt über die Stuhlreihen, sieht Heinrich Mann. Im Dezember hat er seine Nelly begraben. Blandine Ebinger hilft ihm jetzt im Haushalt.

Völlig vereinsamt bin ich seit dem Tod meiner Frau am 17. Dezember vergangenen Jahres. Ich lebe nur halb, in sich verdichtendem Dunkel. Meine teure Gefährtin ist mir alles gewesen, die leibhaftige Vergangenheit, acht glückliche Jahre in Frankreich, und was mir an Jugend geblieben war.

(…) Sie hat mich buchstäblich an die Hand genommen bei unserer Flucht durch die Pyrenäen. Später war sie mir ein Halt in dem schwierigen Leben des Exils, dem wirklichen, denn in Frankreich war es keines. Wenn eine solche Frau am Ende den Mut verliert und sich schließlich einer allzu schwer gewordenen Aufgabe entzieht, so zeigt Ihnen das, was uns auferlegt war. Wir haben teuer dafür bezahlt, am verkehrten Ort geboren zu sein, schreibt er einem befreundeten Schriftsteller später.

Los Angeles ist ein trauriger Ort geworden.

Der neue Präsident des Jewish Clubs, der Geschäftsmann und Jurist Guggenheim, begrüßt die Gäste, bedankt sich bei Thomas Mann, dass er lesen werde, »vor einer Gemeinschaft, die sich bewusst ist, dass die amerikanische Kriegsanstrengung ihre eigene ist, weil in einer Riesenschlacht über die Kulturwerte westlicher Zivilisation, über die Überlieferung dessen, was du sollst, und was du nicht sollst und die Zukunft der neugewonnen Heimat entschieden wird.«

Leopold Jessner ahnt, sobald der Krieg vorbei ist, wird diese Gemeinschaft auseinanderfallen. Einige überlegen bereits zurückzugehen, zumindest die, die sich ihren Namen bewahren konnten. Die wichtigen Intendanzen werden schon verteilt.

Ob sich Menschen in der Heimat noch an ihn erinnern?

Thomas Mann fängt an zu lesen.

Wer über die Stuhlreihen zu Leopold Jessner blickt, sieht ihn mit geschlossenen Augen.

Läse nicht Thomas Mann, er wäre an diesem Sonntag nicht in den Temple gekommen. Er ist sonst nur hier, um der Hitzigkeit der Welt zu entrinnen, dem Makel der Erde und mit seinem Freund Rabbi Jakob Sonderling zu reden, von dem einst gesagt wurde, er sei Gottes Wort zu Pferde.

Das war im ersten großen Krieg. Als Feldrabbi war er im Generalstab des Feldmarschalls von Hindenburg. Sein Konterfei schmückte die Postkarten der kaiserlichen Armee. Er kam auch nach Litauen.

»Das Seminar machte mich zum Rabbi, die Universität zum Doktor, und der Osten machte mich zum Juden«, sagt er.

Fast immer reden sie auch über Kunst und Religion. Dass diese beiden Dinge untrennbar miteinander verbunden sind, darin waren sie sich schon in Hamburg einig.

»Wer ohne Melodie liest«, so Jessner, »liest das Gesetz, ohne es zu verstehen«, und Jakob Sonderling: »Sie sind der Rabbi der Bühne.«

Die Tür zu seiner Wohnung macht er nur noch wenigen auf.

Die, denen er die Tür aufmacht, müssen erst ihren Namen sagen.

Eine, die oft ihren Namen sagt, ist Frederike Selahettin. Wie aus Tausendundeiner Nacht. Sie, er nennt sie Fritzi, kann so schön erzählen, wenn auch nicht alles schön ist, was sie erzählt.

Einst wohnte sie in Wien. Dort heiratete sie einen türkischen Diplomaten. Biro Bey Selahettin Sultalvi. Sie schenkte ihm einen Sohn. Sie nannten ihn Turhan Gilbert.

Bald wollte sie nicht mehr verheiratet sein. Den Namen Selahettin behielt sie, Turhan Gilbert blieb bei ihr.

Sie war eine unabhängige Frau und vermögend. Sie hielt Anteile an einem der größten Glashersteller in Österreich und war Mitbesitzerin des Kinos Atlantis. Die Haupteigentümerin war eine Freundin. Das Kino wurde »arisiert« und ihre Freundin, die noch andere Kinos besaß und sehr vermögend war, kam in »Schutzhaft«, so nannten die das, die sich davor schützen wollten, dass die Freundin mit ihrem Mann und ihrem Vermögen verschwand. Nach zwölf Wochen kam sie frei und verließ sofort das Land.

1940 ging auch Frederike mit der Mutter und Turhan über die Schweiz nach Frankreich und weiter nach Amerika. Sie hatte einen Onkel in Princeton. Der Onkel wünschte sich, dass Turhan wie er Mathematiker werden und bei Albert Einstein arbeiten würde, Turhan aber wollte Schauspieler sein.

Frederike zog mit Mutter und Sohn nach Hollywood. Sie kaufte ein Haus, die Mutter durfte sich erholen, Turhan Schauspiel studieren und Theater spielen. Bei einer Talent Scout Revue wurde er gesehen und an Warner empfohlen. Warner engagierte ihn. Als Turhan Bey ist er ein Stern geworden.

Fritzi ist für Leopold Jessner noch einmal so etwas wie eine Liebe. Sie sieht ihn oft verzweifelt, weil er sich nach einer Tätigkeit sehnt mit einem bescheidenen Monatsscheck. Seine Arbeitsfähigkeit könnte für Research, für das Lesen von Drehbüchern verwendet werden. Das schreibt er an Charlotte Dieterle. Ihr Mann könnte seinen Einfluss geltend machen, er endlich das ihm so großzügig gegebene Geld des European Film Fund zurückzahlen.

Charlotte Dieterle schreibt zurück, sie bedaure sehr, ihr Mann habe weniger Einfluss als er denke.

Fritzi sieht Leopold Jessner müde, wenn er ihr die Tür aufmacht.

Einem, dem er auch die Tür aufmachen würde, wäre Alexander Granach. Beim Essen würde er mit ihm über den großen Lauf der Gerechtigkeit reden. »Ewiges Welttheater«, würde er sagen.

Aber Alexander Granach ist auf Lesereise mit seinem Manuskript *Da geht ein Mensch*. In der Zeitung liest Leopold

Jessner von Granach: *In Fort Ontario wurde ich gefragt, warum ich das Buch geschrieben habe. Ich habe mein Buch geschrieben, weil ich es schreiben musste. Es ist ein Denkmal, errichtet meinen ermordeten Brüdern und Schwestern. Es ist mein frommes demütiges Kaddisch.*

In New York spielt Granach auch am Cort Theater an der Seite von Frederick March in *A Bell for Adano* den Fischer Tomasino.

Am 9. März hat er starke Schmerzen im Bauch.

Eine Bagatelle, glaubt er.

Am 10. März wird er am Blinddarm operiert.

Am 13. März ist er tot.

Jesaja Ben Aaron Granach Kwetscher, time of death 2:20 p. m., Park East Hospital Manhattan, liest Leopold Jessner in einer Zeitung.

Er reißt seine Kleidung am Kragen ein und telefoniert mit Elisabeth Bergner.

»New York hat er nicht geliebt. ›Keine Luft – ich kann hier nicht atmen‹, hat er gesagt. Ich musste fort, auf Tour.«

Sie steht jetzt endlich auch in Amerika auf Bühnen.

»Am 11. war ich in Boston angekommen, bedrückt und ängstlich, wie vor jeder neuen Stadt. Im Hotel drehte ich das Radio auf und hörte seine Stimme. Ich hab mich so gefreut. Was konnte mir geschehen, wenn er da war, mich zu empfangen?«, sagt sie. »Am Mittwoch nach der Eröffnung wollte ich ihn anrufen. Da war er schon tot.«

Sie weiß nicht, was sie unglücklicher macht, dass sie ihn nicht mehr haben soll, oder dass er das Erscheinen seines Buches und das Ende Hitlers nicht erleben darf.

Sie wissen beide, so lange wollte Alexander Granach die Luft New Yorks noch atmen.

Nach dem Telefonat schreibt Leopold Jessner:

Er war Zeit seines Lebens erfüllt und geleitet von Plötzlichkeit. Sein Lachen war Jauchzen, sein Schmerz – ein wildes

Schluchzen. Er liebte das Leben heiß. Er genoss das Leben und im Genießen schlug er oft Purzelbäume – wörtlich genommen. Die Kraft und Farbigkeit seiner Persönlichkeit erneuerten sich unaufhörlich im Leben selbst. Er hat von sich selbst geschrieben, dass die tiefste Quelle seines Lebens die Neugier war: eine Neugier, die das Schöne in dem entdecken wollte, was sich ihm bot. Er hat nie aufgehört zu suchen und war begnadet genug zu finden.

Am 12. April stirbt Präsident Roosevelt.

Am 8. Mai kapituliert Deutschland.

Leopold Jessner kann sich eines Gedankens nicht erwehren: Die Geschichte bewegt sich im Kreislauf des Gegensätzlichen. Der Tag wird kommen, an dem die Deutschen behaupten werden, sie haben das alles nie unterstützt.

Am 27. Juni stirbt Bruno Frank.

Leopold Jessner telefoniert mit Ludwig Marcuse. »Er ruhte wie gewöhnlich: eine Hand unter dem kleinen Kissen, das große Kissen um den Kopf gewurstelt; die andere Hand lag unverkrampft auf der Decke. Er ist seinen eigenen Tod gestorben, einen ganz unpathetischen Tod. Es ist weiter nichts gewesen: kein Titanenkampf, kein Ausgrübeln der Grenzen. Er ist von leichter Hand weggewischt worden.«

Am 26. August stirbt Franz Werfel. Er wird in Smoking und Seidenhemd begraben, so wie er es wollte.

Leopold Jessner empfindet diese Tode nicht mehr nur als dunkle Ahnung. Er tröstet sich mit dem Satz eines Dichters: *Kein Wesen kann zu nichts zerfallen.*

Er fährt weg, zum ersten Mal, seit er in diesem Land ist. Nach Santa Barbara. Bei einem Unfall mit einem Autobus, in dem er gesessen hatte, der Fahrer hatte ein Auto nicht gesehen oder der Fahrer des Autos nicht den Bus, hatte er Verletzungen davongetragen, nicht unerhebliche, und schließlich eine größere Summe Geld erhalten. Fritzi hat ihn gedrängt, er solle sich davon eine Reise gönnen.

Acht Tage genießt er die Natur, die Beschaulichkeit, die Leere auf den Straßen, die eine andere ist als weiter südlich. Am neunten Tag fürchtet er, zu viel Geld auszugeben, obwohl er gar nicht viel ausgibt, und fährt zurück nach LA.

Am 29. September geht er zur Trauerfeier für Bruno Frank.

Lion Feuchtwanger hält eine Rede. »Ein Glücklicher, der Freude hatte am Leben, an seiner Frau, an seinen Freunden, an seinem Erfolg, der zu genießen wusste, wie wenig andere, sogar das Böse, das ihm begegnete, weil es ihm half, das Gute doppelt zu schätzen. Er war von höchster Impulsivität, stark im Lieben und stark im Hassen. Lachen konnte er wie kein Zweiter.«

Es wird aus Franks Werken gelesen.

Es werden seine Gedichte rezitiert.

Es wird Musik gespielt.

Thomas Mann spricht zum Schluss. »Meine Damen und Herren! Liebe Freunde! Wenn ich Sie so anrede, als Freunde, so meine ich damit, dass Sie seine Freunde sind, zusammen mit mir, zusammen mit denen, die uns diesen schönen Abend der Freundschaft geboten. Sie haben es kundgetan, indem Sie dazu erschienen sind.«

Er sagt: »Ich werde den Austausch vermissen, bis zu seiner letzten Stunde, sein kluges Zuhören und fruchtbares Kommentieren, sein reiches Gespräch, seine europäische Bildung und historische Erudition, sein Lachen über Dummheit, die er sehr komisch fand und die er doch in ihrer gigantischen Bösartigkeit und Gefährlichkeit kannte.«

Er sagt: »Ich habe ihn sehr gern gemocht; ich war ihm, wie das gute deutsche Wort lautet, zugetan. Wenn es irgendeinen Sinn hat, dass ich hier heute Abend noch spreche, so kann es nur der sein, dass ich mich zu dieser Freundschaft bekenne und sie gegen den Tod behaupte.«

Leopold Jessner bleiben, weil er ähnlich empfindet, andere Sätze von Thomas Mann im Gedächtnis. »Ich habe heute Abend viel persönlich an ihn gedacht: wie er zuerst zu mir kam vor nun bald vierzig Jahren, wie dann die Freundnachbarlichkeit unserer Häuser sich herstellte, durch die Jahrzehnte dauerte, die deutsche Katastrophe von 1933 überlebte und sich an unserer Küste hier ganz ähnlich wiederherzustellen wusste, wie früher im Münchner Herzogpark. Das ist nun vorbei, wie es mit allem vorbei ist, und wie das Leben nach und nach von uns abfällt.«

Am 13. Dezember 1945 fällt das Leben von Leopold Jessner ab.

Sein Tag verläuft bis dahin normal. Er steht auf, frühstückt ein wenig, geht ein wenig spazieren, isst ein wenig zum Lunch, ruht ein wenig. Nachmittags trifft er sich mit Ernst Deutsch. Bei ein wenig Whiskey, Kaffee und ein paar Zigaretten sprechen sie über Sätze von Alfred Polgar. *Endlich an ein sicheres Ufer gelangt, hatten die meisten erst Zeiten kläglicher Not durchzustehen. Und ganz heil, nebenbei, ist an ein solches Ziel, von den Älteren zumindest, wohl nur eine Mindestzahl gekommen. Im Organismus der übrigen steckt, was sie ausgestanden haben, als eine Art Zeitbombe. Es hängt von Gott ab, vom Klima, von den ökonomischen Umständen, wann sie explodiert. Gewöhnlich spricht man dann von heart attack …* Abends geht Leopold Jessner ins Kino.

Mit dem Bus fährt er nach Hause zur Cloverdale Avenue, steigt die paar Stufen zu seiner Wohnung hinauf, berührt mit der rechten Hand die Mesusa am rechten Türpfosten, führt sie als Kuss zum Mund, geht in die Wohnung, setzt sich an den Tisch.

Er fühlt sich unwohl.

Er ruft Fritzi an.

Sie muss ihren Namen nicht sagen, er öffnet sogleich die Tür.

Dann schlägt er zu Boden.

Acht Tage später erinnert sich Ernst Deutsch und schreibt: *Heute kommt es mir vor, als hätte er gewusst, dass diese bewegenden Sätze sein eigenes Schicksal schilderten, seine letzten Jahre hier in Hollywood, in denen er als Emigrant tapfer und mit Noblesse lebte. So ist er auch gestorben. Sein sehnlichster Wunsch war, dass es nicht geschehen würde, bevor er ein Buch vollendete.* Auch andere schreiben. Fritz Kortner. Lion Feuchtwanger.

Leopold Jessner wird im Fairfax Temple aufgebahrt. Eine Ehre, die nur großen Lehrern der Menschheit zuteilwird. Rabbi Jakob Sonderling lässt sie ihm zuteilwerden. »Wer Kunst hat, hat Religion, und seine Kunst musste einen Zweck haben, musste eine Aufgabe erfüllen, war Sehnsucht nach dem Recht der Menschheit. Hinter dem Namen Leopold Jessner stand die große Botschaft, Menschen zu sich selbst zu bringen«, sagt er.

Begraben wird Leopold Jessner auf dem Beth David Cemetery in East Los Angeles. Anonym. Ohne Ansprachen. Ganz so wie er es sich wünschte. Die zehn erforderlichen jüdischen Männer sind osteuropäische Juden. Das Kaddisch spricht einer, der ihn nicht kennt, der nichts über ihn weiß, nur, dass er einen Juden begräbt.

Leopold Jessner.

Leopold Jessner, 1932

Jessner bei Proben an der Habima 1936.

Bruno und Liesl Frank am Chinesischen Turm in München, Ende 1920.

Bruno und Lisl Frank im Exil

Fritzi Massary

Fritz Kortner. Autogrammkarte nach einem Foto von Bieber

Fritz Kortner

Europäische Schauspielprominenz in Ernst Lubitschs Komödie Ninotchka, *MGM, 1939. Von links: Felix Bressart, Greta Garbo, Sig Ruman und Alexander Granach.*

Elisabeth Bergner als Gemma im britischen Film Escape me never *(1935). Regie führte ihr Ehemann Paul Czinner. Die Rolle brachte ihr die Nominierung für den Oscar als beste weibliche Hauptdarstellerin ein; ausgezeichnet wurde jedoch Bette Davies.*

Max Reinhardt als Regisseur von A Midsummer Night's Dream, *Hollywood, 1935*

Helene Thimig, Schauspielerin aus Wien, künstlerisch eng mit Max Reinhardt verbunden, ab 1935 seine Ehefrau.

Ludwig Marcuse

Edith Behrend, Schwester von Ludwig Marcuse

Ernst Deutsch in Reunion in France, *MGM, 1942.*
Auch Albert Bassermann spielte hier mit.

Walter Weinlaub, rechts als Zar Paul in Der Patriot *(nach Alfred Neumann oder Dmitrij Mereschkovskij), 1937; Mitte: Altersbild, Stefan Zweigs* Jeremias *lesend.*

Selma und Robert Weinlaub, Walters Eltern, in Kreuzburg

Käthe Weinlaub, geb. Nothmann. April 1937

Albert Bassermann, gezeichnet von Walter Trier, dem gebürtigen Prager Graphiker und Buchgestalter, bekannt vor allem für seine Erich-Kästner-Einbände, ab 1936 im Exil in London, wo er die Cover des berühmten Lilliput-Magazins *und politische Karikaturen schuf.*

Albert Bassermann, um 1950

Die Bassermanns. Filmszene aus Der letzte Zeuge, *1921*

Alfred Polgar. Foto: Max Fenichel

Turhan Bey

Erich Lowinski, genannt Elow, vor 1933

Berta und Erich Lowinski, 1930er in Berlin

Ruth Lowinski 1945

Richard Lowinski – Bruder von Elow –, seine Frau Edith und Tochter Ruth, 1929

Gepäckaufkleber der Familie Lowinsky (Lowinski) für die Schiffspassage in die USA

Willy Rosen am Klavier. Standbild aus Filmmitschnitt von Im Gasthof Zur Goldenen Schnecke, *begleitet von den Sid Kays Fellows, vermutlich Amsterdam, 1935*

Alfred und Ruth Moser

Gedenkblatt

EDITH MARCUSE, verh. BEHREND
Jg. 1898
Deportiert 26.2.1943
Auschwitz
Ermordet 8.5.1945
Auschwitz

DOROTHEA SIMONSOHN, verh. BOKOFZER
Jg. 1862
Deportiert 11.6.1942
Theresienstadt
Ermordet 19.9.1942
Treblinka

SELMAR BOKOFZER
Jg. 1860
Deportiert 11.6.1942
Theresienstadt
Ermordet 19.9.1942
Treblinka

JULIUS DEWALD
Jg. 1879
Flucht in die Tschechoslowakei 1934/1935
Flucht nach Polen 1938
Ghetto Kielce Februar 1940
Ermordet

Sophie Jessner, verh. Gordon
Jg. 1876
Deportiert 16.7.1942
Theresienstadt
Ermordet 23.9.1942
Treblinka

Richard Lowinski
Jg. 1894
Überlebt

Edith Ahlgrimm, verh. Lowinski
Jg. 1899
Überlebt

Ruth Lowinski
Jg. 1924
Überlebt

Alfred Moser
Jg. 1897
Deportiert 6.7.1943
Kamp Westerbork
13.9.1944
Bergen-Belsen
Überlebt

Hannelore Jessner, verh. Moser
Jg. 1915
Deportiert 6.7.1943
Kamp Westerbork
13.9.1944
Bergen-Belsen
Überlebt

Ruth Moser
Jg. 1923
Deportiert 6.7.1943
Kamp Westerbork
13.09.1944
Bergen-Belsen
Überlebt

Emil Nothmann
Jg. 1867
Deportiert 11.1.1944
Theresienstadt
Ermordet 21.11.1944
Theresienstadt

Käthe Nothmann, verh. Weinlaub
Jg. 1905
Überlebt

Ralph Weinlaub
Jg. 1931
Überlebt

Robert Weinlaub
Jg, 1880
Deportiert 31.8.1942
Theresienstadt
Ermordet 15.9.1942
Theresienstadt

Selma Wongtschowski, verh. Weinlaub
Jg. 1879
Deportiert 31.8.1942
Theresienstadt
Ermordet 12.9.1942
Theresienstadt

Willy Rosen
Jg. 1884
Flucht nach Holland 1939
Interniert 20.6.1942
Kamp Westerbork
Deportiert 4.9.1944
Theresienstadt
Ermordet 30.9.1944
Auschwitz

Olga Maria Krauskopf, verh. Rosen
Jg 1905
Interniert 20.6.1942
Kamp Westerbork
Deportiert 4.9.1944
Theresienstadt
Ermordet 15.3.1945
Auschwitz

Textnachweise und Quellen

Der Roman beruht weitgehend auf zeitgeschichtlichen und biographischen Fakten; in diesem Sinne ist er ein Roman nach Tatsachen, *faction.* Um eine größtmögliche Authentizität herzustellen, wurden auch Textstellen aus gesicherten Äußerungen der Figuren verwendet.

Der Roman enthält Zitate aus folgenden Werken und Zeitungs- sowie Zeitschriftenartikeln:

Leopold Jessner, *Schriften, Theater der Zwanziger Jahre,* Hrsg. Hugo Feting, Henschelverlag 1972

Walter Wicclair, *Von Kreuzburg bis Hollywood*, Henschelverlag 1970

Alfred Polgar, *Lieber Freund! Lebenszeichen aus der Fremde,* Paul Zsolnay 1981

Alfred Polgar, *Texte aus vier Jahrzehnten*, Rowohlt 1970

Ludwig Marcuse, *Mein Zwanzigstes Jahrhundert*, Paul List Verlag 1960

Alexander Granach, *Da geht ein Mensch*, Ölbaum Verlag 2005

Alexander Granach, *Mein Liebes Stück Heimat, Briefe*, Hrsg. Angelika Wittlich & Hilde Recher, Ölbaum Verlag 2008

Erich Kästner, *Fabian – Die Geschichte eines Moralisten*, Ullstein, 1970

Fritz Kortner, *Aller Tage Abend*, Kindler 1959

Fritz Kortner, *Letzen Endes, Fragmente,* Kindler 1971

Bertolt Brecht, *Arbeitsjournal*, Suhrkamp 1973

Elisabeth Bergner, *Bewundert viel … und viel gescholten*, C. Bertelsmann 1978

Thomas Mann, *Tagebücher 1940–1943*, Hrsg. Peter de Mendelssohn, S. Fischer 1982

Heinrich Mann – Félix Bertaux. Briefwechsel 1922–1948. Fischer Verlag 2002
Rudolf Forster, *Das Spiel, mein Leben*, Propyläen 1967
Haarmann, Hermann (Hrsg.), *Abschied und Willkommen: Briefe aus dem Exil: 1933–1945*, Bostelmann und Siebenhaar 2000
Georg Zivier, *Ernst Deutsch und das deutsche Theater*, Haude & Spenersche Verlagsbuchhandlung 1964
Cornelius Schnauber, *Spaziergänge durch das Hollywood der Emigranten*, Arche Verlag 1991

Zeitungen und Zeitschriften

Die Scene, Blätter für Bühnenkunst, Sonderheft Oesterheld & Co. Verlag 1927
Jüdische Rundschau 16.9.1936 »Jesser über das Palästina-Theater – Ein Interview«
Theater Heute, März 1969 »Die drei Leben der Fritzi Massary« von Ludwig Marcuse
Ostjüdische Zeitung, 28.7.1936 Simon Menezer
Zeitung unbekannt, 25.7.1936 Manfred Geis
Der Aufbau, 15.6.1939 »Abschied von Joseph Roth« von Ludwig Marcuse
Der Aufbau, 29.11.1940 »Jüdische Arbeiter spielen Theater« von Alexander Granach
Der Aufbau, 15.8.1941 »Der Stellvertreter« von Erich Lowinski
Der Aufbau, 9.1.1942 »1942« von Leopold Jessner
Der Aufbau, 13.3.1942 »Aussagen von Thomas Mann und Lion Feuchtwanger«
Der Aufbau, 4.9.1942 »Leben am Pacific« von Alfred Polgar
Der Aufbau, 1.10.1942 »Jüdische Politik« von Leopold Jessner
Der Aufbau, 17.10.1941 »Arbeitende Gemeinschaft« von Leopold Jessner
Der Aufbau, 4.4.1943 »Wir grüßen Leopold Jessner« Alexander Granach, Ernst Deutsch, Bruno Frank

Der Aufbau, 5.11.1943 Zum Tode von Max Reinhardt »Ein politischer Künstler« von Leopold Jessner
Der Aufbau, 13.10.1944 »Warum Alexander Granach sein Buch schrieb«
Der Aufbau, 30.3.1945 »In Memoriam«, zum Tode von Alexander Granach von Leopold Jessner, »Ein letzter Gruß« von Elisabeth Bergner
Der Aufbau, 12.10.1945 »Ein Humanist« Thomas Mann und Lion Feuchtwanger über Bruno Frank
Der Aufbau, 12.10.1945 »Ein Abschied« von Ludwig Marcuse
Der Aufbau, 21.12.1945 »In Memoriam Leopold Jessner« Ernst Deutsch, Fritz Kortner, Lion Feuchtwanger

Weitere Quellen (Auswahl) Publikationen von:

Matthias Heilmann
Jeanette R. Malkin
Anne Halley
Felix Ziege
Anat Feinberg
Maria Klanska Krakow
George Paul Williams
Günther Rühle
John M. Spalek, Joseph Strelka
Hilde Haider-Pregler
Felix Ziege
K. Th. Bluth
Katharina Prager
Lisa Hauff
James F. Tent
Eva Maria Herbertz
Anne Halley
Albert Klein; Raya Kruk
Shelly Zer-Zion

Archive

Feuchtwanger Memorial Library, Special Collections, University Southern California, Los Angeles
Bundesarchiv Berlin-Lichterfelde
Landesarchiv Archiv Berlin
Akademie der Künste, Berlin
Geheimes Staatsarchiv Preußischer Kulturbesitz Berlin
Stiftung Neue Synagoge Berlin / Centrum Judaicum
Deutsche Nationalbibliothek / Deutsches Exilarchiv Frankfurt
Israeli Center for the Documentation of the Performing Arts Tel Aviv
Yad Vashem / Reference and Information
Services Brandenburgisches Landeshauptarchiv – Potsdam
Stiftung Niedersächsische Gedenkstätten Celle
JDC Archives New York
Herinneringscentrum Kamp Westerbork TC Hoohhalen
Gedenkstätte Terezin
Jüdisches Museum Berlin
Deutsches Historisches Institut Warschau
Senate House Library University of London
Arolsen Archiv
P. Walter Jacob Archiv
Leo Baeck Institute Center for Jewish History
Aktives Museum

Bildnachweise

Einbandvorderseite

Straßenszene, Westwood Boulevard, Wilshire, Los Angeles, 1941. Quelle: https://rarehistoricalphotos.com/vintage-photos-los-angeles-1940s-1960s/

Vordere Einbandinnenseite

Faltblatt zur Premiere von William Tell *mit dem Ensemble Continental Players, El Capitan Theatre, Hollywood, 25. Mai 1939, Privatarchiv Susanne Schädlich.*

Hintere Einbandinnenseite

Filmszene aus Hangmen Also Die! *(1943) Regie: Fritz Lang, Drehbuch: John Wexley, Bertolt Brecht, Fritz Lang, Musik: Hanns Eisler. Szene mit Alexander Granach als Gestapo-Inspektor Alois Gruber. Die Anti-Nazi-Filmproduktion entstand nach dem Prager Attentat auf Reinhard Heydrich und den deutschen Vergeltungsmassakern in Lidice und Ležáky.*

Galerie

207 – Leopold Jessner, 1932. Foto: Binder, Berlin. Quelle: Universal Filmlexikon, *1932. S. 231*

208 – Jessner bei Proben an der Habima 1936. Quelle: Israel Performing Arts Documentation Center.

214 – © Briton and Dominions Film Corporation Ltd.

213 – © Metro Goldwyn-Mayer

219 – © Metro-Goldwyn-Mayer

220 – (oben) Die Homepage des mit Walter Wicclair verwandten Pete Vanlaw enthält einige Hinweise und Dokumente: https://forthelifeofme-film.com/2015/06/15/

from-kreuzburg-to-hollywood-finding-walter-wicclair/
© Privatarchiv Mark Wicclair
220 – (unten) © Privatarchiv Mark Wicclair
221 – Käthe Weinlaub, geb. Nothmann. April, 1937
© Privatarchiv Mark Wicclair
226 – Erich Lowinski, genannt Elow, vor 1933
Privatarchiv Miriam Alexander
227 – Berta und Erich Lowinski, 1930er in Berlin
© Miriam Alexander
228 – Ruth Lowinski, 1945
© Miriam Alexander
228 – (unten) Richard Lowinski – Bruder von Elow –, seine Frau Edith und Tochter Ruth, 1929
© Marion Hansen
229 – Nachlaß Erich Lowinski, Jüdisches Museum, Berlin
230 – Willy Rosen am Klavier. Standbild aus filmischer Aufnahme von »Im Gasthof Zur Goldenen Schnecke«, begleitet von den Sid Kays Fellows, vermutlich Amsterdam, 1935. Quelle: https://www.youtube.com/watch?v=Wme9hWoFj70
231 – Alfred und Ruth Moser.
© Privat / Tibor Borsos

Wir danken den Rechteinhabern, sofern sie ermittelt werden konnten, für die freundliche Abdruckgenehmigung. Bei etwaigen unberücksichtigt gebliebenen Lizenzansprüchen bitten wir darum, mit dem Verlag zwecks branchenüblicher Vergütung in Verbindung zu treten.

Danksagung

Mein tiefster Dank geht an all jene wundervollen Menschen, die mich unentwegt unterstützt haben:

Matthias Heilmann, dessen fulminante Dissertation *Leopold Jessner. Intendant der Republik* mir zuerst in die Hände gefallen war, überließ mir wertvolle Unterlagen, darunter jene Interviews, die Professor Leonhard M. Fiedler mit Weggefährten Jessners in den 1970 Jahren in Los Angeles geführt hatte.

Professor Leonhard M. Fiedler, der mir erlaubt hat, diese Interviews zu verwerten.

Michaela Ullmann, Bibliothekarin für Exilstudien an der University of Southern California in Los Angeles, war während des ersten Lockdowns 2020 – ich konnte ein Recherchestipendium nicht wahrnehmen und die Reise nach LA nicht antreten –, eine unentbehrliche Hilfe. Sie suchte meine vielen Materialwünsche heraus, scannte und übermittelte sie digital. Eine Mammutaufgabe.

Dr. Olga Levitan von der Hebrew University of Jerusalem schickte mir ohne Umschweife Fotos und andere Materialien über Jessners Arbeit an der Habima, als die Welt pandemiebedingt stillstand und Reisen unmöglich waren.

Sowieso gilt mein Dank allen Archivmitarbeitern außerhalb Deutschlands, die unkompliziert meine Anfragen bearbeiteten.

Um die Nachlässe von Fritz Kortner, Elisabeth Bergner, Erich Lowinski und Walter Wicclair in der Akademie der Künste studieren zu dürfen, benötigte ich Einwilligungen. Ich danke Stefan Brün (F. Kortner), Frauke Schnittker-Benrath (E. Bergner), Miriam Alexander (E. Lowinski) und Mark Wicclair (W. Wicclair), dass sie mir ihr Einverständnis gegeben haben.

Für ihren unverbrüchlichen Glauben an das Buch, ihren Beistand in jeder Hinsicht danke ich meiner Lektorin Krista Maria Schädlich, meiner »Patentante« Margit Ketterle, meiner Schwester Anna, die mir zudem oft auch noch eine Profi-Rechercheurin war, und meinem Mann Christoph, dem Fels in der Brandung.

Bibliographische Information der Deutschen Bibliothek: Die Deutsche Bibliothek verzeichnet diese Publikation in der Deutschen Nationalbiographie; detaillierte bibliographische Daten sind im Internet über http://dnb.ddb.de abrufbar.

Der Arco Verlag unterstützt die Kurt-Wolff-Stiftung für eine vielfältige Verlags- und Literaturszene. www.kurt-wolff-stiftung.de

Satz: Michael Baiculescu, Wien
Druck und Bindung: MCP,
Mazowiecki Centrum Poligrafii, Marki

Printed in Poland

ISBN 978-3-96587-065-9

Arco Verlag GmbH, Obergrünewalder Straße 17, D-42103 Wuppertal
Arco Verlag (Wien), Lorbeergasse 10/12, A-1030 Wien
Tel.: 0043 (0)1 715 46 06
www.arco-verlag.com | service@arco-verlag.com